メゾン・ド・ポリス5

退職刑事と迷宮入り事件

加藤実秋

角川文庫
22163

目次

第一話

ストーカーで開幕！
迷宮入り事件を追うおじさん軍団

1

甲高い声で女がなにか言い、どっと笑い声が続いた。

缶チューハイを口に運ぶ手を止め、菅谷源一《すがやげんいち》は傍《かたわ》らの壁を睨《にら》んだ。女の声はさらに続き、それに被《かぶ》せるように男が早口の関西弁でわめく声もして、また笑い声が起こった。

怒りと苛立《いらだ》ちを覚え、菅谷は拳《こぶし》で壁を叩《たた》いた。手応《てごた》えと軽い音で壁の薄さがわかり、煙草のヤニで黄ばみ、キズやシミだらけの壁紙に建物の古さを感じる。

隣室からはなんの応答もなく、壁越しに聞こえるテレビの音声も小さくならなかった。しかしテレビの番組はコマーシャルに入ったらしく、壁越しの音はゆるやかな音楽に替わる。

舌打ちし、菅谷は缶チューハイをあおった。あの野郎。自分の部屋にテレビがあるのを自慢して、わざと音をでかくしていやがる。そう思うと、怒りと苛立ちが増した。

同時に自分の部屋が目に入る。

三畳一間に面格子がはまった窓が一つ。室内に置かれているのは折りたたみ式のローテーブルとカラーボックス、小型冷蔵庫、布団が一組。一泊千五百円でエアコンは付いているが、テレビはワンランク上の一泊千八百円の部屋にしか付いていない。

日雇いの解体工事の仕事を、高齢を理由に断られ続けて三日。手持ちの金が尽きかけていることも、菅谷の怒りと苛立ちに拍車をかけていた。

コマーシャルが終わり、どっとまた笑い声がして、そこに男の低くかすれた笑い声が重なった。男の声はテレビの音声ではなく、隣室の宿泊客のものだ。

「うるせえぞ！」

そう怒鳴り再度壁を叩いたが、男の笑い声は菅谷を挑発するように大きくなる。

五日前に菅谷がこの簡易宿泊所で寝泊まりを始めた時、男は既に隣室にいて、テレビの音声はほぼ一日中聞こえてくる。フロントを通して注意してもらったが、効果はなかった。

強い怒りを覚え、菅谷は這《は》うようにして部屋の奥に行った。たたんだ布団の脇に置いたバッグをつかみ、ファスナーを開ける。着替えや仕事に使う工具など全財産が詰まっているが、一番上に載っているのは包丁だ。昼間近所のスーパーに行った時に万引きした。

酔いと興奮で思うように動かない手で、菅谷は包丁を箱から出した。片手で木製の黒い柄を握り、立ち上がった。ローテーブルの脇を抜けてドアに向かう。狭い三和土《たたき》で裸足《はだし》にサンダルを突っかけ、菅谷はドアを開けて廊下に出た。廊下も部屋と同じように汚れて古ぼけ、両側の壁に客室のドアが並んでいる。

ノブをつかんで回すと、隣の部屋のドアは開いた。大音量のテレビの音声とともに、菅谷の目に室内の光景が映った。

部屋の広さも置かれているものも同じなのに、窓の前に設《しつら》えられた棚に小さな液晶テレビが載っているだけで、自分の部屋より格段に明るく温かみもあるように感じられる。

こちらに背中を向け、テレビの前に座っていた男が振り返った。白髪に無精ヒゲ。歳は六十三の菅谷より少し下か。

「なんだ、お前」

くぼんで濁った目で男が菅谷を見た。グラスを手にし、向かいのローテーブルにはペットボトルの焼酎《しょうちゅう》が載っている。

「うるせえんだよ！　音がデカいって言ってんだろ」

三和土に立ち、菅谷は怒鳴った。こうして押しかけるのは二度目だが、男に動じる様子はなく、

「はあ？　聞こえねえなあ」

　ととぼけ、空いている方の手を耳に当てて見せた。その拍子に淡いグレーのスウェットシャツの袖口《そでぐち》から、腕時計が覗《のぞ》く。着古したスウェットシャツとは不釣り合いな重厚で高級感のある腕時計で、文字盤の周りは金色だ。

　前に怒鳴り込んだ時も、男はこれ見よがしに袖から腕時計を覗かせた。見下された気がして、菅谷の怒りは抑えがたいものになる。

「ぶっ殺すぞ。この野郎！」

　菅谷は叫び、包丁を突き出した。

　しかし男がそれを確認する前に、テレビから関西弁の男がなにか言う声が流れた。客が一斉に笑い、男も視線をテレビに戻して笑った。菅谷の目に、男の赤黒い横顔と痩《や》せた喉《のど》が映る。男は笑いながらグラスの焼酎を飲み、それに合わせて、飛び出した喉仏が生き物のように上下した。

　激しい嫌悪感が衝動に変わった。菅谷は包丁の柄を両手で握り、サンダルのまま部屋に上がって、転がるように男にぶつかっていった。

　どすんと菅谷の体に衝撃が走り、男の笑い声が途切れた。続けてグラスが畳に落ちる気配があり、焼酎の飛沫《ひまつ》が菅谷の手にかかった。自然と目が動いて自分の手を見ると、握りしめた柄の先にある包丁の刃が、半分ほど男の脇腹に刺さっていた。

耳元で獣の咆哮《ほうこう》のような声が響き、男が両腕を振り回した。その脇にうずくまっていた菅谷は突き飛ばされ、畳に横倒しになった。

男は叫び続けながら腰を浮かせ、脇腹に刺さった包丁に手を伸ばそうとした。菅谷はふらつきながらも体を起こし、男より早く柄をつかんで包丁を脇腹から引き抜いた。男の叫びが、苦痛と恐怖を伴ったものに変わる。

やられる。焦りが押し寄せ、菅谷は片手で男の肩を摑《つか》んで立ち上がり、もう片方の手で握った包丁を振り上げた。

そして男の首に脇から一度、二度と包丁を突き立てた。

目の前で赤いものがばっと弾《はじ》け、包丁を握った手に生ぬるい液体が散った。それが血なのはわかったが、菅谷は構わず三度、四度と男の首に包丁を突き立てた。

血で手が滑って包丁の柄を握れなくなり、菅谷は動きを止めた。すぐに自分が汗だくで肩で息をしていること、男はぐったりしていつの間にか叫び声も止んでいることに気づいた。男の首からは血がどくどくと流れ、スウェットシャツを赤く染め、畳も濡《ぬ》らしていく。

菅谷は男の肩から手を放し、身を乗り出してローテーブルの上のリモコンをつかんだ。右上の赤い電源ボタンを押すとテレビが消え、音声も途絶えた。

心の底からほっとして、菅谷はリモコンと包丁を持ったまま大きく息をついた。

2

「手のひらに、ほろほろ落つる、桜かな」

高平厚彦《たかひらあつひこ》は、手にした短冊をこちらに向けた。短冊には筆ペンで、読み上げた俳句が書かれている。

「いいですね。初心者としては上出来です」

にこにこと笑い、伊達有嗣《だてありつぐ》がコメントする。高平が「本当ですか？　嬉《うれ》しい」と顔をほころばせると、伊達も手にした短冊を読み上げた。

「老桜に、我が身重ねし、茣蓙《ござ》の上」

ほう、とみんなが声を漏らした。メゾン・ド・ポリスの庭に大きなゴザが敷かれ、おじさんたちが座っている。その前には樹齢百年近いという桜の大木。長く伸びた枝は、満開の花をつけている。

「お見事。さすがは伊達さん……はい。お次は夏目《なつめ》さん。一句披露して下さい」

ゴザの上の重箱からいなり寿司《ずし》を取りながら言い、高平が振り向いた。重箱には他に野菜の煮物や卵焼き、鶏《とり》の唐揚げなどが詰まっている。

ゴザの脇で陶器製のフードボウルにペットボトルの水を注いでいた夏目惣一郎《そういちろう》は手

を止め、答えた。

「僕はちょっと。後回しでお願いします」

ペットボトルを持ち上げると、シェパードのバロンが近づいて来て水を飲んだ。水のボウルの隣には別のボウルがあり、高平が作ったイヌ用のごちそうが入っている。

「あらそう。じゃあ、迫田《さこた》さん。どうぞ」

高平に振られ、迫田保《たもつ》は缶ビールを飲み干した。黒いジャージの袖で口を拭《ぬぐ》い、こう言った。

「毎日が、花見ならいい、酒飲める」

「やだもう。なんですか、それ」

眉《まゆ》をひそめた高平に背中を叩《たた》かれ、迫田は返した。

「いいじゃねえか。『花見』って季語も入ってるし、立派な俳句だろ」

そしてビールをあおり、盛大なゲップをした。あぐらを掻《か》いて座った迫田の前にはビールの空き缶が三本と、料理を盛った皿が置かれている。

「迫田さん、飲み過ぎですよ……藤堂《とうどう》さん。お願いします」

高平は今度は、迫田の隣の藤堂雅人《まさと》を促した。こちらもあぐらを掻いているが、ワイシャツにネクタイ、三つ揃いのベストとスラックス、糊《のり》の利いた白衣という格好で、指先でワイングラスの脚をつまんでいる。グラスを満たすのはロゼワイン。「桜と色を揃えたんだよ」と、さっきしたり顔で語っていた。

藤堂はワインを一口飲み、もったいをつけるように黙り込んでから言った。

「菜の花や、ひねもすのたり、のたりかな」

最後に首を回し、高平の腕を見る。高平の両腕には彼のトレードマークであるアームカバーが装着されていて、今日は菜の花柄だ。

「まあ、ステキ。でも、どこかで聞いたような」

アームカバーをさすりながら、高平は首を傾げた。

「『菜の花や』も『ひねもすのたり、のたりかな』も、与謝蕪村《よさぶそん》の有名な句の一節です。藤堂さん、盗作はいけませんよ」

笑顔を崩さず海苔《のり》巻きを頬張りながら、伊達が諭す。身にまとっているのは、くすんだピンクのニットベスト。このニットが彼のトレードマークだ。

「失敬失敬。なまじ学《がく》があるものだから、つい」

そう返して笑い、藤堂は手のひらで白髪交じりの髪の乱れを整えた。それを見て迫田が「けっ」と顔をしかめ、こう続けた。

「また一句浮かんだぞ。来年は、誰かあの世で、花見かな」

「ちょっと！　縁起でもない。せっかくのお花見が台無しじゃないですか」

高平も顔をしかめ、「もうビールはお終《しま》い」と、迫田の手から缶ビールを奪おうとした。そうはさせじと迫田が抵抗する。藤堂は我関せずとスマホで桜の木や重箱の料理を撮影し、バロンはゴザの前を走り回っている。そんなみんなの様子を、伊達が楽しげに見守る。

かすかな風が吹いて桜の花びらが散り、ゴザの上に戻った惣一郎の深緑色のエプロンにも、ひとひらが舞い落ちた。間もなく四月。朝晩はまだ冷えるが、正午過ぎの今はぽかぽかと温かく、空には雲一つない。

この花見は、伊達がメゾン・ド・ポリスを始めた時から続く恒例行事だという。惣一郎が参加するのも三度目で、新聞やニュースで桜の開花予想日をチェックしたり、料理や酒の準備をしたりするのにもすっかり慣れた。高平には、「メゾン・ド・ポリスの宴会部長」と評されたが、「褒められてる気がしない。そもそも『宴会部長』はそういう意味じゃないし」と複雑だ。

騒ぎが鎮まり、惣一郎もゴザに座ってビールを飲み、料理を食べた。と、迫田が横を向いてぼそりと言った。

「ひよっこが、男連れで、やって来た」

「残念。季語も入ってないし、さすがにそれは俳句じゃないですね」

調子よく突っ込んだ高平だったが、迫田と同じ方を見るなり立ち上がった。

「あら。ひよりさん、いらっしゃい」

その言葉に藤堂と伊達、惣一郎も首を回す。

庭の入口にベージュのパンツスーツを着た牧野《まきの》ひよりが立っていた。隣には、ダークスーツ姿の男もいる。

「こんにちは。チャイムを押したんですけど応答がなかったので、お邪魔しちゃいました」

ひよりが頭を下げ、隣の男も一礼した。高平はゴザを下りてサンダルを履き、ひよりたちに歩み寄った。

「来てくれたの？　嬉しい。昨日誘った時は、『仕事があるから』って言ってたでしょ。ま、とにかく座って座って」

捲《まく》し立てて引っ張って行こうとする高平を、ひよりは首を横に振って止めた。

「いえ。今日も仕事なんです……こちら、本庁特命捜査対策室の玉置《たまおき》警部です。迫田さんにお聞きしたいことがあるそうで、お連れしました」

「特命班？」

缶ビールを置き、迫田は玉置といううらしい男を見た。警視庁特命捜査対策室、通称・特命班は過去に発生した未解決事件の捜査を担当する部署だ。

会釈して、玉置が進み出た。

「突然お邪魔して申し訳ありません。玉置です。昨夜起きた殺人事件の被害者の所持品が、迫田さんが過去に捜査された事件の現場から持ち去られたものと判明しました。迫田さんは既に退職されていますし、ご迷惑は承知の上ですが、当時のお話を伺わせていただけませんでしょうか」

小柄で童顔。歳は三十ぐらいだろうか。丸く黒目がちな目が柴犬《しばいぬ》を彷彿《ほうふつ》とさせる。言葉は丁寧だが圧を含んでおり、身のこなしにも隙がなかった。

返事の代わりに高平に、

「水だ。酔いを醒《さ》ますぞ」

と告げ、迫田はすっくと立ち上がった。ゴザを下りてサンダルを履き、後ろのメゾン・ド・ポリスの居間に向かう。顔つきも歩き方も、完全に「刑事《デカ》」のそれになっていた。

「わかりました……夏目さん、後はよろしくね」

振り返って言い、高平は玉置とひよりを玄関にいざなう。

「僕は緑茶をもらおうかな。緑茶には利尿作用があるカリウムやカフェイン、アルコールの分解を促進するビタミンCが含まれているからね」

藤堂も惣一郎に告げて立ち上がり、白衣の裾《すそ》を翻して居間に向かった。「はい」と返し、惣一郎も腰を上げた。

「伊達さん。部屋に戻りましょう」

声をかけたが、伊達は無反応。割り箸《ばし》と料理の皿を手にしたまま、玄関に通じる小径《こみち》を歩いて行く玉置とひよりの背中を見ている。

「伊達さん？」

聞こえなかったのかと顔を覗《のぞ》くと、伊達は振り向いた。いつもの笑顔になり、「はいはい。バロン、おいで」と手招きをする。わんと短く鳴いて、バロンがこちらに駆け寄って来た。

まず伊達とバロンを居間に連れて行き、庭に戻って花見の後片付けをした。料理や酒を玄関から屋敷のキッチンに運び、惣一郎も居間に向かう。

天井が吹き抜けの広々とした居間の中央に置かれたソファに藤堂が腰掛け、迫田はドアの脇にある暖炉の前であぐらを搔き、伊達は庭に面した掃き出し窓の前の安楽椅子に座り、足下にはバロン、とみんなが定位置に着いていた。玉置はソファの脇のみんなを見渡せる位置に立ち、その後ろにひよりがいる。

ミネラルウォーターを飲み干し、迫田は二リットルのペットボトルを床に置いて玉置を見た。

「待たせたな。なんでも訊《き》いてくれ」

「はい」

「僕たちにはお構いなく。オブザーバーとして、意見は挟ませてもらうかもしれないけど」

訊かれてもいないのに藤堂が告げる。スラックスの脚を組み、緑茶が入っているらしき湯飲みを手にしている。傍らには、ステンレス製のポットを抱えた高平もいた。

惣一郎が自分の定位置であるドアの脇に立つと、玉置は話しだした。

「昨夜午後七時過ぎ。台東区《たいとうく》清川《きよかわ》三丁目の簡易宿泊所・八千代荘《やちよそう》から、『客の男性が刺された』という通報がありました。浅草《あさくさ》中央署の署員が駆けつけたところ、一階の客室で首と脇腹から血を流して死亡している森井心平《もりいしんぺい》さん、六十歳を発見。室内には血の付いた包丁を所持した菅谷源一という六十三歳の自称・解体工の男もおり、犯行を認めたため署に連行、午後十一時過ぎに殺人容疑で逮捕しました」

一旦《いったん》言葉を切り、玉置は確認するように迫田に目を向けた。迫田は問うた。

「その事件なら、今朝ニュースで見た。俺が過去に捜査したどの事件とつながるんだ？」

「二〇〇八年の『菖蒲町《あやめちょう》医師強盗殺人事件』です。森井さんが身につけていた腕時計が、事件の被害者のものだと判明しました」

玉置が即答すると、迫田ははっとした。

「菖蒲町医師強盗殺人事件。なんとなくは覚えてるけど……どんな事件だっけ？」

藤堂に振られ惣一郎が記憶を辿《たど》ろうとすると、迫田が言った。

「二〇〇八年二月七日。菖蒲町にある『近江《おうみ》医院』で、朝、出勤して来た女性スタッフが診察室で殺害されている院長で内科医の近江勇造《ゆうぞう》さん、五十六歳を発見した。室内から手提げ金庫と近江さんの腕時計がなくなっていたり、勝手口がバールのようなものでこじ開けられていたりしたため、柳町北《やなぎまちきた》署は強盗殺人事件と断定して捜査本部を設置した。八十名以上の捜査員を動員し、聞き込みや防犯カメラの解析などを行い、被疑者も浮かんだ。しかし犯人逮捕には至らず、十年以上経った今でも事件は未解決のままだ……確か腕時計は近江さんが医学論文で賞を獲《と》った時の賞品で、裏蓋《うらぶた》に近江さんの名前が刻まれていたはずだ。奥さんに確認したのか？」

淀《よど》みなく語ってから、迫田は玉置に問うた。

「はい。腕時計の写真を見せたところ、『夫のものに間違いない』と答えたそうです」

玉置が答え、迫田は「そうか」と頷《うなず》いて胸の前で腕を組んだ。

浅草中央署の捜査員が腕時計の裏蓋の名前を警視庁のデータベースで検索したところ、菖蒲町の事件がヒット。驚いた捜査員が、今後の捜査の段取りを付けに来ていた本庁捜査一課の管理官に報告すると、管理官も驚いて捜査一課の理事官に連絡。理事官も「なにかの間違いじゃないか」と疑いながらも、特命捜査対策室に電話。

ここまでが昨日の話で、今朝になって特命班から捜査員が二名派遣され、柳町北署へ急行。保管庫の捜査資料を引っ張り出して目を通し、一人が被害者の家族の下に向かい、残りの一人は当時の捜査員たちにコンタクトを取った。しかし全員とっくに異動になっている上、忙しくて非協力的。困っていたところに、柳町北署刑事課長の新木《あらき》が「ヒマを持て余してる元当時の捜査員がいますよ」とでも言って牧野を呼びつけ、ここに案内させた……まあ、そんなところだな。元本庁捜査一課の刑事だった惣一郎にとって、ここまでの流れを想像するのはたやすいことだ。

「近江さんが殺害されたのは、二月七日の午前一時頃。現場の診察室ほか院内には、複数の遺留品が残されていたそうですね」

玉置が質問を始めた。迫田が頷く。

「ああ。指紋に毛髪、足跡。しかしスタッフや出入り業者、患者、近江さんの家族と不特定多数の人間が出入りする環境で、犯人のものは特定できなかった。近江さんは診察室にあった置き時計で撲殺されたんだが、置き時計からは不審な指紋は検出されなかったしな」

「しかし被疑者が浮上した。それによって、物盗《ものと》りの犯行と考えられていた犯人像が変わりましたね」

「そうだ。児玉美月《こだまみづき》。事件当時は無職で、四十六歳。二〇〇七年夏、夫が『食欲がなく、腹痛がある』と近江さんの診察を受けたところ、『軽い胃炎』と診断された。しかし夫は快復せず、総合病院で精密検査を受けた結果、『末期の膵臓《すいぞう》がんで、手の施しようがない』と言われたそうだ。間もなく夫は死亡。児玉は近江さんの責任を問い度々医院に押しかけ、医療裁判を起こすことも考えた。勝ち目がないとわかって諦《あきら》めたが、犯行時刻のアリバイがない他、複数の不審点があり、捜査本部は近江さんを殺害し強盗の犯行に偽装したと考え、児玉を重要参考人として任意同行を求めた」

迫田の話を玉置は落ち着いた様子でふんふんと聞く。一方、後ろのひよりは目を見開いて迫田を見ている。

事件発生日時や被害者の氏名、年齢、現場の状況ぐらいまでならわかるが、被疑者の氏名と年齢、夫の病名まですらすらと出てくる迫田の記憶力に驚いているのだろう。最近ものや人の名前が上手《うま》く出てこず、「あれが食いたい」「それを探せ」と騒いでは高平と揉《も》めている迫田だが、事件に関することは別だ。刑事はどんなに些細《ささい》なものでも担当した事件は覚えているし、未解決事件ならなおさらだ。

しかし、相変わらず頭の中が顔に出るやつだな。あんなに注意したのに。惣一郎は呆《あき》れ、思わず眉《まゆ》をひそめてしまう。

「ところが児玉は犯行を否認。決め手となる証拠も見つからず、釈放された。その後、捜査は物盗りの線に戻ったようですが、手がかりは？」

玉置が質問を重ね、迫田も答える。

「同時期に菖蒲町の近隣で似たような手口の事務所荒らしが起きていて、そっちとのつながりも探ったが収穫なしだった」

「そうですか。ちなみにこの人が森井心平さんです」

そう告げて、玉置はジャケットのポケットから写真を一枚出して暖炉の前に歩み寄った。写真を受け取り、迫田が見る。惣一郎も歩み寄り、写真を覗いた。

免許証の写真で、生え際がM字形に後退した白髪頭の男が無表情にこちらを見ていた。

「あの事件の関係者は全員覚えているが、初めて見る顔だ。時間が経って老けたのを考慮しても間違いねえ」

断言し、迫田は写真を返した。「そうですか」と表情を変えずに応《こた》え、玉置は写真をポケットに戻した。今度は迫田が質問を投げかけた。

「森井さんに前科《まえ》は？」

「捜査中です。ご協力ありがとうございました」

短く感情を含まない声で返し、玉置は頭を下げた。他のおじさんたちにも会釈する。

「突然お邪魔して申し訳ありませんでした。ご協力感謝します」

そのまま「失礼します」と続け、ひよりに目配せしてドアに向かおうとした玉置を、

「直央《なお》くん、ですよね？」

と呼ぶ声がした。玉置が足を止め、おじさんたちとひよりは部屋の奥を見た。

伊達が安楽椅子から、柔らかな眼差《まなざ》しと笑顔を玉置に向けていた。一瞬固まった後、

玉置はすたすたと居間を縦断し伊達の前に行った。

「ご無沙汰《ぶさた》しております。ご記憶にないかと思い挨拶《あいさつ》を控えました。失礼致しました」

淀みなくそう述べ背筋を伸ばして、メゾン・ド・ポリスに来てから一番丁寧かつ深い角度で頭を下げた。

「いえいえ。お元気そうでなによりです。どうぞご活躍下さい」

にこにこと伊達が返すと、玉置も笑みを作り「ありがとうございます。では」と返し、再びドアに向かった。自分の前を通り過ぎて行く玉置をぽかんと見ていたひよりだったが、我に返った様子で言った。

「車で待っていて下さい。すぐに行きます」

頷いて玉置が居間を出て、見送るために高平が付いて行く。ドアが閉まるなり、ひよりは訊《たず》ねた。

「伊達さん。玉置さんと知り合いなんですか？」

「はい。どんな知り合いだったかは、忘れてしまいましたが」

「なんですか、それ」

ひよりは呆れ、迫田が口を開いた。

「あれこれ訊《き》いたが、捜査資料に載ってることをなぞっただけだな……ひよっこ。殺された森井心平には前科《まえ》があるな？　窃盗か強盗だろ」

ありますよ」


「はい。建設現場などで働いていたようですが窃盗の常習犯で、実刑を受けたことも
ありますよ」

　ひよりが即答した。これまでの経験で、捜査に関しておじさんたちに隠し事をするのは不可能とわかっているからだろう。

「そんなことだろうと思ったぜ。菖蒲町医師強殺事件は、森井が犯人《ホシ》である可能性を視野に入れて再捜査だな」

　ふんと鼻を鳴らし、迫田が断言する。くるりと、ひよりが振り返った。

「迫田さん。まさか、『俺も捜査に加えろ』とか言うんじゃないでしょうね？」

「バカ言え。森井の線は、特命班に任しておけばいい。俺の出る幕はねえよ」

「その通り！　珍しくわかってるじゃないですか。そうそう。捜査は玉置さんたちに任せて、お花見でもしてて下さい。桜の次はツツジも咲きますよ」

「人をじじい扱いするな。俺は『捜査をしない』とは、ひと言も言ってねえぞ。強殺事件のホシは玉置たちが突き止めるだろう。だが、納得がいかねえ。当時の捜査のどこに問題があったのか。俺はどこでなにを間違っちまったのか。それを知りてぇんだ。だから俺は俺で強殺事件を捜査する。当然お前らも一緒だ。文句はねえな？」

　熱っぽく捲《まく》し立ててから、ぎろりとおじさんたちとひよりを見る。

「Excellent. 異議なし。未解決事件か。いいね。僕は事件も女性も、謎が深ければ深

いほど燃えるタチなんだ」

　まず藤堂が反応した。脚を組み替え、決めポーズのつもりか右手の中指でメガネのブリッジをくいと押し上げて見せる。迫田に圧を感じる視線を向けられたので、惣一郎は返事の代わりにひよりに告げた。

「事件資料のコピーを持って来い。すべて目を通す」

「桜が事件を連れて来ましたね」

　最後に伊達がのんびりとコメントし、ひよりは、

「結局このパターンですか。喜んで損した」

　とボヤいて肩を落とした。

　ひよりが玉置の後を追って居間を出て行くと、迫田はソファに座って藤堂と今後の打ち合わせを始めた。惣一郎は、ローテーブルの上のひよりと玉置が飲んだコーヒーのカップを片付け始めた。カップの載ったソーサーを手に顔を上げると、掃き出し窓の向こうの庭が目に入った。正面に満開の花を付けた桜の木がある。

　依然晴天だがいつの間にか風が強くなったらしく、桜の枝が揺れる度に淡いピンクの花びらがはらはらと舞い散る。美しいがどこか不穏な光景だ。

　風吹いて、嵐の予感、春日和《はるびより》。もう遅いが一句浮かんだな。そう思い苦笑した惣一郎だったが、無意識に「ひより」を入れてしまったことに気づき、自分で自分に気ま

ずさと気恥ずかしさを覚えた。

3

その日の夕方。ひよりがメゾン・ド・ポリスに菖蒲町医師強殺事件の捜査資料のコピーを持って来て、惣一郎たちはそれを読んだ。

近江医院は近江勇造さんの祖父が開業し、地域密着型の医院として多くの患者を抱えていた。近江さんは明るく温和な性格で丁寧で親身な診察には定評があり、患者や医院のスタッフ、出入り業者などの人望も厚かった。捜査資料には近江さんの写真も添えられていたが、小太りで丸い顔に銀縁メガネをかけたいかにも好人物といった容《よう》貌《ぼう》だった。

事件現場となった医院は近江さんの自宅の敷地内にあり、どちらも古い建物のため、セキュリティシステムは導入されていなかった。事件前日の二月六日の水曜日は休診日で、近江さんは医院の最寄り駅近くのホールで行われた医療フォーラムにパネラーとして出席した。その後、近江さんはフォーラムの関係者と駅前の飲食店で会食し、日付が変わった七日午前一時前に関係者の車で帰宅。その際に医院の異変に気づき、様子を見に行って犯人と鉢合わせし、殺害されたらしい。凶器は診察室にあった置き時計で、死因は頭部を殴打されたことによる脳挫傷《のうざしょう》。近江さんは妻と長男・長女と暮らしていたが、事件発生時、妻と長女は自宅で就寝中、長男は大学のゼミの合宿で留守だった。

葬儀には親族や病院関係者のみならず患者も多く参列し、焼香の列は葬儀場の外まで続いたという。近江医師が地域の人々に深く愛され、信頼されていたことが窺《うかが》えるエピソードだ。

三日後。惣一郎は、ひより、迫田とともに近江医院の最寄り駅近くにあるカフェにいた。捜査会議で「事件前、最後に近江さんと会った人に話を聞こう」と決まったのだ。

「橘麻里《たちばなまり》さん。事件当時と同じく、『青天社《せいてんしゃ》』というイベントの企画や運営をする会社に勤務されています。三十四歳ということは、事件当時は二十一、二歳ですね」

開いた手帳に目を落とし、ひよりは言った。テーブルの向かいに座った迫田が頷《うなず》く。

「ああ。新入社員だった。近江さんが出席したフォーラムは地域医療の学会が主催して、青天社がイベントの運営を請け負ったんだ。橘さんは近江さんの世話係だった」

「なるほど。だから近江さんを自宅まで送って行ったんですね」

ひよりが返し、迫田の隣の惣一郎はコーヒーを飲みながら傍らの窓を見た。

カフェは繁華街のビルの二階にあり、眼下の通りを車と人が行き交っている。ランチタイムを過ぎたところなので、ワイシャツの首にIDカードを下げたサラリーマンや、布製の小さな手提げバッグを持ったOLの姿が目立つ。

にゅっと首を突き出し、迫田が窓の外を見た。

「橘さんだ」

歩道の手前から現れた女性のようだ。細身で中背、顎《あご》の位置で切り揃えた黒髪が印象的だ。春物のセーターにロングスカート姿で、他のOLたちと同じような手提げバッグを持っている。小走りでカフェが入ったビルに近づいて来た橘さんは、出入口の前で立ち止まった。後ろを振り返ってから、前方と通りの向かいにも目をやっている。

「連れがいるのか?」

迫田が疑問を呈し惣一郎とひよりも首を傾げていると、橘さんはビルに入った。間もなく橘さんがカフェに入店し、立ち上がって会釈をしたひよりに気づいて窓際の席に近づいて来た。

「今朝お電話した柳町北署の牧野です。お忙しいところ申し訳ありません」

警察手帳を見せるひよりに、橘さんは会釈を返した。

「いえ。遅くなってすみません」

「こちらは捜査協力をしてもらっている者です」

通路に出て奥の席を譲り、ひよりが惣一郎たちを紹介する。橘さんは窓際の席に着

き、こちらを見た。と、迫田が立ち上がり、

「ご無沙汰《ぶさた》しています。近江さんの事件の捜査で何度かお話を伺った、元柳町北署の迫田です」

と一礼した。橘さんは大きな目でグレーのスーツを着た迫田を見返してから、困惑して首を傾げた。

「すみません。物覚えが悪くて」

「いえいえ。昔の話ですから」

「はあ。あの、昨日も別の刑事さんが会社に見えたんですけど」

困惑に警戒も加わった眼差《まなざ》しで、橘さんは店内に視線を巡らせた。遅めの昼食を摂《と》るサラリーマンや、子連れの若い主婦のグループなどがいる。「別の刑事」は、玉置またはその部下だろう。

「度々すみません。お時間は取らせませんので」

ひよりが返すと橘さんは、また「はあ」と返して、店員にミルクティーを注文した。手帳を手に、ひよりが質問を始めた。

「二〇〇八年二月六日。午後四時から白梅町《しらうめちょう》の『タウンホールしらうめ』で医療フォーラム『これからの地域医療』が開かれ、近江勇造さんはパネラーとして参加された。橘さんは、当日近江さんをアテンドされたんですよね？」

「はい」

「午後七時にフォーラムが終わり、近江さん、橘さんはその他のみなさんと、町内の居酒屋『ふく蔵《ぞう》』で会食をされた。近江さんの様子はいかがでしたか？」

「楽しそうだったと思います。確か他のパネラーさんに、お知り合いがいたんじゃなかったかな。場も盛り上がって、お店を出たのは夜の十二時過ぎでした」

「その後、近江さんは橘さんが運転する車で帰宅。近江さんは酔っていましたか？」

「そうでもなかったはずですけど、記憶が曖昧《あいまい》です。ちゃんと覚えているのは、私に『ありがとう』と手を振ってご自宅に入って行かれたことぐらい。私はすぐに車を出したので、後のことはわかりません」

そう答え、橘さんは窓の外をちらりと見た。内容は曖昧だが、きっぱりした口調に気の強さが表れている。ひよりが黙り、代わりに迫田が質問した。

「あれから十年以上経ちますし、事件の記憶は曖昧で当然です。では逆に、はっきり覚えていることはなんですか？」

そう行くか。さすがだな。惣一郎は感心し、ひよりも迫田を見る。少し考えるような顔をしてから、橘さんは迫田を見て答えた。

「当時私は新人で、お茶を淹《い》れたり、送り迎えをするぐらいしかできなかったんですけど、近江先生はにこにこして『ありがとう』『助かります』と言って下さいました。

うちの会社は医療系のイベントを多く手がけているので、よく医師の方とお仕事をするんですが、中には高圧的だったり無茶な注文をされたりする先生もいます。そんな時、よく近江先生を思い出します」

「そうですか」

迫田が言い、ジャケットの胸ポケットに挿した扇子を抜き取った。店員がミルクティーを運んで来た。橘さんがカップを口に運びミルクティーを飲むのを待って、惣一郎も訊《たず》ねた。

「『これからの地域医療』には約百人が来場した、と聞いています。来場者はどうやって集めたんですか？」

「ポスターを作って病院や研究施設に貼ってもらったり、医療系の情報サイトに掲載してもらったりしました。もちろん主催者の学会や、青天社の公式サイトにも載せました」

「対象は医療従事者だったと聞いていますが、それは一般の市民は入場できなかったということですか？」

「いいえ。内容が専門的でわかりにくいというだけで、一般の方をお断りした訳ではありません。受付で名前や勤務先などは記入してもらいましたが、身分証の提示を求めてもいないし、どなたでも入場できたと思います」

「なるほど。医療系情報サイトというのも、誰でも閲覧可能？」

「ええ。当時うちが利用していたところはそうですけど」

なんでこんなことを訊《き》くんだろうとでも言いたげな顔で、橘さんが惣一郎を見返す。ぱしゃり、というスマホのカメラのシャッター音がした。とたんに橘さんはびくりとして、音がした方に顔を向けた。惣一郎たちも倣うと、少し離れたテーブルの子連れの主婦たちが、ケーキやパフェの写真を撮っていた。笑い声と子どもの声も聞こえる。

ほっとした様子で、橘さんは顔を前に戻してまたミルクティーを飲んだ。しかし動きは硬く、頬も強《こわ》ばっているのを惣一郎は見逃さなかった。

その後も少し話を聞き、礼を言って橘さんに帰ってもらった。

「表現は曖昧になってるが、二〇〇八年の証言内容と変わりはねえな」

扇子で顔をあおぎながら冷めたコーヒーを飲み、迫田はコメントした。橘さんがいた席に移り、ひよりが頷く。

「ええ。近江さんの知り合いの『他のパネラーさん』は、近江さんが大学病院に勤務していた頃の同僚なんですよね。捜査資料に載っていました。橘さんが最後に見た時の近江さんの様子も、当時の証言と同じ。新情報としては……改めて、近江さんは人格者ってことぐらいですかね。当時も児玉美月さんが浮かぶまでは、怨根《えんこん》の線は薄いって読みだったしし。児玉さんには会いに行かないんですか？」

「行く。だが、地固めをしてからだ」

表情を厳しいものに変え、迫田が返す。

「夏目さんは？　なんで医療フォーラムについて訊いたんですか？」

ひよりに話を振られ、惣一郎はグラスの水を口に運んでから答えた。

「捜査本部は物盗りの犯行と考えていたから、医療フォーラムについては近江さんの行動の確認程度しかしなかったはずだ。捜査が手薄だったり浅かったりした部分に、迫田さんの言う『問題』や『間違い』があるかもしれない」

「確かに。他にもそういう部分が見つかる可能性がありますね」

「ああ。だが、それより引っかかることがある。橘さんの態度だ」

惣一郎が切り出すとひよりは、

「それ！　私も気になってました。はきはき受け答えしてたかと思ったら、シャッター音に驚いたり。おかしかったですよね」

と身を乗り出し、迫田も扇子を動かす手を止めて頷《うなず》いた。

「ああ。通りにいる時から、きょろきょろしてたしな……なにかあるのか？」

「あるかもですね」

ひよりが同意し、惣一郎も頷いた。

惣一郎と迫田はメゾン・ド・ポリス、ひよりは柳町北署に戻り、夜になるのを待って再度集まった。

青天社は、昼間橘さんと会ったカフェにほど近いビルの七階に入っていた。少し離れたビルのエントランスの陰で見張っていると、午後九時過ぎに橘さんが出て来た。着ているものは昼間と同じだが、バッグは黒革の肩掛けのものに変わっている。通りを歩きだした橘さんだったが少し行くと立ち止まり、後ろを振り返った。念入りに視線を巡らせ、また歩きだす。

「またきょろきょろか。やっぱりなにかあるな」

迫田が言い、エントランスの陰から出た。惣一郎とひよりも続く。

橘さんは繁華街を抜け、住宅街に入った。歩き方は普通だが、時々足を止めたり歩を緩めたりしては後ろや通りの反対側を窺《うかが》う。惣一郎たちは見失わない限界まで距離を置き、路上駐車している車や自動販売機の陰に身を隠しながら尾行を続けた。

十分ほど歩き、橘さんはコンビニに入った。

「そろそろ声をかけて事情を訊きませんか？」

惣一郎がガラス張りの外壁越しにコンビニの中を覗《のぞ》いていると、隣でひよりが言った。橘さんはプラスチック製のカゴを手に飲み物やパンを選んでいるものの、店のドアが開く度に振り返って見る。その目には、不安と警戒の色がはっきり浮かんでいた。

「まだだ。『なにかある』の『なにか』が、姿を現すかもしれねえ」

返したのは迫田。通りの前後を鋭い目で確認している。

「『なにか』って？」

「男、借金、警察……橘さんの身分照会はしたか？」

「はい。でも、なにも引っかかりませんでしたよ」

ひよりの答えに、迫田はふんと鼻を鳴らした。昼間は汗ばむほど暖かい日もあるが、夜はまだ冷える。ひよりは淡いグレーのパンツスーツの上に薄手のコートを着ていた。

間もなく、橘さんがコンビニから出て来た。あらかじめ通りの後方に移動していた惣一郎たちは、尾行を再開する。

少し歩いて、橘さんは脇道に入った。街灯はあるがしんとして、人通りもない。右手にコンビニのレジ袋を持ち左肩にバッグをかけた橘さんの後ろ姿が、緊張したのがわかった。歩きながらレジ袋を右手首にかけ、バッグを開けてなにか取り出す。家のカギだろうか。自宅で仕事をするのか、バッグは膨らんで重たそうだ。

橘さんが立ち止まり、同時にこれまで以上に用心深く不安げに周囲を確認した。後方の駐車場から様子を窺っていた惣一郎たちは、頭を引っ込めた。気が済んだらしく、橘さんは通り沿いの建物に入って行った。惣一郎たちも駐車場を出て前進する。

「ここが橘さんの自宅。二階の右から二番目の部屋です」

そう告げてひよりが建物を見上げ、惣一郎と迫田も倣った。三階建てのアパートで、一階から三階まで通りに面して掃き出し窓とベランダが並んでいる。エントランスはあるが、オートロックではない。

惣一郎がカーテンが引かれた橘さんの部屋の窓を見上げていると、ひよりは言った。

「男でも借金でもなさそうだし、誰もコンタクトを取って来ませんでしたね」

「自分自身にやましいことがあって、びくついてるのかもな。たとえば近江さんの事件。隠し事をしていて、特命班や俺らが出て来て『バレる』と思ったとか」

迫田は返し、「どうかなあ」と首をひねったひよりを「行け。部屋に入っちまうぞ」と促した。橘さんは、エントランスの壁に取り付けられた郵便受けの前に立っている。

肩にかけた橘さんのものより少し小ぶりなバッグを揺すり上げ、ひよりはアパートの敷地に進んだ。驚かさないように気を遣ったのか、ドアが開けっぱなしのエントランスの手前のアプローチで立ち止まり静かに、

「橘さん」

と呼びかけた。が、橘さんは短い悲鳴を上げ、跳ねるように体を揺らして振り向い

た。重たい音と軽い音が同時にして、エントランスの床に何かが落ちた。重たい方はレジ袋、軽い方は楕円《だえん》形の黄色く小さな物体。物体はプラスチック製で中央に大きなボタンがあり、下に短いストラップが付いている。

「昼間お目にかかった柳町北署の牧野です。驚かせてすみません」

エントランスの手前から動かずにそう続け、ひよりは昼間と同じように警察手帳を出して見せた。

固まったままの橘さんの目が警察手帳、ひより、また警察手帳、と動く。それから大きく息をつき俯《うつむ》いて「あ〜、びっくりした！」と言った。ひよりがエントランスに向かい惣一郎たちも続こうとした時、顔を上げた橘さんは捲《まく》し立てた。

「驚かさないで下さい。死ぬかと思いましたよ。何の用ですか？」

「申し訳ありません。昼間の橘さんの様子が気になったもので」

「様子？　なんですかそれ。まさか後をつけて来たんですか？」

気の強さ全開で問いかける橘さんを、ひよりは両手を体の前に上げて「まあまあ」と落ちつかせようとする。が、橘さんはひよりを見据え、さらになにか言おうとした。

しかしその前に、

「その通りです。橘さんの後を歩きながら、他にあなたを尾行したり見ていたりする人間がいないか確かめていました。今日のところは誰もいませんでした。安心して下さい」

そう言って惣一郎がひよりの隣に進み出ると、橘さんは口を開いたまま固まった。惣一郎は続けた。

「それは防犯ブザーですね。心配ごとがあるなら話してみませんか？ お力になれそうならなんでもしますが、橘さんが『必要ない』と言うならすぐに立ち去ります」

「それは」と言う時に、床の上の黄色い物体に目を向けた。さっき橘さんがバッグから取り出したのは、カギではなかった。

「現役に聞かれたくない話なら、牧野はすぐに帰します。私とこの夏目は退職組。ただのおじさんですから」

迫田も進み出て来た。扇子の先で自分と惣一郎を指し、笑って見せる。沈黙があって、橘さんは肩の力を抜き、また大きく息をついた。

「どっちみち、なにもしてくれないくせに」

独り言のように言ってから顔を上げ、橘さんはこう続けた。

「二カ月ぐらい前から誰かに尾行されたり、じっと見られたりしています」

「ストーカー被害に遭っているということですか？ 相手が誰かはわかっていますか？」

ひよりが問うと、橘さんは首を横に振った。表情は険しいが、防犯ブザーとレジ袋を拾ってエントランスから惣一郎たちの前に出て来た。エントランスの天井に取り付けられた蛍光灯の明かりが、アプローチも照らしている。

「足音や人影は何度も確認しているんですけど、はっきり見る前に逃げられちゃうんです。そこの街灯の近くに立ってることもあって、昨夜もそうでした。明かりが届かないギリギリの場所にいるのが怖いし、腹も立ちます」

言いながら通りを指し、ひよりが振り返ろうとするとこう続けた。

「それに十日前には、留守中にアパートの部屋に侵入されました」

「侵入!?　警察には通報したんですよね？」

「もちろん。でも、部屋をざっと見て『パトロールを強化します』だけ。ストーキングが始まってすぐにストーカーの窓口に相談もしたけど、何もしてくれません。だからもう、自分でどうにかするしかないなって」

言いながら橘さんは防犯ブザーをこちらに見せ、バッグからスプレーボトルを出した。ボトルには、「催涙ガス　一発撃退！」と赤く大きな字で書かれている。

「それはおかしいですね」

声のトーンを落とし、ひよりが言った。

「おかしい」には、「警察の対処」に対してと「あなたの話」に対しての二つのニュアンスがあることに惣一郎は気づいたが、橘さんは「警察の対処」の方だけを受け取

ったらしく、

「でしょ？」

と返して顔を背けた。振り向いて、ひよりがこちらを見た。「現役として、見逃せない案件です」とでも訴えているような眼差《まなざ》しだ。

「わかったよ。こっちも捜査しよう」と心の中で言い、惣一郎は首を縦に振った。隣でふんと、迫田が鼻を鳴らす。こちらは「当然だ」の意味か。

4

礼を言い、ひよりは生活安全課を出た。階段で二階に下り、廊下を進んで刑事課の部屋に入る。同じ部屋に他の課もあり、たくさんの事務机と椅子が並んでいるが、午後九時近いので人影はまばらだ。

通路を進むひよりの目に玉置の姿が映った。奥の一角に置かれた円形のテーブルに着き、ノートパソコンのキーボードを叩《たた》いている。向かいには、玉置より少し若い男もいた。打ち合わせや来客用のスペースの一つを特命班が使っている。

「お疲れ様です」

歩み寄って声をかけると、玉置が顔を上げた。

「ああ。お疲れ様」

若い男も顔を上げたので会釈をし、ひよりは玉置に向き直った。

「状況はいかがですか？」

「これからだね。ところで、今日迫田さんと夏目さんと橘麻里さんに会ったそうだね。追加で確認したいことがあって夕方橘さんに電話をしたら、『別の刑事さんと会った』と言われて驚いたよ」

表情も話し方も穏やかだが、言葉の端々に咎《とが》めるような気配が滲《にじ》んでいる。予想はしていたので、ひよりは「すみません」と頭を下げた。

「あの屋敷、メゾン・ド・ポリスだっけ？　あそこがどんなところで、迫田さんたちが捜査協力をしてるって話は新木課長から聞いてるけど……で、なにかわかった？」

「ええ。橘さんの様子がおかしかったので事情を訊《き》いたら、『二カ月ほど前からストーカー被害に遭っていて、留守中に自宅に侵入されたこともある』と言われました。『警察に届けたけど何もしてくれない』とも言われたので、いま生活安全課で確認して来ました。確かに届けは出ていますが、『尾行もじっと見られているのも本人の主張だけで、相手の姿は誰も見ていない』『侵入についても現場を調べたが、盗難や盗聴器の設置などの被害はなく、明確にものが動かされているわけでもない。玄関は施錠された状態で、こじ開けられた形跡もなかった』そうです。でも生活安全課の許可は得たので、少し調べてみようと思います。橘さんは怯《おび》えていますし、何かあってからでは遅いので」

同じことをこのあと迫田に報告するつもりだ。警察の身分照会センターに登録されているのは運転免許の有無と犯罪歴、指名手配をされているか否かだけなので、ストーカーの件はヒットしなかったのだ。

「確かにそうだ」と頷《うなず》いてから、玉置は続けた。

「でも、近江さんの事件とは無関係だね」

そして、視線をパソコンの液晶ディスプレイに戻した。

「それはそうですけど」

取り付く島もない言葉に面食らいひよりが返すと、玉置はもう一度こちらを見た。

「迫田さんたちと牧野さんが多くの事件を解決したというのは知ってるし、元副総監に楯突《たてつ》く気もないよ。そっちはそっち、こっちはこっちで動いて、こっちと関係がありそうな情報があれば報告して」

報告するのは私たちだけ？　まあ、所轄に本庁の捜査情報をべらべら話せないのは当然だけど。ひよりの胸にもやもやとしたものが湧く。しかし「元副総監＝伊達」で、ちょうど訊きたいことがあったのと、スマホが鳴って若い男が席を外したので、ひよりは気持ちを切り替えて問うた。

「わかりました。ところで、伊達さんとはどういうお知り合いなんですか？」

「伊達さんはなんて言ってた？」

「知り合いだけど、どんな知り合いだったかは忘れた、みたいな」

ひよりの答えに玉置は声を立てて笑った。それでこの話は終わったような空気になり、ひよりは「失礼します」と告げて、その場を離れた。

通路に戻り刑事課に行った。こちらもがらんとして、席にいるのは今夜の当直でひよりの先輩の原田照之《はらだてるゆき》だけ。当直はもう一人いるはずだが、食事にでも行っているのだろう。

「お疲れ。あそこに飲み物とお菓子があるぞ。さっき、特命班の玉置さんが差し入れてくれた」

自分の席に着くなり、隣席の原田が声をかけて来た。がっちりした体をダークスーツに包み、髪は五分刈りだ。「あそこ」と指した窓際の棚の上には、コンビニの大きなレジ袋が載っている。

「そうですか」

「俺らにまで気を遣ってくれて、いい人だよな。特命班は注目度が高い部署だし、ノンキャリアだけど三十歳で警部、しかも主任だろ。『デキる男』は違う、ってか？」

がははと笑い、原田はひよりの肩を叩いた。その強すぎる力に顔をしかめながら、ひよりは呟《つぶや》いた。

「それはどうかなあ」

気は利くし、そつがない。でも上っ面だけっていうか、計算の匂いを感じる。しかも微妙に上から目線。今の伊達さんの件だって、質問に質問で答えるって失礼じゃない？　まあ、出世コースだし、階級も上だし、当然と言えば当然で、それが警察組織の中ではデキる男なんだろうけど。そう思い、さっきのもやもやが蘇《よみがえ》りそうになる。

それは嫌なので別のことを考えようとしたら、惣一郎の顔が浮かんだ。

社会的な立場や年齢の違いはともかくとして、上っ面とか計算とかとは無縁の、玉置とは対極の男だ。常に本音でストレート。それでもどこか謎めいていて、なにを考えているのか読めない。昨冬にメゾン・ド・ポリスのおじさんたち共々巻き込まれた事件で惣一郎の生い立ちが明らかになり、少しは謎や考えに近づけた気はするが、これ以上進むと彼との間のバランス、なにより自分の気持ちがおかしなことになりそうで躊躇《ちゅうちょ》する。

「玉置さんとはほぼ同い年だから、『俺もがんばらなきゃな』と思ってるんだよ。美《み》玲《れい》ちゃんとのこともあるし」

訊いてもいないのに原田が語りだした。「美玲ちゃん」は、原田の彼女で二十五歳のOLだ。ある事件を捜査した際に、ひよりも会ったことがある。

「結婚とか？　付き合いも長くなりましたもんね」

「そうそう。最近無言の圧力を感じるし俺もそのつもりなんだけど、いまいち度胸がなくてさ。だから自分に発破《はっぱ》をかける意味で、昇進試験を受けようかなと」

そう言って原田は自分の机に目を落とした。ひよりも見ると、机上には参考書らしき本が開かれている。

「巡査部長に挑戦するんですか？　がんばって下さい」

心からの言葉だった。しかし原田は眉根《まゆね》を寄せ、こう続けた。

「ありがとう。でも俺、勉強って昔から本当に苦手なんだよ」

そして参考書を上にずらす。現れたのはコミック雑誌。布地の面積が極端に少ない水着をまとった、女の子のグラビアページが開かれている。

「なにをやってるんだか」

思わず突っ込み、ひよりは迫田に電話をするために席を立った。後から、「冷たいこと言うなよ〜。長い付き合いじゃねえか」と言う原田の声が追いかけて来た。

翌日、午前十一時。ひよりは迫田、惣一郎と青天社にいた。昨夜、迫田に電話をしたところ「もう一度橋さんと話せ。女同士なら、もっと突っ込んだ話が聞けるかもしれねえ」と言われた。

そこで橘さんに電話をすると、「ストーカーの犯人に心当たりはない」「無言電話や迷惑メール、怪文書などの被害はない」とのことだったが、追加で「今、付き合っている男性はいない」「アパートに侵入される三日前に、会社の自分の席に置いていたバッグを漁《あさ》られたような形跡があった」という情報が得られた。再度迫田に電話をし、橘さんの話を伝えた結果、「青天社に行こう」となった。

青天社は社員数九名。十坪ほどのオフィスにパソコンと電話が載った机と椅子、棚、デジタル複合機などが並び、壁には会社が手がけたイベントのポスターが貼られている。社長を除く八名のうちの四名がイベントの企画・運営を行う制作部で、橘さんもその一人だ。

まず橘さんの席を見せてもらった。壁際で、向かい合って四卓置かれた事務机の左側の奥。突き当たりの窓の前には一回り大きな机があり、社長の席だそうだ。

「バッグはいつもここに置いているんですね？　漁られた日も同じ？」

気を遣って「漁られた」は小声で言い、ひよりは机の脇に立って橘さんの黒革のトートバッグを見た。机にセットされた布張りの椅子の座面に置かれている。制作部の他の三名と社長は打ち合わせのため外出中で席も空いているが、他部署の社員は席に着いて仕事中だ。だが橘さんに周りを気にする様子はなく、はきはきと答えた。

「ええ。同僚とランチに行って、戻ってバッグを開けて気がついたんです。ポケットに入れてるキーケースの向きが逆になってて、右端が定位置の化粧ポーチが真ん中に動いていました」

「なくなったり、壊されたりしたものは？」

迫田が訊《たず》ねる。椅子を挟み、ひよりと反対側に立ってバッグを見ている。その隣の惣一郎は、オフィス内に視線を巡らせていた。

「いいえ。でも絶対に漁られたんです。バッグの中身はいつも同じだし、何をどこに入れるかも決めているから」

ムキになって橘さんが言う。バッグの件も警察には話したそうだが、その時盗難などの被害がなかったことで、不本意な対応をされたのだろう。なだめるつもりで頷き、ひよりは返した。

「わかります。『これはこの位置じゃなきゃダメ』って、ありますよね。私も同じです」

「橘さんがランチに出た時、オフィスに誰がいたか覚えていますか？」

顔をこちらに戻し、惣一郎が問うた。橘さんが首を横に振る。

「何人かはいたと思いますけど。でも、うちの会社は業者さんとかの出入りが激しいし、他のフロアには歯医者さんとか消費者金融とかが入っています。玄関もオートロックじゃないし」

犯行は外部の人間によるもので同僚じゃない、と言いたいのね。でも、外部の人間にも犯人に思い当たるような人物はいない、と。心の中で呟き、ひよりは隣を見た。迫田は橘さんに犯行時にバッグに入っていたものを訊《き》いてメモを取り、惣一郎はまたオフィス内を眺めている。

ひより、迫田、惣一郎で手分けをして、在席していた営業の男性二名と、事務兼経理の女性一名から話を聞いた。ひよりの担当は事務兼経理の女性で、橘さんは「仕事熱心で優秀」「サバサバした性格で付き合いやすい」そうだ。一方でストーカー犯には、「心当たりがない」「バッグの事件の日も怪しい人物を見た記憶はない」と首を傾げた。

オフィスの隅で、迫田たちと聞いた話を報告し合った。男性二名の返答も女性と似たようなものだった。橘さんの席に戻りバッグや椅子、机の写真を撮らせてもらっていると、出入口の方でどやどやという気配があった。振り向くと、男女のグループが壁際にある通路をこちらに歩いて来る。

「打ち合わせが終わったみたいです……深谷《ふかや》さん。今朝話した刑事さんです」

橘さんがグループの先頭の女性に歩み寄り、こちらを示した。女性は四十代後半。小柄小太りで、たっぷりしたブラウスにスラックスという格好だ。

「柳町北署の牧野です」

まずひよりが告げ、警察手帳を見せる。続いて迫田が進み出た。

「どうも。深谷修子《しゅうこ》さんですよね？　その節はお世話になりました」

「ああ、刑事さん。お久しぶりです」

迷わず、深谷さんは一礼した。笑顔になり、迫田はさらに言った。

「私を覚えていましたか。もう元刑事ですよ」

「覚えていますよ。だって『何度も話を聞きに来て申し訳ない』って、たこ焼きを差し入れて下さったでしょ？　あれ嬉《うれ》しかったから」

深谷さんも笑顔になって返した。体同様、顔のパーツも丸い。

「橘さんに聞きましたけど、今はこちらの社長さんですって？　すごいじゃないですか。あの頃からバリバリ働かれてましたもんね」

「とんでもない。社員九名の零細企業ですから……ところで、橘の方はいかがですか？」

後半は深刻な表情になり、深谷さんは傍らの橘さんに目をやった。

「ストーカーの件は社長にも相談しています。昨日の防犯ブザーや催涙ガスをくれたのは、社長なんです」

こちらを見て橘さんが言う。深谷さんもさらに言った。

「そんなことしかできなくて。でも、刑事さんが来てくれたなら安心ね。ボディガードを付けてもダメだったし、『警察がダメなら探偵や警備会社に相談したら？』って話していたんです」

「ボディガード？」

迫田の問いに、「あ、僕です」という返事があり、深谷さんたちの後ろに立っていた男女のグループから男性が進み出た。歳は二十代後半。流行の毛束感を出したツーブロックヘアの、太い眉が印象的なイケメン。すらりとした体を包むのは、これまた流行のジャケットの裾《すそ》が長めのクラシックなラインのスーツだ。

「制作部の後輩の遠藤正裕《えんどうまさひろ》くんです」

橘さんが紹介し、遠藤さんはひよりたちに会釈をした。橘さんは続けた。

「ストーキングが始まってすぐに深谷さんが、『遠藤くんに送ってもらったら？』って言ってくれて、彼も引き受けてくれたんです。十日ぐらい毎晩会社から家まで送ってもらったんですけど、そういう時は尾行されないし、じっと見られてる感じもしませんでした。で、一人に戻ったとたん再開して」

「それはやめた方がいいですね。犯人が男性だった場合、男性と一緒のところを見せると逆上して、ストーカー行為がひどくなる恐れがあります」

とくに一緒にいるのがこんなイケメンだったら、犯人に挑発と受け取られても仕方がないわ。心の中で付け足し、ひよりは遠藤さんを見た。

「確かにそうですね。とにかくなんでも協力するので、早く犯人を捕まえて下さい。この子はうちのホープなんです……必要なら、休んだり早退したりしていいからね」

深谷さんは最後は橘さんに告げ、励ますように背中に手を回した。

「ありがとうございます。よろしくお願いします」

前半は深谷さん、後半はひよりたちに向かって言い、橘さんは深々と頭を下げた。

張り詰めていた表情が少し緩んだように感じられた。

5

かがめていた体を起こし、藤堂がこちらを振り返った。いつものメガネの上にメガネ式のルーペをかけている。ルーペのレンズは顕微鏡に使われているものと似ていて、脇には小型だが強く発光するライトも取り付けられている。その光に直撃され、藤堂の後ろにいた迫田は、

「おい！」

と顔をしかめ、横を向いた。

「失敬失敬」

藤堂は笑い、白手袋をはめた手でライトを消してルーペを外した。迫田の隣で、ひよりは問うた。

「どうですか？」

「署の見立ては正しいね。カギをこじ開けた形跡はない。ついでに、指紋も橘さんの

ものだけだよ。多分室内からも、橘さんの指紋以外は検出されないだろうね」

視線を深緑色のドアに戻し、藤堂は答えた。白衣姿でドアの前に膝《ひざ》を折って座り、足下には鑑識の道具が詰まったジュラルミンケースが蓋《ふた》を開けた状態で置かれている。指紋を採取するために振り掛けられたアルミニウムの粉がまだ少し残っているドアノブに目をやり、ひよりは言った。

「そうですか。指紋はストーカーが手袋をしていたんでしょうけど、じゃあどうやって侵入したんでしょうね。室内の窓も施錠されていたようですし」

「バッグを漁られた件と合わせて、考えられる可能性は一つだな」

話しだした迫田だったが、コンビニの袋を提げた若いサラリーマンが廊下を近づいて来たので口をつぐんだ。ドアの前に身をかがめ自分に会釈をするひよりたちに、サラリーマンは怪訝《けげん》そうな顔で会釈を返し、廊下の先に進んだ。

あのあと青天社で、打ち合わせから戻った社員から話を聞いた。結果、橘さんの雇い主である深谷さんと上司の佐々間《さきま》さんという男性は橘さんについて、「真面目で仕事に熱意を持っている」「勤務態度には問題なし」と語り、後輩に当たる遠藤さんと小島《こじま》さんという女性は、「はっきりものを言うけど面倒見もよく、頼もしい先輩」「言動にブレと裏表がなくてカッコいい」とコメント。ストーカーについては双方、「思い当たる人物はいない」とのことだった。ひよりは考え、橘さんに「自宅を見せて欲しい。鑑識のプロがいるので、手がかりが得られるかも」と申し出た。その後、藤堂に出動依頼をして橘さんの退社を待ち、みんなでこのアパートにやって来た。

「すみません。いいですか？」

ドアの向こうから、くぐもった声がした。ひよりが「はい」と答えると、ドアが開いて橘さんが顔を出した。

「なにかわかりましたか？」

「とくには」

「そうですか。でも気のせいとかじゃなく、本当に侵入されたんです」

勢いよく喋《しゃべ》りだした橘さんを迫田が「続きは中で」と止め、みんなで室内に戻った。

広めのワンルームで、玄関から上がってすぐのところにバスルームのドアがあり、反対側はキッチンだ。キッチンの向かいに白いテーブルと椅子が二脚置かれ、奥にベッドとテレビを載せた棚、クローゼットのドアがあり、突き当たりがベランダに通じる掃き出し窓、というつくりだ。掃き出し窓には厚い遮光カーテンが引かれていた。

「本当に侵入されて、なにも盗《と》られてないけど揃えて脱いだはずのスリッパが乱れていたり、テーブルに置いたものの位置が変わっていたりしていました」

ひよりに促されて椅子に座りながら、橘さんが話の続きをする。向かいの椅子では、黒いニットベストを着た伊達が居眠りをしている。まだ午後八時前だが、高平には

「伊達さんはなるべく早く帰して下さい。本来、門限は九時なんですよ」と言われている。女子高生のようだ。

「わかりました。藤堂さん。さっき橘さんのバッグと中身の指紋も、調べてくれたんですよね？」

振り返って後ろに身を乗り出し訊《たず》ねた。藤堂は玄関の三和土《たたき》のところでかがみ込み、ドアの内側を調べている。

「うん。でも収穫なしだよ。バッグとキーケースは革製、化粧ポーチはナイロン製で指紋が付着しにくく、してもすぐに消えてしまうんだ。これがガラスやビニールなら二、三ヵ月、紙なら保存状態にもよるけど、十年以上経っても指紋を検出できるんだけどね」

「そうですか。橘さん。昨日ストーカーの足音や人影は何度も確認しているとおっしゃっていましたが、動画か写真は撮っていませんか？」

テーブルに向き直り、ひよりは訊ねた。隣には迫田が立ち、惣一郎はカーテンを少し開けて窓の外を窺《うかが》っていた。

「どちらもないです。すぐに逃げちゃうし、怖くてそれどころじゃないから」

視線を落として硬い声で橘さんは答えた。自宅でも仕事をしているらしく、テーブルの上にはノートパソコンと書類、文房具が載っている。

「動画と写真は相談した警察の人にも言われました。『相手の姿を確認しない限り、動けない』とも。それってストーカーは私のウソか妄想だと疑ってる、ってことですよね？」

そう続け、橘さんは責めるような目でひよりを見上げた。

「そんなことはありません。ただ犯人を特定したり推測したりする材料が皆無だと、捜査をするのは難しいです」

「いや。『皆無』じゃねえぞ」

そう言われ、ひよりは迫田を見た。橘さんも視線を動かす。

「バッグを漁《あさ》られた件だが、犯人の目的はこの部屋のカギだったんじゃねえか？　持ち出して合カギを作って、バッグに戻した。で、その合カギを使ってここに侵入したんだ。調べたら、青天社から歩いて十分もかからねえところにカギ店があった。最近の機械なら、合カギを作るのにそう時間はかからねえはずだ。だろ、藤堂？」

ひよりと同じように身を乗り出し、迫田が問う。さっき廊下で話そうとしたのはこのことだろう。振り返って、藤堂は答えた。

「Exactly. さっき確認させてもらったけど、この部屋のカギは最もポピュラーで構造もシンプルなディスクシリンダーキー。最短五分で合カギを作れるよ。でもカギがシンプルってことはカギ穴も同じだから、カギがなくても開けやすいってことになる。

事実最もピッキングなどの被害に遭いやすく、防犯性が脆弱《ぜいじゃく》なのが――」

「な？　五分で作れるなら、昼休み中の犯行は十分可能だ」

藤堂の蘊蓄《うんちく》を遮り、迫田がこちらに向き直った。合カギの可能性はひよりも考えていた。恐らく、迫田以外のおじさんたちも同じだろう。しかし橘さんの反応を考え、口に出すタイミングを計っていた。

案の定、橘さんは勢いよく立ち上がった。

「それって、犯人はうちの会社の誰かって意味ですか？　そんな人、うちにはいません。みんなちゃんとしてるし、私だってストーカーされるようなことはなにもしてない。そもそも全然美人じゃないし若くもないのに。なんで」

言葉に詰まり俯《うつむ》く。手で顔を覆い、椅子に腰を戻して嗚咽《おえつ》を漏らしだした。迫田に下がるように視線で促し、ひよりは橘さんの肩に手を置いて語りかけた。

「別の署ですが私も以前生活安全課にいて、ストーカー事件を担当したことがあります。その時の被害者の方の中には、橘さんと同じように『ストーカーされるようなことはなにもしてない』と言う方もいらっしゃいました。でも犯人を捕まえてわかったのは、なにもしていなくてもストーカーの被害に遭うことはあるということです」

嗚咽が止み、橘さんが顔を上げた。大きな目は濡《ぬ》れ充血もしている。

『見た目が好み』『親切にしてくれた』。中には、『目が合ったから』という犯人もいました。なにかの拍子にスイッチが入り、相手への執着が止まらなくなるんです。被害者の容貌《ようぼう》の善し悪しとか若いとか老けているとかは無関係です。でもはっきり言えるのは、橘さんは悪くありません。自分を責めたり、卑下したりする必要は全然ないんです」

合カギの可能性は自分が伝え、同時にこの話もするつもりだった。

自分以外に八名しかいない会社に自分を尾行したり、部屋に忍び込んだりした犯人がいる。疑いの域を出なくても、私ならどんな顔で出社し仕事をしたらいいのかわからなくなる。会社と仕事が好きならなおさらだ。そう思い、ひよりの胸に強い怒りと使命感が湧いた。同時に一つのアイデアとビジョンも浮かぶ。

体の脇でぎゅっと拳《こぶし》を握り、ひよりは自分を見ている橘さんを見返して告げた。

「向こうが出て来ないなら、こっちから行きましょう」

「えっ？」

橘さんが驚き、迫田も訊ねた。

「どういう意味だ？」

「これから説明します……橘さん。少し落ち着きましょう。お茶でも淹《い》れましょうか」

「私がやります。その前に顔を洗って来ます」

そう告げて涙を拭《ぬぐ》い、橘さんは立ち上がってバスルームに入った。ドアが閉まるなり、迫田はまた訊《き》いた。

「あんなこと言っちまって大丈夫なのか？　青天社が怪しいなら、一人ずつ洗って」

「橘さんの精神状態はもう限界です。それにこの事件は、私たちが動かなければ犯人も動かない気がするんです」

「『気』って、お前」

「根拠はないけど確信はあるんです。とにかく、やらせて下さい」

再度拳を握ってひよりが告げると、玄関から藤堂が戻って来た。

「いいんじゃない？　ストーカーに関する熱弁は感動的だったし、科学的にも正しい。近年、『ストーカーは脳の病気だ』と言う精神科医もいて――」

「熱弁は結構だが、経験による推考と思い込みは別だぞ。目の前まで来ていても曲がり角を一つ間違えれば、ゴールには辿《たど》り着けない」

気がつくと、テーブルの向こうに惣一郎がいた。自分のジャケットを寝ている伊達の肩にかけている。

「どういう意味ですか？」

ひよりが訊ねた時、バスルームのドアが開いて橘さんが出て来た。メイクが落ち、顔色の悪さと目の下の隈《くま》が目立つ。少なくとも『精神状態は限界』には根拠がある、とひよりは思った。

テーブルの上に目を向け、惣一郎は問うた。

「昨日も仕事を持ち帰っていましたね。いつもこうなんですか？」

「いえ。たまたまイベントが重なって。一つは以前社長が担当していたものなので、当時の書類を読み返しているんです……いま、お茶を淹れますね」

鼻声で返し、橘さんはキッチンに立った。すかさず藤堂が、

「お手伝いしましょう」

と微笑《ほほえ》みかけて隣に行く。無言で頷《うなず》き、惣一郎はテーブルの上のノートパソコンや書類を見下ろした。意図が読めずひよりがその横顔を見つめていると、伊達が目を覚まして不思議そうに周りを見た。


チャイムが鳴り、エレベーターのドアが開いた。エレベーターホールに降り立ったのは橘さん一人。ベージュのコートを着て肩に黒革のバッグをかけ、花柄のロングスカートを穿《は》いている。頭には黒いハットをかぶっていた。

橘さんは左右を確認し、通路を進んで出入口のドアの手前にあるメールルームに入った。それを、壁に並んだステンレス製の郵便受けの前に立つひよりが出迎える。

「会社の様子は？」

「社長と佐々間以外はみんな帰りました」

「そうですか。じゃあ行きます。連絡があるまでここにいて下さいね」

「わかりました。あの、気をつけて下さいね」

小声でやり取りし、ひよりはメールルームを出た。

ドアを開けて、ビルを出る。左右を見てから歩道を歩き始めた。時刻は午後十時を回り、飲み屋などには明かりが灯《とも》っているが、通行人はまばらだ。俯き加減で、しかし視線の端で周囲を確認しながら歩いていると、頭の中に低く太い声が響いた。

「おい。どうなってる？」

思わずびくりとしてしまってから、ひよりは顔をしかめてコートの襟の内側に付けた小型のマイクに囁《ささや》きかけた。

「迫田さん。そんなに大声を出さなくても聞こえます。異常なしです。そちらはどうですか？」

「準備万端。マイクも良好。ひよこちゃん。スカート姿は初めて見たけど、いいね。ボブヘアも似合ってる。新たな魅力にドキがムネムネだ」

今度は低く甘い声。藤堂だ。

はい、セクハラ。ていうか、「ドキがムネムネ」ってなに？　どうせ死語だろうけど。うんざりして、ひよりは右耳にはめたイヤフォンに手をやった。イヤフォンはマイクとコードでつながっていて、ひよりが右手に握った小型のトランシーバーに接続されている。おじさんたちもそれぞれ同じトランシーバーを持っている。

手を下ろし、ひよりは再度訊《たず》ねた。

「そちらから見てどうですか？　ちゃんと橘さんに見えますか？」

「大丈夫だ。暗いせいもあるが、十分いける。背格好が似ていたのが幸いだったな」

惣一郎の声が聞こえ、ひよりはほっとする。長く話していると怪しまれるので「了解」のつもりで頷き、歩き続けた。

橘さんのアパートを訪ねたのが二日前。あの後ひよりは橘さんが淹れてくれたお茶を飲むみんなに、「私が橘さんのふりをして夜道を歩き、犯人をおびき出します」とアイデアを伝えた。橘さんは驚いたが要するに囮《おとり》作戦で、おじさんたちは渋々賛成し、すぐに作戦会議に移った。

そして今日。まず橘さんに青天社の社員に「成果が出ず、警察の捜査は打ち切りになった」と伝えてもらった。その上でいつも通り仕事をしてもらい、あらかじめ決めておいた退社時刻に合わせ、橘さんと同じ服を着て同じバッグを持ち、ボブヘアのウィッグをかぶったひよりが青天社のビルのメールルームに入った。ビルから少し離れた場所に停めたメゾン・ド・ポリスのワゴン車では惣一郎、迫田、藤堂、伊達が待機している。橘さんと同じ服とバッグ、ウィッグは高平が、トランシーバーは藤堂が用意してくれた。

ハットで顔を隠し、やや外股《そとまた》の橘さんの歩き方を真似《まね》て、ひよりは歩き続けた。時折おじさんたちに状況を報告する。イヤフォンはスマホか音楽プレーヤーで音楽を聴いているように見えるはずだ。

繁華街から住宅街に入ると人通りは減ったが、異常はない。橘さんの日課をなぞり、コンビニに寄って買い物をした。店を出たところで橘さんがしていたのと同じように左右を確認すると、通りの三十メートルほど後ろに濃紺のワゴン車が見えた。向こうもこちらを確認したらしく、イヤフォンから惣一郎の声が聞こえた。

「異常なしだ。徒歩はもちろん車やバイク、自転車でもお前を尾行している者はいない。そっちはどうだ？」

「注意しているんですけど、足音もじっと見られているような気配もありません。でも、脇道に入るのを待っているのかも。よろしくお願いします」

囁き返すと、惣一郎は「了解」と応《こた》えた。

トランシーバーを左手に持ち替え、右手にコンビニの袋を提げ、ひよりは脇道に入った。三日前に橘さんを尾行した時より時間が遅いので、さらにしんとして人影もない。緊張を覚えながら神経を研ぎ澄ませ、ひよりは前進した。怪しまれるのでワゴン車は脇道の入口で停車し、藤堂が暗視スコープでこちらを見守っているはずだ。

耳を澄まし道沿いの建物や街灯、車などの陰にも目を配って脇道を進んだが、聞こえて来るのは表通りを行き交う車の音だけで、人影も確認できなかった。しかしアパートで待ち伏せをされている恐れがあるので、襲いかかられた場合の動きを頭の中で確認し、ひよりはエントランスに入った。

蛍光灯の明かりを受け、郵便受けが鈍く光っている。がらんとして誰もいなかった。階段も同じで、無事に二階の部屋に辿り着いた。その旨を惣一郎たちに報告し、借りておいたカギで橘さんの部屋に入った。

犯人に見張られている可能性を考え、少ししてから買い物を装ってまた外出し、近くの深夜営業のスーパーマーケットに行ってトイレに入る。トイレではおじさんたちから「もう大丈夫」の連絡を受け、会社のビルを出てタクシーで移動した橘さんが待っているので、ひよりと入れ替わる。その後、適当に買い物をしてもらい、スーパーを出た橘さんをアパートに帰るまでおじさんたちが見守り、最後にひよりをワゴン車でピックアップして作戦終了、という流れだ。

それから二日間。作戦を続けたが何も起こらず、犯人は現れなかった。しかし橘さん曰《いわ》く、「食事や打ち合わせで外出した時にじっと見られている気配を感じた」そうだ。

解錠してドアを開け、ひよりはアパートの部屋の玄関に入った。暗闇の中、既に手が場所を覚えたスイッチを押して明かりを点《つ》ける。パンプスを脱ぎ、部屋に上がった。

部屋の明かりも点け、テーブルの脇の床にバッグを下ろした。

ここまで異常なし。心の中で呟《つぶや》くと、どっと疲れを感じた。橘さんへのストーカー行為の捜査をすることは、生活安全課だけでなく新木の許可も得ている。幸い、いま刑事課は大きな事件を抱えていないが、なんだかんだで仕事はあり、それも並行してこなしているのでさすがにしんどい。時刻は間もなく午後十時半だ。今夜何ごともなかったら作戦は中止し別の方法を考えよう、という話になっている。

テーブルにセットされた椅子を引き、座った。帰宅後すぐスーパーに行く日が続くと犯人に怪しまれるので、今夜は三十分ほど空けてから橘さんの部屋着を着て、レンタルDVDショップに向かうことになっている。無論橘さんとは、DVDショップで落ち合う約束だ。

息をつき大あくびをしていると、

「おい」

と、イヤフォンから野太い声が聞こえた。

まずい。気が緩んで襟のマイクの存在を忘れてしまった。口を閉じてトランシーバーを握り直し、ひよりは返した。

「迫田さん。なにかありましたか？」

「いや。ちょっといいか？」

改まって問われ、面食らいながらも「はい」と答えると、迫田は言った。

「この間は、橘さんに合カギの件を伝えるタイミングを見誤った。すまない」

「いえ。たとえ私が伝えても、橘さんは取り乱したと思います。それに物証がないので、囮捜査しか手はありませんでしたよね」

いつになく素直に謝られ、ひよりはさらに面食らいながらも返した。迫田の声に混じって車の走行音が聞こえるので、なにか口実を作り、トランシーバーを持って一人でワゴン車を降りたのだろう。ワゴン車は今夜も脇道の入口付近で待機している。

「それはそうだが。近江さんの事件が頭にあってな。早く向こうの捜査に戻らねえと、と気が急《せ》いちまった」

「そうですか。私にはなかなか情報が流れて来ないんですが、伊達さんルートでなにかわかりましたか？」

玉置とのやり取りを思い出しながら問うと、迫田は答えた。

「ああ。特命班が近江さんの腕時計と森井の関係を洗った。誰かから買うなり盗むなりした可能性も考えられていたが、森井がかつて登録していた建設業専門の人材派遣会社を突き止めて確認したところ、やつは遅くとも二〇〇八年六月の時点で既にあの腕時計を所持していた。人材派遣会社の社員に、『身なりは粗末で態度も悪いのに腕時計は高級品だったから覚えている』という人がいたそうだ」

「二〇〇八年六月ですか。近江さんの事件からそんなに経っていませんね。じゃあやはり、あの事件のホシは」

「だからそれは俺の仕事じゃねえ」

ひよりを遮って断言してから、迫田は黙った。ひよりも黙ると、迫田は気まずそうに咳払《せきばら》いをし、改めて口を開いた。

「デカ道一筋、三十五年。他にも未解決の事件はある。どれも忸怩《じくじ》たる思いだし、チャンスさえあれば今でもホシを挙げたい。だが、近江さんの事件は特別だ」

重く、鋭く、同時に葛藤《かっとう》も感じられる口調。こんな迫田は初めてでひよりは、

「はい」

と頷《うなず》くしかない。

「だからホシが誰かということ以上に、ホシを目指して進んだ俺がどこで道を誤っちまったのかを明らかにしてぇんだ。このあいだ夏目が言ってただろ。『目の前まで来ていても曲がり角を一つ間違えれば、ゴールには辿《たど》り着けない』」

「ええ」

「とはいえ、目の前のヤマをおろそかにするつもりはねえ。ふんどしを締め直してストーカー逮捕に集中する。いいな？　お前もあくびなんかしてねえで、気を引き締めて出かける準備をしろ」

最後はいつもの迫田に戻って告げ、無線は切れた。

やっぱりあくびはバレてたか。反省しながら言われた通りに気を引き締め、部屋着に着替えるために立ち上がった。カットソーとジーンズ、ジャンパーを着てニットキャップを目深にかぶった。布製の小さなトートバッグとトランシーバーを持ち、ひよりは部屋を出た。階段を下りてエントランスを抜け、アプローチから通りに出る。歩きだそうとしてふと気配を感じ、道の向かい側を見た。

道の端の街灯。白い明かりが周囲を照らしているが、そこからわずかに外れた暗闇に誰かが立っている。ひよりがはっとするのと、誰かが身を翻すのとが同時だった。

「待ちなさい！」

呼びかけトートバッグを捨てて走りだしたが、その誰かも通りの先に向かって駆けだす。

「どうした⁉」

イヤフォンから惣一郎の声がして、ひよりは走りながら襟のマイクに告げた。

「不審者発見！　そちらに向かっています。恐らく男です」

「了解」

短く鋭く、惣一郎は応えた。

トランシーバーを握りしめてアスファルトを蹴《け》り、ひよりは走った。しかし男は俊足で、どんどん引き離される。それでも街灯の明かりを頼りに目をこらし、男が背が高く細身で、黒いパーカーとパンツを身に着け、頭にフードをかぶっているのを確認した。

三十メートルほど先の脇道の突き当たりに、迫田が現れた。男の行く手を塞《ふさ》ぐように両手を体の前に上げ、片足を引いて身構える。直後に男が突き当たりに差しかかり、迫田は何か短く叫んで手を伸ばした。しかし男はそれをかわし、表通りに出ると歩道を逃げようとした。が、その先には惣一郎か藤堂が待ち構えていたらしく、男は急ブレーキをかけた。

うろたえた様子で、男は十メートル手前まで来たひよりを振り向いた。足をこちらに向けかけた男だが、思い直したように体を反転させ、前方に駆けだした。表通りの車道を横断し、逃げるつもりか。

「おい！」

再び叫んで迫田が表通りに向き直り、そこに重たく太いクラクションの音が重なった。表通りの歩道に駆け込んだひよりの前を、大型トラックが轟音《ごうおん》と地響きとともに通り過ぎて行く。

傍らを見たひよりの目に、身をかがめた迫田とその脇の地面に仰向《あおむ》けに倒れた男が映った。とっさに迫田が男のパーカーの背中を摑み、歩道に引き戻したらしい。迫田の脇には惣一郎と藤堂もいた。車道の先にワゴン車が停まっているので、伊達はその中だろう。

「迫田さん」

肩で息をしながらひよりが歩み寄ると、迫田は振り向いた。

「おう。見てみろ」

男は動かず、無言。両手を押し当てて顔を隠しているがフードは半分脱げ、毛束感を出したツーブロックヘアがあらわになっていた。

「遠藤さん⁉」

思わず声を上げ、覗《のぞ》き込んだ。擦りキズを負っただけのようだが、遠藤は横向きになってひよりに背中を向け、長い脚を曲げて胎児のように体を丸めた。

6

惣一郎は迫田とともに遠藤を起き上がらせ、ワゴン車に乗せた。その間にひよりは署に連絡し、遠藤を確保したと報告した。

遠藤は無抵抗なものの押し黙り、ワゴン車の後部座席に座っていた。それでも迫田が車道に飛び出した件に関して「無事でよかった」と喜び、ひよりと藤堂がワゴン車にあった救急箱で擦りキズを手当てしてやると、ぽつりぽつりと質問に答えだした。

仕事をバリバリとこなし厳しいが根気よく指導してくれる橘さんに、遠藤は好意を抱くようになった。しかし物心ついた時からモテて、女性とは「告白されて付き合ったことしかなかった」という遠藤は、橘さんにどう気持ちを伝えたらいいのかわからない。それでも勇気を振り絞り、会社の飲み会の帰りに二人になった時に告白をしたが、橘さんには「年下は趣味じゃないから」ときっぱり断られたそうだ。だが諦《あきら》めきれず想いは募り、橘さんが帰宅したり仕事中に外出したりすると、タイミングをずらして自分も会社を出て後をつけたり、物陰から見つめたりするようになった。惣一郎たちが現れたことで一度はやめたストーカーだが、「捜査は打ち切りになった」と聞き、我慢できずに再開してしまった。昨夜と一昨夜は帰宅後再度外出した橘さんが戻るのを待ち、街灯の陰から部屋を見ていたらしい。

しかし今夜は三十分近く経っても動きがなかったため、「もう外出はしないだろう」と判断したが橘さんが出て来て鉢合わせ、という流れだ。その橘さんが実はひよりだったことは、遠藤は逮捕されるまで「全然気がつかなかった」と語った。

間もなく生活安全課が到着し、遠藤は署の車に乗せられた。事情を説明するためにひよりも同乗し、車は柳町北署に向かった。惣一郎たちはレンタルDVDショップに橘さんを迎えに行き、ワゴン車の中で事情を説明した。橘さんはショックを受け、目を見開いたり声を張り上げたりしたが、説明を聞き終えるとこう訊《たず》ねた。

「告白ってまさかあれ？　飲み会帰りに歩いてたらお互い付き合ってる人はいないって話になって、いきなり『僕は橘さん、いいですよ』って言われたんですよ。それって、『橘さんでも、いいですよ』って意味でしょ？　だからカチンと来て、『年下は趣味じゃないから』って返したんです」

「そうでしたか。遠藤からは、告白の内容までは聞いていませんでした」

後部座席で迫田が返した。隣の橘さんは、納得がいかないといった顔だ。と、藤堂が助手席から身を乗り出して言った。

「恐らく遠藤は、『僕は橘さんが、いいですよ』と言ったつもりだったんでしょう」

「はあ!?　なにそれ」

橘さんが声を張り上げ、三列目の座席で居眠りをしていた伊達が驚いて目を覚ました。白衣の襟を整えながら苦笑いし、藤堂は続けた。

「『が』を言えなかったところに、遠藤の自己保身及び発言に対する責任回避思考が表れていますね。ただこれは昨今の若者に共通する傾向で、たとえば『普通にいい』とか『なしよりのあり』とかいった表現も――」

「要は度胸がなかったってことだろ。はっきり言わねえから、いろいろ溜《た》め込んでストーカーなんかになっちまうんだ」

顔をしかめ、スーツの胸の前で腕を組んで迫田が断言する。橘さんはぽつりと言った。

「だから遠藤くんがボディガードをやってくれてた間は、ストーカーの気配を感じなかったんだ。そりゃそうよね……じゃあ、うちに侵入したのもあいつ？」

最後は「あいつ」呼ばわりし、橘さんはおじさんたちの顔を見た。

「恐らく。遠藤は『尾行やじっと見ていたのは認めるけど、合カギを作って忍び込んだりはしていない』と主張していますが、罪を少しでも軽くしようと考えたんでしょう。署で取り調べを受ければ全部認めますよ」

迫田は答え、苦々しげな顔をした。さっきの遠藤の様子を思い出したのだろう。

「その通り」と言うように、藤堂も頷《うなず》く。一方で、惣一郎は違うことを考えていた。しかし被害者の前で別の捜査員、しかも先輩の発言を否定する訳にはいかない。頭を巡らせ、惣一郎は運転席から後ろを振り返った。

「橘さん。申し訳ないんですが、もう一度だけご自宅を見せていただけませんか？」

「えっ。なんで？」

橘さんが怪訝《けげん》そうに眉《まゆ》を寄せ、迫田も咎《とが》めるような目を向けてきた。

「念のために確認したいんです。犯人は遠藤という前提で調べれば、犯行を裏付ける証拠が見つかるかもしれない。すぐに済みますので、お願いします」

惣一郎が頭を下げると、橘さんは「すぐに済むなら」と嫌々ながらも承諾してくれた。礼を言い、惣一郎はワゴン車を出した。アパートの前にワゴン車を停め、橘さん、惣一郎、迫田、藤堂でエントランスに入った。また寝てしまった伊達は、車内で待っていてもらう。

藤堂と話しながら階段を上る橘さんの後に続いていると、迫田が顔を近づけてきた。

「どういうつもりだ？」

広げた扇子で口を隠しつつ、視線で橘さんの様子を窺《うかが》っている。惣一郎も声を小さくして答えた。

「僕には遠藤がウソをついているようには思えませんでした。尾行とじっと見るというのは、ストーキングの初期段階です。そこから迷惑メールや無言電話、侵入や暴力などにエスカレートしていく。尾行からいきなり侵入というのは唐突すぎる気がします。ましてや遠藤は、迫田さんが言っていたように度胸がない」

惣一郎はさっきの遠藤を思い出していた。うろたえ、怯《おび》えてもいたが「合カギなんて作ってないし、侵入もしていません」と訴えてこちらを見る眼差《まなざ》しはまっすぐで必死だった。

「度胸がないからこそ唐突なことをするんだろ。ずっと受け身で女と付き合って来たから自分で動く時はどうするかわからなくて、極端な行動に走ったんだ」

「そうかもしれません。しかしもし遠藤の犯行でなければ、侵入犯は野放しということになります」

橘さんの耳には入れられないので惣一郎も前を窺い、声をさらに潜めて告げた。

「だからって、部屋を見てなにがわかるんだ。さんざん調べたじゃねえか」

眉をひそめて迫田は返し、身を引いた。

二階に着き、廊下を進んだ。間もなく午前零時だが、並んだドアのどれかの中からテレビの音声らしきものがかすかに流れてくる。橘さんが解錠して部屋のドアを開け、みんなで中に入った。テーブルの脇で立ち止まり、橘さんがこちらを振り向く。

「失礼します」

そう告げて、惣一郎は橘さんの脇を抜け奥に進んだ。みんなの視線を感じながら窓や棚、クローゼットを調べた。手がかりがないのはわかっていたが、こうしているうちに次の手が浮かぶかもしれないと思ったからだ。しかしなにも浮かばず、惣一郎はみんなに向き直った。なにか言おうと橘さんが口を開いた時、テーブルが惣一郎の目に入った。合板の丸く白いテーブルに載っているのは、ノートパソコンと書類、文房具。前に来た時と同じだ。

と、いうことは。閃《ひらめ》くものがあり、惣一郎はテーブルに歩み寄って訊ねた。

「先日お邪魔した時に、侵入があった後テーブルに置いたものの位置が変わっていた、とおっしゃっていましたよね？」

「ええ。シャーペンと消しゴムの場所が入れ替わっていて、パソコンもテーブルの少し奥に動いていました。もしかしたら書類も」

「書類？」

「侵入があった日の前の晩に半分ぐらいまで読んで、『続きは明日《あした》読もう』って、そのままテーブルに置いて寝たんです。でも侵入があった後に見たら、もっと手前のページが開かれていました。すごく眠たかったから、思い違いかもしれないんですけど」

「それがこの書類ですか？」

テーブルの上を指して問うと、橘さんは首を横に振った。

「違います。気持ちが悪くて、読むのをやめてしまっちゃいました」

「差し支えなければ、その書類を見せて下さい」

強い口調で頼むと、橘さんは棚に向かった。引き出しを開け、クリアファイルを取り出す。こちらに戻りながらファイルから書類を抜き取った。

「どうぞ」

藤堂が白衣のポケットから出した白手袋を渡してくれた。礼を言って白手袋を両手にはめ、橘さんから書類を受け取った。

Ａ４のコピー用紙が十枚ほどホチキスで留められている。ざっと目を通すと、イベントの収支報告書のようだ。前半のページの何カ所かに赤線が引かれたり、橘さんの字と思《おぼ》しき書き込みがされたりしていた。

「普通の書類じゃねえか」

迫田が言い藤堂も、

「データに問題があるなら、じっくり解析しないとわからないね」

とコメントした。心の中で同意し、惣一郎は書類を閉じた。ダメ元で表紙を眺めていて、あることに気づいた。

「これ。ホチキスを留め直していますね。橘さんがやったんですか?」

惣一郎は訊ね、片手で表紙を橘さんに向け、もう片方の手で表紙の左上の角を指した。そこに、橘さんがぐっと顔を近づける。

左上の角はホチキスの針が留められていた。長さ一センチほどで銀色の金属製の、ありふれたものだ。針の両端の下には針が書類を貫通した時にできる、ごく小さな丸い穴が開いている。しかし目をこらして見ると、その穴と半分重なる形で脇に別の穴があるのがわかった。

「本当だ。でも、私はやってません」

驚いて顔を上げ、橘さんが答えた。その眼前に惣一郎は書類を差し出した。

「見直して下さい。おかしなところはありませんか?」

受け取って橘さんはページをめくり、書類に並ぶ文字や数字に視線を走らせた。

「ないと思いますよ。とっくに終わったイベントで、参考までに目を通してただけで
――あれ」

「どうしました？」

問うたのは迫田だ。その勢いにたじろぎながら、橘さんは書類の後ろから二ページ目を開き、こちらに見せた。人差し指でページの中央の表に並んだ数字を指す。

「うちの会社はこういう表を作るのにパソコンの表計算ソフトを使っているんですけど、二カ月前に新しいバージョンのものに替えたんです。そうしたら数字を入力する時に同じ書体を選んでも、これまでと微妙に雰囲気が変わっちゃって。私は古いバージョンの方が好きだったから見分けがつくんですけど、このページの表の数字だけ新しいバージョンの書体が使われているんです」

言いながら、橘さんは後ろから三ページ目をめくった。惣一郎、迫田、藤堂が争うようにして覗《のぞ》くと、確かに三ページ目の数字は二ページ目に比べると線がやや細く、「2」や「5」などのカーブの部分の膨らみが小さい。

「後ろから二ページ目の表だけが新しいバージョンのソフトで作られた、ということですか？」

惣一郎の疑問に、橘さんは首を傾げた。

「でもこの書類は一昨年《おととし》のイベントのものです。だから表も全部古いバージョンのソフトで作ったはずなんですよ。なんでだろう。おかしいですよね」

答えを求めるように、橘さんは三人のおじさんを見た。書類を凝視しながら固まっている迫田に、藤堂が囁《ささや》いた。

「いまいち話の流れについて行けてないでしょ？　解説しようか？」

「バカにするな！　ちゃんとわかってる」

すかさず迫田がキレ、惣一郎はチノパンのポケットからスマホを出してひよりの番号を呼び出した。

翌日、午後一時。惣一郎はひより、迫田、藤堂、伊達と青天社を訪れた。

「ああ、刑事さん。この度は申し訳ありません」

オフィス内を進むと、真っ先に深谷さんが自分の席から立ち上がった。向かい側で橘さんも席を立つ。他の社員たちが仕事の手を止めて、不安そうにこちらを見た。

深谷さんと佐々間さんが惣一郎たちをオフィスの奥に案内する。橘さんも付いて来て、後ろでひよりが「この先は私たちに任せて下さい」と小声で告げるのが聞こえた。

「はい」と返した橘さんだが声は硬い。橘さんは今朝、出勤前に柳町北署で事情聴取を受けている。

奥の打ち合わせ用と思しきテーブルにみんなで着いた。

「遠藤の件は橘から聞きました。みんな呆然《ぼうぜん》としてしまって。ご迷惑をおかけしました」

困惑気味ながらも丁寧に、深谷さんが頭を下げた。隣の佐々間さんと、その横の橘さんもそれに倣う。

「遠藤さんについては、今後は署の生活安全課の者が対応します。今日は別件で来ました」

ひよりが告げると、深谷さんと佐々間さんは怪訝《けげん》そうな顔をした。ひよりは足下に置いたバッグから書類を出し、テーブルに置いた。

「これは橘さんの自宅アパートに何者かが侵入した日に、部屋のテーブルに置かれていた書類です。二年前に横浜で行われたがん検診の啓蒙《けいもう》イベントの収支報告書で、今年同じイベントを担当することになった橘さんが参考にしようと、社内にあった原本をコピーして持ち帰ったそうです」

「ええ。聞いていますけど」

深谷さんが言い、橘さんに目をやった。橘さんは身を硬くして前を向いている。

「この書類の表は、バージョンアップする前の古い表計算ソフトで作成されたそうですね。ところがこのページの表だけ数字の書体が違う。新しいバージョンのソフトで作られたからです。昨夜、署で同じソフトを使って確認したので間違いありません」

言いながら、ひよりは書類の後ろから二ページ目を開いて表を見せ、続いて別のページも見せた。「いいですか？」と言って佐々間さんが書類を受け取り、ページをめくったり戻したりする。

「確かに数字の書体が違いますね。変だな。この表は、イベントのポスターやチラシを作ってもらった印刷所とデザイン事務所に支払った代金の明細で、金額には問題はないと思いますけど」

「ちょっと貸して」

佐々間さんから書類をもらい、深谷さんもチェックする。ひよりは続けた。

「でも、その表が差し替えられたものだったら？　二年前に古いバージョンのソフトで作られた表の金額には問題があり、それが露呈するのを恐れた何者かが橘さんの部屋に侵入し、新しいバージョンのソフトで作り直した表が載った書類と差し替えたんです」

これはすべて、昨夜惣一郎が電話で伝えた推測だ。ひよりはすぐにアパートにやって来て橘さんに事情を聞き、惣一郎たちと事件を一から考え直した。

「部屋に侵入したのは遠藤なんでしょう？　それに二年前に明細を作ったのって」

佐々間さんがうろたえて口ごもり、代わりに深谷さんが口を開いた。

「明細は私が作りました。でも、言われたようなことは一切していません」

　困惑しながらも、きっぱりと否定した。その顔を惣一郎とひより、迫田と藤堂が見返し、伊達はコーヒーをすすっている。深谷さんに書類を返してもらい、ひよりは話を続けた。

「そうおっしゃると思って、先ほどこの明細に記載された印刷所とデザイン事務所の社長さんに会いました。どちらも『深谷さんに命じられて、本来の代金を水増しした金額を請求していた。代金が支払われた後、水増し分を深谷さんの口座に振り込んでいた。同じことが複数回あった』と話しています。水増し金額は一社当たり約五万円です」

「そんなバカな。事実無根です」

　小さな目を見開き、深谷さんは体の前で手のひらを大きく横に振った。この反応も想定内だったようで、ひよりはさらに言った。

「でも別のデザイン事務所一社とカメラマン一名も、あなたが制作部にいた頃に水増し請求を命じられ、お金を振り込んだと証言していますよ。『拒否すると取引をやめるとほのめかされた』とも言っていました」

　目を見開き手のひらを体の前に上げたまま、深谷さんが固まった。隣の佐々間さんも、ぽかんとして動かない。

惣一郎から書類の差し替えについて聞き、ひよりが水増し請求を推測した。ひよりは「他の取引先に対しても行っていたはず」とも言い、橘さんに青天社と付き合いのある印刷会社やデザイン事務所を教えてもらい、今朝みんなで手分けをして話を聞きに行った。

「三週間前。あなたは、橘さんが二年前のイベントの収支報告書を見直していると知りました。一社当たりの金額は多くないし、これまで水増し請求はバレなかった。しかし橘さんは真面目で仕事熱心です。違和感を覚えて、あなたが手がけたイベントの収支報告書を全部見直してしまうかもしれない。そうなったら終わりです。ちょうどその頃、あなたは橘さんからストーカー被害の相談を受けていた。そこで橘さんのバッグからカギを持ち出して合カギを作り、部屋に侵入して書類を差し替えたんです。もし侵入に気づかれてもストーカーの仕業だと思わせられますから。もちろん問題の明細は数字を変えて作り直しましたが、表計算ソフトの書体が変わったことは知らなかった。ちなみに橘さんの部屋に侵入があった日、あなたは体調不良を理由に会社を早退していますね」

淀《よど》みなく、ひよりが推測と事実を告げる。無表情で、さすがにこういう時には頭の中を顔に出さない。一方橘さんは自分の名前が何度も出て緊張の面持ちだ。

「違います。あの日は本当に具合が悪くて。私は合カギなんて作ってないし、橘の部屋に侵入もしていません。水増し請求の件も含めて証拠はあるんですか？」

困惑というよりキズつき悲しんでいる様子で、深谷さんは問うた。

「証拠を探してもいいんですか？　水増し請求は、令状を取ってあなたの銀行口座を調べればはっきりするでしょう。合カギもカギ店に聞き込みをします」

ひよりが切り札を切り、藤堂も身を乗り出した。

「カギ店付近の防犯カメラの映像もありますよ。『指紋さえ残さなければ大丈夫』って思い込んでる犯罪者、意外と多いんです」

再び深谷さんが固まり、藤堂は満足げに身を引いた。代わりに迫田が席を立つ。

「深谷さん。なんでだ？　あんたは、あんなに熱心に活《い》き活《い》きと仕事をしていたじゃないか。俺が差し入れたたこ焼きを、『嬉《うれ》しい。みんなで食べます』と言って笑ってくれた顔を今でもはっきり覚えているぞ。なにがあった？　借金か？　それとも贅沢《ぜいたく》がしたかったのか？」

「違います」

深谷さんが即答した。テーブルに手をついて自分の目を覗《のぞ》き込むように見ている迫田を見返し、さらに答えた。

「借金はないし、贅沢なんてしたいと思いません。全部会社のためです」

「どういう意味だ？　説明してくれ」

「熱心に働いたからこそ、綺麗《きれい》事だけじゃやっていけないってわかったんです。うちみたいな小さな会社が生き残るには、尚更《なおさら》です。水増し請求で得たお金は接待やコネ作りに使いました。自分のために使ったことは一度もありません」

「それで会社は生き残り、あんたは社長になった。万々歳《ばんばんざい》って訳か？　ふざけるな。取引先の人の迷惑を考えたことがあるのか？　あんたのせいで橘さんがどれだけ苦しんで怖い思いをしたか、わかっているのか？　『うちのホープ』なんて、心にもねえことをよく言えたな」

「本当にホープだと思っています。でも橘は潔癖すぎる。自分の価値観と正義感がすべてで、他を認めようとしない。私はそれが心配でもどかしくて……妬《ねた》ましかった」

前半は社長らしく毅然《きぜん》として、最後の一言は視線を落として言う。はっとして、橘さんが顔を上げた。しかし深谷を見ようとはしない。と、ひよりも席を立った。

「橘さんは、あなたが罪を認めれば被害届は出さないと言っています……気持ちに変わりはありませんか？」

深谷を含めたみんなが、橘さんに目を向けた。再び橘さんが俯《うつむ》く。葛藤《かっとう》するように、口を引き結んだのがわかった。顔を上げ、橘さんは強い目でひよりを見返した。

「ありません」

その言葉に、今度は深谷がはっとする。

「深谷さん。どうしますか？」

ずっと「あなた」だったのを「深谷さん」に戻し、ひよりは問うた。まっすぐで厳しい、「もう逃げ場はない」と犯人に悟らせる刑事の目だ。

こいつも、こういう目をするようになったんだな。そう思い、惣一郎はひよりの横顔に見入った。水増し請求を突き止めたことも含め感慨を抱く一方、わずかに寂しさを覚えるのはなぜか。

ふうと息をつき、深谷は花柄のブラウスに包まれた丸い肩を落とした。

「認めます。私がやりました」

ひよりが頷《うなず》き、惣一郎もそっと息をつく。反対に佐々間さんは「えっ！」と我に返ったようにうろたえだし、橘さんは厳しい表情で目を伏せた。

「すみません。三人で話をさせてもらえませんか？　すぐに済みます」

自分と深谷、橘さんを指して佐々間さんが言った。またひよりに目を向けられ、橘さんはこくりと頷いた。

「わかりました」

ひよりが床のバッグを取った。惣一郎たちも席を立つ。

通路に移動して惣一郎が振り向くと、橘さんは目を伏せたままだった。その横顔を深谷が見つめ、深谷と橘さんを迫田がこちらに歩きながら振り返って見ていた。

7

「葉桜や、一難《いちなん》去って、目に眩《まぶ》し」

静かな声に惣一郎が目を向けると、伊達が向かいの桜の木を見上げていた。花は少し残っているが、大きく伸びた枝には青々とした葉が重なり合うように茂っている。

「いい句ですね」

ひよりのコメントに、迫田が鼻を鳴らした。

「ひよっこの分際で偉そうに」

「ひよっこの私が聞いてもいいな、と思ったんだから本当にいい俳句なんですよ。ていうか、私は『ひより』ですけどね」

応戦され、迫田はむっとしてなにか返そうとした。が、一瞬早く藤堂が言った。

「春だねえ。ストーカー事件が解決して本当に『一難去って』だし、穏やかでいい日だ。この穏やかさの正体はなにかっていうと中国大陸南部から来る移動性高気圧で、日本には春と秋に多く現れ——」

「ところで夏目さん。ひょっとして書類の差し替えに気づく前から、深谷が怪しいって思ってました？『目の前まで来ていても曲がり角を一つ間違えれば～』って、そのことを言ってたんでしょ？」

藤堂を遮り、おじさんたちの頭越しにひよりが訊《たず》ねた。公園の中の並木道で、両側にベンチがいくつか置かれていた。その一つに伊達、藤堂、迫田が座り、両脇に惣一郎とひよりが立っている。時刻は午後二時。四月も半ばになり、連日春本番といった陽気だ。

「まあな」

「やっぱり。いつから深谷を疑っていたんですか？」

「最初に青天社に行った時から」

「最初!?　根拠は？」

目を見開き声も大きくして問うひよりに顔をしかめ、惣一郎は答えた。

「橘さんに防犯ブザーや催涙スプレーを渡し、『休んだり早退したりしていい』と言いながら、遅くまで残業したり家に持ち帰ったりしなければならないほど仕事をさせていた。不自然だし、矛盾してる」

「なるほど。社長なんだし、いくらでも都合はつけられたはずですもんね。でも、なんで教えてくれなかったんですか」

「あくまで推測だったからな。それに教えなくても、いずれ気づくと思った。実際水増し請求を突き止めて認めさせたのは、お前だ。成長したな」

「それはどうも……えっ。今、なんて言ったんですか？」

ふんふんと聞いてから褒められたのに気づいたらしく、ひよりはまた声を張り上げた。鬱陶《うっとう》しさに照れ臭さも加わり、惣一郎は、

「取り消す。やっぱりお前はなにも成長してない」

とそっぽを向いて返した。それでも騒いでいるひよりに藤堂と伊達は笑い、迫田が言った。

「俺も成長したとは思わねえが、『根拠はないけど確信はある』ってのはよかったぞ。あれこそが『デカのカン』ってやつだ」

「はい？　お言葉ですけど全然違います。一部だけどちゃんと根拠も見つかったし、そんなオヤジ臭と昭和臭むんむんなものと一緒にしないで下さい」

「なんだと⁉　ああ言えばこう言う。ひよっこのクセに黄色い嘴《くちばし》でピーピーと」

お約束の言い合いが始まった。おじさんたちはまた笑ったが、惣一郎はうんざりして並木道の傍らを見て告げた。

「おい。来たぞ」

ひよりも傍らを見た。ベビーカーを押す女性や犬を散歩させる老人が行き交う中、橘さんが小走りでこちらに来る。仕事中らしく、黒革のバッグの他に大きな封筒を持っていた。

「すみません。遅くなりました」

ベンチの前で立ち止まり、橘さんはぺこりと頭を下げた。今日はストライプのパンツスーツ姿だ。みんなが挨拶《あいさつ》を返し、ひよりは言った。

「その後いかがですか？」

「みんなで力を合わせて、なんとか持ちこたえてます」

橘さんが答える。青天社はこの公園から歩いて五分ほどだ。

事の真相が明らかになって約十日。深谷はあの日のうちに青天社に辞表を出し、「ストーカー行為はやめ、二度と近づかない」と誓約書を書き橘さんと示談した遠藤も辞職した。社長と若手を失い青天社は大打撃だが、佐々間さんがとりあえずの代表となって指揮を執り、七名一丸となってがんばっているようだ。

水増し請求については佐々間さんが被害を受けた会社や個人を廻《まわ》って謝罪し、「過ちは二度と繰り返さず、今後はできるだけいい条件で仕事をお願いする」と約束もして、なんとか許してもらえたという。安心していたひよりたちだったが、昨日橘さんから「お話ししたいことがある」と連絡があり、ここに呼び出された。

「よかったですね。社員のみなさんだって被害者なんだ。必死にがんばれば、必ず周りはわかってくれますよ」

迫田の励ましに橘さんは「ありがとうございます」と会釈し、こう続けた。

「でも反省もしました。深谷に言われた潔癖過ぎとか自分の価値観と正義感がすべてとかは、思い当たるところもあって。遠藤くんは許せないけど、告白された時にもう少し話を聞いてあげていれば彼も納得してあんなことはしなかったのかも、と思いました」

「橘さんが反省する必要はありません。前に言ったように、あなたは何も悪くないんです」

進み出てひよりが言う。笑顔になり、橘さんは頷いた。

「わかってます。先月カフェでお話しした際、仕事で会った医師の方が高圧的だったり無茶な注文をしてきたりした時、近江先生を思い出すって話しましたよね。思い出した時には、どうしたらあんな風に人に優しくなれるんだろうとも感じてたんです。きっと先生は強くて揺るがない信念みたいなものがあるからだろうな、って考えて、私もそうなりたいと思ってきました。でも、違ったのかもしれませんね」

照れと気まずさがあるのか橘さんは横を向き、体をせわしなく動かしながら語った。

迫田がなにか返そうとしてやめ、白いジャージの胸の前で腕を組んだ。ひよりも、どう応《こた》えようか考えている様子だ。

「強いからではなく、人の弱くてもろい面を知っているから優しくなれたのではないでしょうか」

　おっとりしていながら、熱意と強さも感じさせる声。橘さんと惣一郎、他のみんなが振り向いた先に伊達の笑顔があった。大きく瞳《ひとみ》を揺らして自分を見る橘さんに、伊達はさらに告げた。

「あなたも今回の事件で人の弱さやもろさを目の当たりにしたでしょう？　辛《つら》く、キズつきもしたと思いますが、そのぶん痛みを知った。その痛みをもって人に接すれば、優しくなれるはずですよ」

「……はい」

　瞳を揺らし、声も少し震わせて橘さんは頷《うなず》いた。伊達がにっこりすると、橘さんも笑顔になった。安堵《あんど》した様子で組んでいた腕を解《ほど》き、迫田が立ち上がった。

「伊達さんの言うとおり。でも無理は禁物ですよ。『お話ししたいこと』って、またなにかあったんですか？」

「いえ。そうではなく……いいよ。来て」

　後ろを振り向き、橘さんが手招きをした。自然にみんなの目が動き、少し離れたベンチから立ち上がりこちらに歩きだす女性を見た。

　歳は三十ぐらい。パーカーにロングスカート姿で、抱っこ紐《ひも》というのかナイロン製のホルダーのようなもので赤ちゃんを抱いている。

「妹の絵里《えり》です」

歩み寄って来た女性を橘さんが紹介する。顔は似ていないが、

「はじめまして。姉がお世話になりました」

と会釈した時の声は、橘さんにそっくりだった。

挨拶は返したが怪訝《けげん》そうな惣一郎たちに気づいたらしく、橘さんは話しだした。

「突然すみません。近江先生の事件が起きた時、犯人じゃないかって疑われた女性がいましたよね？　その人には息子さんがいて、妹の高校の同級生、っていうか元彼なんです」

「児玉美月さんの息子の天音《あまね》くんですか？　私立碧天《へきてん》学園の高等部でしょう？」

間髪を容《い》れず、迫田が問い返した。背筋が伸び、目の光が強まっている。頷き、絵里さんは答えた。

「そうです」

「事件の後、天音くんは妹にあることを話したそうで、当時私に打ち明けてくれたんです。でも妹が事件に巻き込まれそうで怖くて、『誰にも言っちゃダメ。忘れなさい』って言いました。すみません。今回の事件ではみなさんに助けていただいたし、警察はまた近江先生の事件を調べてるみたいだから、思い切って話そうかなって」

「わかりました。ありがとう。妹さんを案じる気持ちは当然です。で、天音くんはなにを話したんですか？」

迫田は不安そうな橘さんにフォローを入れつつ、絵里さんを促した。ホルダー越しに赤ちゃんのお尻《しり》をさすり、確認するように橘さんに目をやってから、絵里さんは言った。

「お母さんの疑いが晴れたって聞いて、天音くんに『よかったね』って言ったんです。でも天音くんは、『よくない。警察から解放されたあと母親は〝ママは取り返しのつかないことをしてしまった〟と言ってた。近江先生を殺したのはやっぱり母親だ』って。彼、すごく取り乱していたし、その後すぐに別れちゃったから本当かどうかはわからないんですけど」

惣一郎は迫田を見た。片手に扇子を持ったまま動かず、何も言わない。視線は絵里さんを捉《とら》えたままだ。

絵里さんがたじろぐようなそぶりを見せたので、迫田の代わりに惣一郎が、

「ありがとうございました」

と一礼した。ひよりも素早く反応し、「少しお話を伺ってもいいですか？」と絵里さんを後ろのベンチに誘《いざな》う。気がつくと、惣一郎の傍らに藤堂と伊達が立っていた。

胸が大きくざわめきだすのを感じながら、惣一郎は藤堂、伊達と視線を交わし、最後にまた迫田を見た。扇子を持ったまま動かないのは変わりないが、迫田はさらに光が強まり、そこに熱と鋭さも加わった眼差《まなざ》しで空を見つめていた。

第二話

犯人は縄文人!?
藤堂の科学推理が冴える

1

信号が赤に変わり、惣一郎はワゴン車を停《と》めた。前方の横断歩道を行き来する人を眺めながら、車内に流れる音楽に耳を傾ける。クラシックのピアノ曲で、美しくも哀愁に満ち、どこか緊張感も漂う。

「Lento con gran espressione. ゆっくり。そして表情豊かに」

助手席の藤堂が言う。目を閉じて曲に聴き入り、指揮をするように白衣の腕を動かしている。運転席の惣一郎との間にあるオーディオ・コントロール・パネルのCDプレーヤーは、再生ボタンのランプが点《とも》っていた。

曲のテンポが明るくリズミカルなものに変わった。それに合わせて、藤堂も声と腕の動きを大きくした。

「Piu mosso. より速く、動きをだして」

「うるせえな。黙って聴け」

どすんと、迫田が助手席のシートを蹴《け》った。えび茶色のスーツ姿で後部座席に座り、再生中のCDのブックレットを手にしている。ブックレットの表紙は、グランドピアノの前に佇《たたず》む三十歳ぐらいの男性の写真だ。

「迫田さん。怒るのはともかく、暴力はダメでしょ」

藤堂が目を開け振り返って苦情を申し立てたが、迫田はふんと鼻を鳴らして老眼鏡越しの視線をブックレットに戻した。

「児玉天音くんがピアニストになって、CDまで出していたとはな。このプロフィールによると、二〇〇八年四月に行われたピアノのコンクールで優勝し、高校を中退してヨーロッパに渡り、現在はパリを拠点に活動しているらしい」

「ウィーン国際ピアノコンクールでしょ。若手ピアニストの登竜門で、優勝者はオーストリアへの留学の権利が与えられるんだ。それも当然。天音くんは天才だよ。こんなに技巧に優れ、かつ情緒豊かなショパンのノクターンを聴いたのは初めてだ。でしょ、伊達さん？」

迫田の肩越しに、藤堂は三列目の席に座る伊達に問いかけた。しかし聞こえなかったのか、返事はない。若草色のニットベストを着た伊達は、クラシック音楽の専門誌を顔の前に広げて読んでいる。この雑誌にも、児玉天音さんの記事が載っているらしい。

公園で、橘麻里さんの妹・絵里さんと会ったのが昨日。あれから惣一郎たちは、ひよりと一緒に絵里さんからさらに詳しく話を聞いた。しかし「天音くんと付き合いだしたのは、二〇〇七年のクリスマス。でも天音くんは忙しくて何回かデートしただけで、近江さんの事件が起きた。お母さんの話を詳しく訊《き》こうとしたけど答えてくれず、その後すぐに『もう付き合えない』とメールが来て学校にも来なくなって以後は音信不通」だそうだ。

バックミラー越しに迫田を見て、惣一郎は問うた。

「じゃあ当然、事件当時もピアノをやっていたんですね？」

「ああ。有名な講師のレッスンを受けていた。天音くんは三歳でピアノを始めてすぐに才能を認められ、将来を期待されていたんだ。しかし事件当時は、スランプっていうのか？　行き詰まって悩んでいたらしい。レッスンをサボったり、繁華街をウロついたり。事件当夜も――」

「ああ。この五十三小節の、上り詰めて行く旋律と緊張感！　Bravo. まさに芸術だ」

曲がクライマックスを迎えたのか、感極まった様子で藤堂が拍手をした。舌打ちして迫田が黙り、信号が青になったので惣一郎はワゴン車を出した。

「この記事によると、天音さんは近々東京でコンサートを行うそうですよ」

顔の前に雑誌を掲げたまま、伊達が口を開いた。素早く、藤堂が反応する。

「日比谷《ひびや》のブリオホールのこけら落とし公演でしょう？　二〇〇八年に渡欧してから、初めての帰国。当然日本での公演も初めて。しかも曲目は、天音くんの十八番《おはこ》のショパン。話題になるし、チケットは争奪戦間違いなしだね」

「うるせえって言ってんだろ。蘊蓄《うんちく》は女相手に垂れろ」

どすんと、また迫田が助手席を蹴った。

「椅子が壊れる。高平さんに知られたら大目玉だよ。ねえ、夏目くん？」

藤堂は両手を体の前に挙げて降参のポーズを作りつつ、今度はこちらに問いかける。

惣一郎は生返事をしてハンドルを握り直し、

「渡欧後初帰国ってことは、事件の後は一度も日本に戻っていないのか」

と呟《つぶや》いた。脳裏に昨日絵里さんから聞いた話が蘇《よみがえ》る。呟きが聞こえたらしく、藤堂が言った。

「それもやむなしでしょ。あんな目に遭えば――おっと。失敬」

「失敬」は迫田に向けて告げ、手のひらを口に当てる。迫田は老眼鏡を外しながらこちらをじろりと見たが、なにも返さなかった。

間もなく目的地に到着し、惣一郎はワゴン車を駐車場に停めた。迫田と藤堂はワゴン車を降り、惣一郎が伊達に手を貸していると声をかけられた。

「夏目さん」

グレーのチェックのパンツスーツを着たひよりが歩み寄って来る。後ろの駐車スペースには白いセダンが停められ、ダークスーツ姿の原田が降りるところだった。

「どなたか、具合が悪いんですか?」

ひよりはおじさんたちに視線を巡らせて訊《たず》ね、最後に駐車場の向かいを見た。鉄筋五階建ての建物があり、屋上に黄緑色の地に白で「わかば記念病院」と書かれた大きな看板が載っている。

「年寄りが病院に来たからって、病気だと決めつけるな」

不機嫌そうに迫田が返し、隣の藤堂が、

「年寄りに限らず、病院で会えば病気かもと思うのが普通でしょ……ご心配ありがとう。僕らは至って健康だよ」

とウインクをして見せる。ほっとした様子で、ひよりは再度問うた。

「よかった。じゃあ捜査? 近江さんの事件ですね」

「ああ。そっちはどうした?」

問い返しながら惣一郎は、ひよりの後ろからやって来て「お久しぶりです」と頭を下げる原田に会釈を返した。

「昨夜山茶花町《さざんかちょう》の路上で女性が男に襲われる事件が起きて、被害者がこの病院に搬送されたんです」

「被害者《ガイシャ》の容態は？　犯人《ホシ》は確保したのか？」

すかさず迫田が訊ねる。

「幸い軽傷ですが、犯人は逃走しました」

ひよりが答え、みんなで病院に向かって歩きだした。と、藤堂が原田を振り返った。

「いよいよ結婚だって？」

原田はひよりに「みなさんに話したのか？　やめろよ。恥ずかしいだろ」と満更でもなさそうに文句を言ってから頬を緩め、

「ええまあ。でも、昇進試験に受かったらと思ってるんです。男のけじめっていうか」

と答えて頭を掻《か》いた。微笑《ほほえ》み、藤堂は返した。

「いいね。僕でよければなんでも聞いて。なにしろ、三回も結婚しているからね」

「三回とも失敗してるじゃねえか。自慢してどうするんだよ」

顔をしかめた迫田に突っ込まれたが藤堂は無視し、話を続けた。

「そういえば、最初の妻は看護師だったな……原田くん。ナースウェアの女性がなぜ美しく見えるか知ってる？　最近はカラフルなものも多いけど、昔は白が多かったでしょ。白い服には、肌や顔立ちを美しく見せるレフ板効果というものがあって」

お約束の蘊蓄が始まり迫田とひよりは露骨にうんざり顔になったが、原田は感心したように頷《うなず》きながら聞き、藤堂に付いて行く。

「もっともらしいこと言ってるけど、要は藤堂さんって白衣フェチ？　二番目の奥さんも鑑識課員だから白衣を着るし、自分も一年中白衣だし」

藤堂の背中を見ながらひよりが疑問を呈し、隣で迫田もコメントする。

「白衣云々《うんぬん》はともかく、あんなヤツの話を真《ま》に受けてるようじゃ、原田は当分巡査長のままだな」

この二人。いつも言い合いばかりしているクセに、こういう時は妙に意気投合するんだな。ひよりと迫田の後ろ姿を眺めて呆《あき》れ、惣一郎は杖《つえ》をついて歩く伊達に付き添いながら前進した。

病院に入ってひよりたちと別れ、惣一郎たちは総合受付に向かった。

「看護師の金子《かねこ》香子《きょうこ》さんと約束があるんですが」

カウンター越しに迫田が言うと受付の女性はタブレット端末を操作し、「金子は救命科です。そちらの通路をお進み下さい」と傍らを指した。礼を言い、みんなで通路を進んだ。時刻は午後一時前。午前の診察は終わっているので、会計以外の場所は人が少ない。

少し進むと救命科の受付があった。制服姿の若い女性が座ったカウンターがあり、その奥はオフィススペースになっていて女性が数名パソコンの載った机に着いている。受付の横には診察室のドアが並び、向かい側に患者の家族と思《おぼ》しき数名が座ったソファがあった。受付とソファの脇は通路で、奥に処置室と病室らしきドアが見える。受付に行こうとした迫田だったが、通路の先を見て「おっ」と言って足を止めた。惣一郎も目を向けると、病室の一つの前にひよりと原田が立って女性と話していた。

ひよりと原田は頭を下げ、病室に入った。室内に昨夜の事件の被害者がいるのだろう。こちらに歩きだした女性に迫田が声をかける。

「金子さん。どうも」

金子さんは「ああ」と頷いてこちらに来た。歳《とし》は四十代半ば。ストレートの長い髪を、後ろで一つに束ねている。

「今朝は突然お電話してすみませんでした。その節は、お世話になりました」

扇子を手に頭を下げる迫田に、金子さんも会釈を返す。

「こちらこそすみません。あの時は大勢の刑事さんに会ったから、『迫田です』と言われても一瞬わからなくて」

「とんでもない。恐縮ですが少しお話を聞かせて下さい。電話で言った通り、近江さんの事件を調べ直しています」

「はい。何日か前にも、警視庁の刑事さんがお見えになりました。玉置さんと浜岸《はまぎし》さんという方」

迫田の後ろの惣一郎たちに視線を走らせ、金子さんは言った。惣一郎は浜岸とは面識はないが、ひよりから「玉置さんの部下」と聞いている。

「そうですか。あっちで話しましょう。彼らも元警察官で、私の仲間です」

金子さんを受付の向かいのソファに誘《いざな》いながら迫田がこちらを指す。惣一郎と伊達が会釈をし、藤堂は、

「初めまして。藤堂雅人と申します。お仕事中に申し訳ありません」

と告げて恭《うやうや》しく一礼した。金子さんは白衣ではなく、赤みがかったピンク色の半袖《はんそで》シャツに白いスラックスという今風のユニフォーム姿だが、藤堂は満面の笑みだ。

「いえ。ちょうど休憩時間なので大丈夫です」

金子さんが返し、歩きだした。地味な顔立ちだが、クセなのか言葉の最後に小さく微笑むところがこちらをほっとさせる。

みんなで奥のソファに座った。金子さんの隣の迫田が、早速質問を始める。

「まず復習させて下さい。事件当時、近江医院には近江さん以外に看護師二名と受付二名が勤務していた。二〇〇八年二月七日の朝、金子さんはスタッフの中で最初に出勤されたんですよね。何時頃ですか？」

「午前七時半です。診察は九時からなんですが、患者さんが診察券を出しに来るので八時には当番のスタッフが玄関のドアを開けていました。あの日は私が当番だったんです」

そう答え、金子さんが微笑む。言葉がすらすらと流れるようなのは、事件後捜査本部の捜査員から何十回も同じことを訊《き》かれたからだろう。そして何日か前には、玉置たちからも同様の質問を受けたはずだ。

「そうですか。出勤されてからの流れを教えて下さい」

「当番は預かっているカギで裏口から中に入り、ロッカールームで着替えて院内に明かりを点《つ》けて玄関のドアを開けるというのが決まりでした。でも私が裏口に行ったらドアが少し開いていて、キズやへこみができていたんです。すぐに『泥棒だ』と思ってご自宅に近江先生を呼びに行ったんですけど、奥さんは『起きたら夫はいなかった。診察室に泊まったんじゃないか』とおっしゃいました。先生はよく夜中までカルテや医学書を読んだり原稿書きをしたりして、診察室の診察台で仮眠をとっていたんです」

そこで言葉を切り、金子さんは迫田と反対側の隣の藤堂、一列前のソファに座った惣一郎と伊達に目をやった。話題が話題なので話し終えても真顔だが、笑顔の藤堂につられて口元をわずかに緩め話を続けた。

「それで心配になって、『警察に通報して下さい』と言って医院に戻りました。裏口のドアの隙間から声をかけたんですけど返事がないので、思い切って院内に入りました。恐る恐る進んで診察室の前まで行ったら、ドアが開けっぱなしになっていたんです。『近江先生』と呼びかけて中を覗《のぞ》くと先生の机の引き出しが開いていて、患者さん用の椅子が倒れていました。で、その奥に先生が仰向《あおむ》けに倒れていたんです。駆け寄ってすぐに、亡くなられているとわかりました。瞳孔《どうこう》が開ききっていたし、顔色も。仕事柄、ご遺体はたくさん見ていたので」

「ごもっともです。しかしあなたは救急車を呼ぶとすぐにCPR、すなわち心肺蘇生《そせい》法を試みられた。もしかしてと、奇跡を願われたんでしょう？」

沈痛な顔で藤堂が問うと、金子さんも表情を曇らせて頷いた。心肺蘇生を試みたことも含め、ここまでの金子さんの話は捜査資料通りだ。藤堂はさらに言った。

「お気持ちはわかります。あなたは医療従事者としての冷静さと行動力に加え、人としての優しさを併せ持った方だ。心から敬意を表します」

「ありがとうございます」

金子さんが顔を上げ、藤堂につられて笑顔になった。「その辺にしておけ」と言うように睨《にら》んで藤堂を黙らせ、迫田は訊《たず》ねた。

「救急車とパトカーが駆けつけるまで、金子さんはずっと近江さんに付き添っていたんですよね？　十分ほどあったはずですが、なにか気づきませんでしたか？　遺体の様子とか、室内の状況とか」

「先生の左側頭部に陥没と出血があったので、これが死因だなと思いました。あと床に血の付いた置き時計が転がっていたので、これで殴られたのかとも。他にはとくに。

先生の机以外の棚やキャビネットはそのままだったし」

「なるほど」

相づちを打ち、迫田が促すように上目遣いでこちらを見た。ソファに横向きに座って後ろを向いた格好で身を乗り出し、惣一郎は訊ねた。

「警視庁の刑事が来た時、写真を見せられませんでしたか?」

「ええ。男性の写真を二枚。どちらも同じ人で、お年寄りのものと少し若返ったものでした。両方心当たりはありませんでしたけど……あの人が犯人なんですか?」

「すみませんが、お答えできません」

捜査一課にいた頃、聞き込み中に何十回と返した言葉を久しぶりに口にした。

特命班が見せたのは先日、簡易宿泊所で殺害された森井心平の写真で、若返ったものは画像加工で事件当時の姿を再現したのだろう。惣一郎はさらに問うた。

「今でも近江医院時代の同僚とは、お付き合いはあるんですか?」

「はい。他の病院で働いていたり結婚して主婦になったりしているんですが、毎年先生の命日にはお墓参りをして偲《しの》ぶ会も開いてます。お墓では昔の患者さんに会うことも多くて、お寺の方の話だと『近江さんのお墓には、お花やお線香が絶えたことがない』そうです。私たちも患者さんも、今でも先生が大好きで忘れられないんです」

「お噂は伺っています。近江医院と近江さんのご自宅があった場所は、今はマンションになっていますね。近江さんの奥さんは『患者さんやスタッフのみなさんには悪いけど、辛《つら》くてここにはいられない』とおっしゃって、事件後間もなく郷里の長野に戻られました。息子さんや娘さん共々、お元気にはされているそうですが」

迫田が口を挟み、金子さんは悲しげに「ええ」と頷《うなず》く。惣一郎は質問を続けた。

「お墓や偲ぶ会で会った人とは当時の話をしますよね？　印象に残っていたり、驚いたりした話はありませんか？」

「ありますけど、『先生にこんな風によくしてもらった』『一緒にあんな楽しいことをした』みたいなことばっかりです。事件については『犯人は絶対に捕まって欲しいね』ぐらい。現場を見たのは私一人だし、思い出しても辛くなるだけですから」

「そうですか。ありがとうございました」

腰を浮かして金子さんに一礼し、迫田には「以上です」と目配せをする。目配せを返し、迫田も立ち上がって金子さんに告げた。

「ありがとうございました。もう結構です」

「これからも私でお役に立てることがあれば、なんでも言って下さい。必要なら、他の元スタッフにも声をかけます」

金子さんもソファを立ち、強い目で迫田と惣一郎を見る。迫田が「わかりました」と返すと、金子さんは笑顔を見せて仕事に戻って行った。その背中にひらひらと手を振り、藤堂は言った。

「意外とあっさり。事件前に怪しい患者が来なかったかとか、医院の周りをウロついてる人物はいなかったかとか、訊くと思ったよ。犯人が犯行前に下見に来たかもしれないでしょ」

「そんなもん、特命班がとっくに訊いてる。それに現場で荒らされていたのは、近江さんの机だけ。しかも右側に三段ある引き出しはカギは壊されていたが、物色した形跡があったのは三段目の深さのあるものだけだった。通常手提げ金庫はここにしまうってことを、ホシは知っていたんだ。盗むのは現金だけ。手練《てだ》れの事務所荒らしの仕事だ。近江さんが現れなければ、ホシは十五分程度で現場から立ち去っていただろう」

迫田は返し、惣一郎に「だろ？」と言いたげな視線を向けた。それを受け惣一郎が、

「手提げ金庫に入っている金はたかが知れているし、事務所荒らしは数をこなしてなんぼです。だから犯行には手間と時間をかけず、下見なしの行き当たりばったりで犯行に及ぶことも珍しくありません。一つの地域で短期間に盗みを繰り返し、別の場所に移動するという手口です」

と補足すると、藤堂は納得した様子で頷いた。

「なるほど。でも近江さんの事件の犯人は、腕時計も持ち去っているよね？　名前入りだから換金できないし、足が付くリスクも高い。なんでまた」

「換金するつもりはなかったんでしょう。犯罪者は本来の目的とは別に現場からなにかを持ち去ったり、反対に自分の痕跡《こんせき》を遺《のこ》したりすることがあります。窃盗、殺人など犯罪の種類を問わず、常習犯に多い行動です」

そう解説したのは伊達だ。杖《つえ》を手に、通路を行き来する人たちをにこにこと眺めている。また藤堂が頷いた。

「ああ、記念品ってやつですね。犯罪者は、自己顕示欲が強い傾向があると言われていますし。これを脳科学的に分析すると――迫田さん、どこに行くの？　玄関はそっちじゃないよ」

ソファを離れ、通路の奥に向かおうとする迫田に声をかける。惣一郎も目を向けると迫田は、

「もののついでだ。ひよっこの事件の様子を見て来る」

と返し、歩きだした。「じゃあ僕も」と藤堂が立ち上がり、伊達も続いたので仕方なく惣一郎も伊達に手を貸し、通路に向かった。

さっきの病室の前に行き迫田がドアをノックすると、中から「はい」とひよりの声が返ってきた。ややあって、ドアが開いてひよりが顔を出した。

「おう。塩梅《あんばい》はどうだ？」

迫田の問いにひよりが答えようとした時、

「賢人《けんと》なの？」

　と病室の中から女性の声がした。振り向き、「違います……ちょっとすみません」と前半を女性、後半を原田に告げてひよりは通路に出た。

「被害者の女性は、精神的に不安定になっています。襲われた時の状況を訊《き》きたいんですけど、なかなか」

　声を潜めて、ひよりは息をついた。贅肉《ぜいにく》のついた顎《あご》を上げ、迫田が返す。

「なんだ、その情けねえツラは。よし。俺が行ってやる」

「やめて下さい」

「No way. ダメだよ」

　ひよりと藤堂に同時に止められ、迫田はむっとしながらもドアのハンドルに伸ばした手を引っ込めた。藤堂が言う。

「被害者は若い女性でしょ？　こんな強面《こわもて》で威圧感むんむんなおじさんが現れてあれこれ訊かれたら、ますますナーバスになっちゃうよ」

「その通り。精神科の先生を呼んだんですけど、来てくれなくて」

　ひよりの言葉に、待ってましたとばかりに藤堂は返した。

「僕に任せて。心理カウンセラーの資格を持ってるし、女性が嫌がることは絶対にしない」

「なに言ってるんですか。三回の離婚の原因は、藤堂さんの浮気のクセに」

「それはそれとして、困ってるんでしょ？　こうしてる間に犯人が逃げちゃうよ。夏目くん。きみも来て」

言うが早いか、藤堂はひよりの脇を抜けてドアを開けて病室に入ってしまった。慌ててひよりが後を追い、惣一郎も続く。

間仕切りカーテンを開けると、中に背中部を起こしたベッドがあり、女性が上体をもたせかけて寝ていた。

「こんにちは。ちょっとだけお邪魔します」

白衣の襟を整えながら女性に微笑みかけ、ベッドサイドに立つ原田の前を抜け、藤堂は女性の横に行った。女性は藤堂を一瞥《いちべつ》するなり、後ろのひよりに問うた。

「賢人は？　まだ？」

「賢人くんというのは恋人かな。あるいはご家族？　とにかく、大至急呼んで来て」

「えっ。僕ですか？」

驚いて訊《たず》ねた原田だったが、藤堂に当然のように頷かれ、渋々ドアに向かった。ベッドサイドの折りたたみ式の椅子に腰掛け、藤堂は女性に語りかけた。

「では、賢人くんが来るまでお話ししましょう。それならいいかな？」

女性は無言。俯《うつむ》いて身を硬くしている。歳は二十歳《はたち》過ぎだろうか。小柄で髪が長く、丸い目と大きめの前歯がリスかハムスターを彷彿《ほうふつ》とさせる。病院のものと思《おぼ》しき淡い緑色の入院着を着て、左の手と腕には包帯が巻かれていた。

「豊田千紗《とよだちさ》さん。綺麗《きれい》なお名前だね。僕は藤堂。彼は夏目くん。牧野刑事と同じく、警察の方から来ました」

ベッドのヘッドボードに取り付けられた名札を見て呼びかけ、自分と後ろの惣一郎を指す。会釈をしながら惣一郎は、「昔『消防署の方から来ました』と名乗って消火器を売りつける訪問販売の詐欺が流行《はや》ったな」と思った。

「学生さんかな。大学の三年、いや、四年生だ。学部は……文学部でしょ？」

合コンか。惣一郎は心の中で突っ込み、ひよりは心配そうに豊田さんを見ている。

豊田さんは俯いたまままさらに身を硬くして、首をふるふると横に振った。左手の甲にかばうように右手を重ね、胸に当てる。

見かねて、惣一郎はひよりに囁《ささや》いた。

「状況を説明してくれ」

「豊田さんは春明《しゅんめい》大学教育学部の四年生で、野《の》ばら町にあるつぼみ小学校で教育実習中です。昨晩九時過ぎ、帰宅中に自宅近くの山茶花町の路上で見知らぬ男に刃物を突きつけられ、バッグを奪われました。男は逃走し、豊田さんはバッグを取られまいとして抵抗した際に軽傷を負いました」

小声でひよりが返す。耳を澄まして聞いていたらしく、藤堂は豊田さんに語りかけた。

「それは大変でしたね。怖かったしショックでしょう。女性にとっては、バッグそのものが特別な存在だ。豊田さんもそうだったんじゃないかな」

豊田さんにプレッシャーをかけないように、敢《あ》えて朗らかに話しているのがわかる。こくりと、豊田さんが頷《うなず》いた。ひよりが補足する。

「バッグは恋人の木下《きのした》賢人さんからのプレゼントで、財布やスマホ、自宅アパートのカギ、教育実習で使う教材や資料などが入っていたそうです」

「ああ、やっぱり。それはひどいな。何が何でもバッグを守りたかったでしょうね」

一転して沈痛な表情を作り藤堂が息をつくと、豊田さんは初めて顔を上げた。

「バッグさえ戻って来れば、なにもいらない。賢人に申し訳なくて。バイトして買ってくれたのに」

肩を震わせて訴え、涙ぐむ。すかさず、藤堂はベッドサイドテーブルの上の箱からティッシュを引き抜いて豊田さんに渡した。

「ますますひどい。でもね、犯人が早く捕まればバッグが戻って来る可能性もそれだけ高くなりますよ。でしょ？」

話を振られ、惣一郎は口を開いた。

「ええ。お金だけ抜き取って、植え込みや橋の下に捨てるということも多いです」

「ね？」

藤堂が豊田さんに微笑みかけた時、ドアが開いて原田と若い男性が入って来た。

「賢人！」

身を乗り出し、豊田さんが若い男性に向かって声を上げげた。声も表情も、別人のように活《い》き活《い》きとしたものに変わる。

「なにしてたの？　遅いよ。『すぐに戻る』って言ったのに」

自分に歩み寄って来る賢人さんに、豊田さんはさらに言った。拗《す》ねたような顔だが声は甘く、弾んでいる。

「ごめん。代わりにバイトに行ってくれるヤツを見つけるのに手間取って」

手にしたスマホを見せ、賢人さんが眉根《まゆね》を寄せた。目鼻立ちは平凡だが、背が高く顔は小さくて手脚が長い。いかにも今風の、若い女性が好みそうな容貌《ようぼう》だ。歳は豊田さんと同じくらいだろう。

立ち上がって賢人さんに椅子を譲り、藤堂は言った。

「きみが賢人くんか。豊田さんはきみが贈ったバッグを守ろうと、必死に闘ったんだよ。きみは果報者だし、男冥利《みょうり》に尽きるってものだ」

「はあ」

勢いよく肩を叩《たた》かれ、賢人さんは面くらいながら答える。

「賢人。バッグが戻って来るかもしれないって」

右手を伸ばして賢人さんの手を握り、豊田さんが訴える。藤堂はさらに言った。

「そう。犯人を捕まえてバッグを取り戻そう。そのためには賢人くんの力が必要だ……男として、愛《いと》しい人を襲い柔肌にキズまでつけた輩《やから》は断じて許せないだろ？　豊田さんを支えて、記憶を呼び戻す手助けをしてやってくれ」

後半は賢人さんの背中に手を当て、藤堂は語りかけた。訳がわからない様子ながらも賢人さんが「はい」と返すと、藤堂は「よし」と頷き、「原田くん。後はよろしく」と告げてドアに向かった。惣一郎、ひよりが後を追う。

「どうだった？」

通路に出るなり訊いて来た迫田を無視し、藤堂はひよりに向き直った。

「賢人さんも会話に加えるようにして、聴取するといいよ。豊田さんは賢人さんに依存的な状態になっているようだね。事件による心的外傷後ストレス障害、いわゆるPTSDかもしれない」

「わかりました。ありがとうございます」

頷いて返してから、ひよりは惣一郎に問うた。

「そちらの聞き込みはどうでしたか？　金子さんは、豊田さんの担当看護師だそうですよ」

「手がかりも不審点もなしだ。だが金子さんの中では事件は過去のものになっていない様子だから、今後なにか話してくれるかもしれない。特命班はどうだ？　絵里さんの話は伝えたんだろ？」

「ええ。署に呼んで改めて話を聞いたようです。でも昨日私たちに話してくれたことが全部みたいだし、後は児玉天音さんが帰国するのを待って聴取するんじゃないでしょうか」

「だろうな」

惣一郎が返すと、迫田がひよりに告げた。

「聴取に戻ってとっとと強奪事件のホシを捕まえろ。昨夜の犯行に味を占めて、ホシが別の女性を襲う可能性があるぞ」

そしてひよりが返事をする前に身を翻し、通路を玄関方向に歩きだした。

2

その後メゾン・ド・ポリスに戻ったおじさんたちだったが、一時間もせずにまた出かけた。豊田さんの強奪事件を捜査することに決めたのだ。「やっぱりか」と思った惣一郎だが、言いだしたのが迫田ではなく藤堂というのは意外だった。電話でひよりから豊田さんの聴取の結果を聞き、やる気になったらしい。

アスファルトの上にジュラルミンケースを置き、藤堂は蓋《ふた》を開けた。

「ひよこちゃん曰《いわ》く、犯人は身長一七〇センチ前後で中肉。黒いニット帽をかぶり、マスクをつけて軍手をした二十代から五十代の男。しっかり聞き込みしてね」

白手袋をはめた手でジュラルミンケースの中を探りながら、後ろに立つ惣一郎と迫田に告げる。

「聞き込みなら署の連中がとっくにやった。収穫なしだったらしいぞ」

眉をひそめて返し、迫田は胸の前で腕を組んだ。惣一郎はボタンダウンシャツを腕まくりしたままだったのに気づき、元に戻した。風呂《ふろ》掃除をしていたら藤堂が現れ、「豊田さんの事件の現場に行くよ」と言われたのだ。三人でワゴン車に乗ってここに来た。

現場は住宅街の中の一本道だった。道幅は狭く、突き当たりは行き止まりになっている。人通りは少なく、街灯も一つだけだ。左右には民家やアパートが並び、そのどれかの住民と思《おぼ》しきスーパーのレジ袋を提げた初老の女性が、惣一郎たちを胡散《うさん》臭げに眺めて通り過ぎて行く。

昨晩豊田さんは、九時過ぎに表通りからこの道に入った。突き当たり近くにある自宅アパートに向かって歩いていたが、十五メートルほど進んだところで後ろから来た男に肩にかけたバッグの持ち手を摑《つか》まれ、ナイフのようなものを突きつけられたらしい。豊田さんは抵抗したが、男は力尽《ちからず》くでバッグを奪い、表通りに逃げたそうだ。その間三分足らず。男は無言だったという。

惣一郎は端に立って道を眺めた。豊田さんが男に襲われた場所の地面にはチョークで○や×、数字などが描かれている。柳町北署の鑑識課が行った現場検証の跡だ。両側を空き地と駐車場に挟まれた、この道の中でもとくに寂しい一角で、街灯の明かりもかすかに届く程度だろう。

「なぜ、この事件を調べようと思ったんですか？」

惣一郎が訊《たず》ねると、藤堂はジュラルミンケースからデジタル一眼レフカメラを取り出しながら答えた。

「豊田さんだよ。財布やスマホはどうでもいいから、彼氏にもらったバッグだけは返して欲しいなんて健気《けなげ》じゃない。今どき珍しいし心を打たれたんだ。それに僕、ああいう齧歯《げっし》目《もく》系の顔って好きなんだよね」

「やっぱり女か」

呆《あき》れ果てたように迫田が返し、藤堂は白衣の肩を揺らして笑った。

いかにもな理由だが、他にもなにかある気がする。惣一郎が逡巡《しゅんじゅん》していると、藤堂はデジタルカメラを手に立ち上がった。

「まあそう言わずに。豊田さんの財布には、一万円ちょっとしか入っていなかったらしい。事務所荒らし同様、この手の窃盗も数をこなしてなんぼでしょ？　新たな犠牲者が出る前に、犯人を捕まえないと」

事務所荒らしという言葉で近江さんの事件をほのめかされ、感じるものがあったのか、迫田はふんと鼻を鳴らしながらも、「俺は通りのこっち側。夏目はあっち側だ」と指示して歩きだした。

「了解です」

頷《うなず》き、惣一郎も歩きだす。後ろから、

「豊田さんのバッグ捜しも頼んだよ」

と藤堂の声が聞こえた。

現場近辺を回り、住民や通行人に話を聞いた。表通りにも出て聞き込みをし、最後は豊田さんのアパートの大家を訪ねた。藤堂の下に戻ったのは午後五時半だった。

「犯人及びそれらしき人物を見た人、犯行時の悲鳴や物音を聞いた人、どちらもいませんでした。空き地やゴミ箱なども調べましたが、バッグも見つからず。そちらの首尾は？」

惣一郎は、先に戻って藤堂の後ろに立っている迫田に問うた。

「同じく収穫なしだ。みんな『昼間刑事さんが来て同じことを訊《き》かれた』と言っていたから、署の連中も手ぶらで帰ったな。アパートの大家は？」

「豊田さんは大学入学と同時に入居して、真面目に通学しているそうですよ。家賃滞納や騒音、ゴミ出しなどのトラブルもなし。ただ大家は、『一人暮らし用のアパートなのに彼氏と半同棲《はんどうせい》状態』とグチっていましたが」

「半同棲状態」というフレーズに迫田は眉をひそめ、藤堂は顎《あご》を上げて笑った。藤堂は橘麻里さんのアパートを調べた時にも使ったメガネ式のルーペを顔に装着し、片手にピンセット、もう片方の手にジップバッグを持って道の端にかがみ込んでいた。ルーペのライトが薄闇に包まれ始めたアスファルトを照らす。その背中に、惣一郎は問うた。

「そちらはどうですか？」

「今のところは収穫なしだね。めぼしいものは、沙耶《さや》たちが持って行っただろうし」

地面を調べながら横歩きで道を移動し、藤堂が返す。沙耶とは柳町北署の鑑識課員の杉岡《すぎおか》沙耶のことで、藤堂の二番目の妻だ。

「だからって、こんなところを調べてどうするんだ。意味ねえだろ」

迫田が言う。胸の前で腕を組み、道の前後に目をやった。惣一郎たち三人は表通りから入って五メートルほどの場所にいる。惣一郎も道の前後を見ていると、藤堂は返した。

「元妻の仕事ぶりを批判したくはないけど、署の鑑識課が念入りに調べるのは豊田さんが襲われた場所だけでしょ。でも、ここは行き止まりの一本道。犯人は豊田さんの後を追って表通りからここに入り、一旦《いったん》立ち止まって襲撃のタイミングを計っていた可能性が高い。襲われた場所から推測するに、立ち止まるならこのあたりだ」

「確かに。さすがですね」

惣一郎は感心したが、迫田は鼻を鳴らした。

「だとしても、なにが見つかるって言うんだ。ニット帽をかぶっていたなら毛髪は落ちねえし、軍手をしてたって話だから指紋も無理だ。そもそも身長一七〇センチ前後で中肉、二十代から五十代の男なんて手がかりと言えるのか？　該当する人物がこの辺りだけでも二十人、いやもっと――」

「どうしました？」

迫田の文句を遮り、惣一郎は身をかがめた。藤堂が動きを止め、なにかに見入っているのに気づいたからだ。

「Hmm」

返事の代わりに呟《つぶや》き、藤堂は手を動かした。ピンセットの先でつまんだ何かをジップバッグに入れている。迫田も反応し、覗《のぞ》き込んだ。

「なんだ。なにか見つけたのか？」

「これだよ」

ジップバッグを手に藤堂が振り返った。またもやルーペのライトの光に直撃され、迫田は、

「おい！」

と顔をしかめて横を向いた。

3

「おばんです！　ナナだっちゃ」

勢いよくドアが開き、ナナが〈ICE MOON《アイスムーン》〉に入って来た。

「いらっしゃいませ。『だっちゃ』って、宮城弁なんですよね。『うる星やつら』のラムちゃんで知りました」

カウンターの中でナナを出迎え、瀬川草介《せがわそうすけ》が語りかける。カウンターでビールを飲んでいたひよりは振り向いて言った。

「ナナちゃん。そのバッグ、見せて」

「いきなりなした?」

怪訝《けげん》な顔をしながらもナナは隣のスツールに腰掛け、肩にかけていたバッグをこちらに差し出した。受け取って、ひよりはバッグを眺めた。

台形で縦二十五センチ、横三十センチほど。革製で薄茶の地の全面に、ベージュでアルファベットのCを縦横に組み合わせた柄が入っている。昨夜豊田さんが強奪されたものとは少し違うが、同じブランドのバッグだ。

「これ、コーチよね。いくらぐらいするの?」

「七万円ちょっと。欲しんだいが? ひよりちゃん、ブランドとか興味ないと思ってたや……草介さん。私にもビール飲ましてけろ」

怪しい方言でひよりに答えてから草介に告げ、ナナはすらりとした脚を組んだ。今日もフルメイクで髪を巻き、ミニ丈のワンピースにピンヒールと手抜きなしだ。「ありがとう」とバッグを返し、ひよりは続けた。

「いま捜査してる事件でちょっとね。でも、最近の大学生って七万円もするバッグをプレゼントするんだ。すごいな」

「ほいなごど普通ちゃや。『バッグの大きさイコール、愛の大きさ。バッグの深さイコール、愛の深さ』ちゃ言うでがす。あんた、今までどいな男と付き合ってきたのっしゃ?」

怪しい上に意味もよくわからないので無視し、ひよりはグラスのビールを飲んだ。

ナナはおしぼりを受け取り、草介と話しだした。

昼間は惣一郎たちと別れた後、改めて豊田さんの事情聴取をした。

賢人さんには今朝、事件を知って病院に駆けつけた時に話を聞いた。春明大学理学部の四年生で、豊田さんとは付き合いだして二年になるそうだ。ちょっと気が弱いかな、という印象だが人柄は良く、捜査にも協力的だ。大学卒業後は大学院に進む予定で研究やバイトに忙しいらしく、豊田さんに付き添いながらもたびたび電話やメールをするために病室を出て行く。その都度豊田さんは落ち着かなくなり、でも賢人さんが戻って来ると子どものように喜ぶ。その様子をひよりは微笑ましく感じながらも、藤堂の「事件による心的外傷後ストレス障害、いわゆるＰＴＳＤ」という言葉を思い出し、犯人への怒りを覚えた。

「プレゼントと言えば、ある方に素敵なものをいただいたんですよ」

草介が話題を変え、ひよりとナナは同時に、

「ある方って？」

「なにをもらったしゃ？」

と問いかける。草介は「ちょっと待って下さい」と告げ、厨房《ちゅうぼう》の奥に引っ込んだ。

ひよりたちがじりじりして待っていると、「じゃ～ん！」と言って草介が戻って来た。

地味だが整った顔に黒いプラスチックフレームのメガネをかけ、白いワイシャツと黒いスラックスを身につけ腰に黒いギャルソンエプロンを締める、というのがいつものスタイルだが、両腕になにか装着している。コットンニットで編んだ筒状の白い物体で、両脇に「SOU★SUKE」と赤い糸で編み込みされている。

「それアームカバー!? ある方って、高平さん?」

驚き訊《たず》ねたひよりに、草介はアームカバーを撫《な》でながら笑顔で頷《うなず》いた。

「はい。先日いらした時に、『おしゃれでしょ? 付けてね』ってプレゼントして下さったんです。奥様の手編みだそうで、感動しちゃいました」

「全然おしゃれじゃないし、付けなくていいから。なんで高平さんがここに? 前に事件絡みで、他のおじさんたちを連れて来たことはあるけど……まさかあの人たち、今もここに来てるの?」

不吉な予感を覚えつつ問うと、草介はあっさり「ええ」と返し、こう続けた。

「月一ペースで来店されてますよ。なぜか、ひよりさんがいない時ばっかりですけど。高平さんもみなさんが連れて来て下さって、いろいろお話ししています。楽しい方ですね」

「月一!? 信じられない。絶対私が忙しい時を狙って来てるわ。よくもひとの聖域を」

気づくと目を伏せ、ぶつぶつと呟いていた。草介が不思議そうにこちらを見たのが

わかった。隣ではナナも、

「アームカバーの、『SOU』と『SUKE』の間に入った星にイラッと来る」

と呟いた。標準語に戻っているのは、苛立《いらだ》ちで酔いが覚めたからかもしれない。

「でも、夏目さんだけはいらしていただけないんですよ」

言われて顔を上げると、草介もこちらを見ていた。言葉を返そうとしたひよりに、草介はさらに言った。

「どうしてでしょうね？」

微笑んではいるが、メガネの奥の目が笑っていないように思えるのは気のせいか。うん、気のせいだ。そう決めて、ひよりは胸に湧きかけた様々な感情を打ち消した。

改めて言葉を返そうとした時、ジャケットのポケットでスマホが震えた。取り出して画面を見ると、「藤堂さん」とあった。時刻は午後九時を回っている。

まさか、これからここに来るとか言うんじゃないでしょうね。再び不吉な予感を覚え、電話に出た。

「牧野です」

「**Bonsoir**, ひよこちゃん。夜空をごらん。春の大三角が綺麗《きれい》だよ」

低く甘く鬱陶《うっとう》しく、藤堂が語りかけてきた。呆《あき》れるとかうんざりとかを通り越してやさぐれた気持ちになり、ひよりはビールをごくりと飲んで返した。

「三角だか四角だか知りませんけど、なんですか？」

「おっと。ご機嫌斜めだね。では用件を早々に……豊田さんの事件の現場から、実に興味深いものを採取したよ。知りたかったら僕の研究室《ラボ》へおいで。イヤなら沙耶に渡すけど」

「行きます！」

前のめりに告げ、ひよりはグラスをカウンターに戻して電話を切った。

〈ICE MOON〉を出てタクシーを拾い、メゾン・ド・ポリスに向かった。

屋敷の二階にある藤堂のラボには迫田と惣一郎がいた。既に高平は帰宅し、伊達は就寝したようだ。

「遅《おせ》えじゃねえか……ひよっこが来たぞ。とっとと話せ」

ひよりをじろりと見てから、迫田が藤堂を促した。パジャマと思《おぼ》しき黒いスウェットの上下を着ている。隣の惣一郎はいつものボタンダウンシャツにチノパン姿だが、エプロンは外していた。

「了解。では、こちらへ」

藤堂は返し、ひよりとおじさんたちを部屋の奥へ誘《いざな》った。

壁際の一角にホテルの客室の冷蔵庫を思わせる白く大きな金属製の箱があり、その上に小さめの金属製の箱と太い筒を組み合わせたような機械が載っていて、複数のコードやつまみの付いた装置が接続されている。隣には事務机が置かれ、液晶ディスプレイとキーボードが載っていた。液晶ディスプレイはスクリーンセーバーが稼働中だ。その前に立ち、藤堂が言った。

「こちらは、僕の愛用の走査《そうさ》型電子顕微鏡。ちなみに Made in Germany」

「知ってますよ。前に別の事件を捜査した時にも見せてもらったし」

ひよりが返すと藤堂は「左様」と頷き、机の上のものを取ってこちらに掲げた。ジップバッグで、中には指先でつまんだ程の量の黒く細かな粒が入っている。

「土？　それを現場で採取したんですか？」

「そう。これは黒《くろ》ボク土《ど》といってテフラ物質、すなわち火山灰を主成分としている」

「特殊な土なんですね？　犯人の靴か服に付着していたなら、身元を特定できるかも」

「いや。黒ボク土はありふれたものだよ。北海道、東北、関東、中国、九州地方の丘陵地、台地を中心に広く分布し、畑や牧草地などの主要な土壌となっている」

「なんだ」

ひよりは落胆し、隣の迫田も言う。

「だろ？　俺も現場でそう言ったんだよ」

「そう答えを急がないで。かく言う僕も、あまり期待せずに土の成分を分析したんだけどね。結果、見つかったのがこれ」

苦笑して語ってから、藤堂は身を翻して机上のマウスを操作した。スクリーンセーバーが停止し、液晶ディスプレイに顕微鏡写真らしきものが表示された。中央に写っているのは、銀杏《いちょう》の葉を上下逆さまにしたような形の無色透明な物体。

またこちらを向き、藤堂は手のひらで物体を指した。

「プラントオパール。微少なガラス質細胞で、イネ科の植物の葉に多く含まれる。植物が枯れた後も、独特の形態を維持したまま半永久的に土壌中に保存されるのが特徴だ。なぜかと言うと、ガラス質の主成分であるケイ酸が化石化されるからで——とにかく、プラントオパールも珍しいものではない。しかし、この個体は以前読んだある論文で見覚えがあってね。まさかと思いながら、土壌分析を専門とする知人に頼んで再検証してもらったんだ。すると驚くべき事実が判明した……まあ、僕の仮説が正しいと証明されたってことなんだけど」

淡々と解説していたのに、最後の最後でいつものしたり顔になって髪の乱れを整えだす。すると迫田が歩み寄り、脇から手を伸ばして藤堂の首を絞め上げた。

「うだうだ言ってねえで結論を言え、結論を。こっちは酒が入って気が短くなってるんだよ」

同じく酒が入っているひよりも大きく頷く。顔を歪《ゆが》めて身をよじり、藤堂は迫田の腕を叩《たた》いて訴えた。

「だから暴力はダメだって。わかった、結論を言うよ。そのプラントオパールは、約六千年前のイネ科の植物に由来するものだとわかったんだ」

「約六千年前？　つまり現場の土は、縄文時代のものだったということですか？」

驚いた様子で惣一郎が話をまとめる。こくこくと、藤堂は頷いた。

「うん。縄文時代前期ね」

「なんだそりゃ」

声を上げ、迫田は藤堂を解放した。液晶ディスプレイの前に行って目を近づけたり遠ざけたりしてプラントオパールの写真を凝視し、続けた。

「なんだってそんなものが現場に。まさか、『犯人はタイムマシンに乗って来た縄文人』とか言うんじゃねえだろうな」

「そんなバカな。土器か遺跡に当時の土が付着していたんでしょう。それに、現場に落ちていたからといって犯人のものとは限らないし」

惣一郎が正論を述べ、ひよりは再度大きく頷《うなず》いた。

「あくまでも手がかりの一つですね。でも、発掘現場か博物館の関係者を当たってみてもいいかも」

「賢明だね」

藤堂も頷いた。よほど苦しかったのか、顔をしかめたまま背中を丸め、もう片方の手で絞められた首をさすっている。みんなが目を向けると藤堂は呼吸と姿勢を整え、改めて言った。

「ただし、発掘現場に限らず工事現場などでも地層のある場所を掘削すれば先史時代の土が出て来る可能性はあるよ。しかも僕が採取した土は現場に落ちてからの日が浅いものだ。つまり、現場からそう遠くないところに縄文時代の土が露頭している場所があるということになるね」

子どもたちのざわめきが収まるのを待ち、男性は話を始めた。

「ですから人の手が加えられていない土の層では、下の層から見つかったものより上の層から見つかったものの方が年代が新しいという考え方が一般的です。これは層位《そうい》学《がく》的研究法と呼ばれていて、発掘された土器や化石がいつの時代のものか特定する時に使われています」

男性は五十代前半。大柄で頭にヘルメットをかぶり作業服の上下を着て、長靴を履いている。向かいには三十名ほどの子どもたちがいて、揃いのジャージ姿でオレンジ色のキャップをかぶっている。小学校の三、四年生だろうか。傍らには引率の教師らしき若い男性もいた。

「これが今回発見された地層です。上から現代のもの、弥生《やよい》時代のもの、縄文時代のもの、旧石器時代のものと考えられます」

振り向いて、男性は後ろの土の斜面に歩み寄った。高さは二メートルほどあり、薄い茶色や濃い茶色、黒、黄土色などの層に分かれている。

男性は持っていたタブレット端末と書類のファイルを腋《わき》の下に挟み、手のひらで一番下の黄土色の層とその上の黒い層の境目を指した。

「このあたりが旧石器時代と縄文時代の境です。土は腐葉土が含まれて栄養分が高いほど黒くなるので、縄文時代には植物がたくさん生育していたのがわかりますね。反対に旧石器時代の土は赤土、関東ローム層とも呼ばれ、氷河期だったこともあり、植物はほとんど育たなかったと考えられます……ここまでで質問はありますか？」

「はい」

声がして、男性は体を起こして振り返った。子どもたちも一斉に後ろを見る。そこには、白衣姿の藤堂。隣には、えび茶色のスーツを着た迫田とひよりもいる。

驚いて自分を見返す男性に、藤堂は問うた。

「黒ボク土中の微粒炭と腐植物質について、腐植物質の集積は表層土に含まれる無機物ではなく微粒炭によるものであるという学説がありますが、どのような見解をお持ちですか？」

口調は落ち着いているが、メガネの奥の眼差《まなざ》しは鋭く力強い。片手には男性同様、タブレット端末を持っている。

「ええと、それは」

男性は戸惑い、子どもたちもざわめきだした。男性教師が身を乗り出して言う。

「はい。ざわざわしない」

しかし子どもたちのざわめきはやまず、藤堂とひよりたちを怪訝《けげん》そうに見たり、周りの子となにか話したりしている。

冷ややかな目で藤堂を一瞥《いちべつ》し、ひよりは男性に向き直った。

「すみません、無視して下さい。吉野《よしの》先生ですね？　今朝お電話をさせていただいた柳町北署の牧野です」

「ああ。どうも」

「事務所の前でお待ちしていますので、お話を聞かせて下さい」

「わかりました」

安堵《あんど》した様子で、吉野さんは頷いた。ひよりが藤堂を引っ張り迫田とともにその場を離れると、吉野さんは話を再開した。しかし子どもたちは、まだこちらを見ていた。

「残念だな。吉野先生の見解を聞くのを楽しみにしていたのに」

地面に鉄板を敷いて作られた通路を歩きながら、藤堂が言った。隣を歩くひよりは、うんざりして返した。

「別の機会にして下さい。無理を言って捜査協力をお願いしたんですから」

「しかし本当に縄文だの弥生だのの土が出て来るんだな。しかも、こんな都心で」

迫田が言い、周りを見回した。ひよりと藤堂も倣う。

片側に大きな土の斜面があり、そこをブルドーザーが削ったり、ヘルメットに作業服姿の人たちが地面に敷かれた石をスコップでならしたりしている。斜面の上は芝生と木立になっているが、その向こうには高速道路が走っている。

昨夜ひよりは署に戻り、縄文時代の地層が現れている場所を調べた。すると、管内の外れのこぶし町の道路工事現場で掘削調査が行われているとわかった。そこで今朝、調査の指揮を執っている考古学者に捜査協力を依頼して、おじさんたちと現地に来た。惣一郎がいないのは、伊達の定期検診に付き添って病院に行ったからだ。

「そうなんだよ。東京はあちこちで市街地の再開発事業が行われているから、地層や遺跡が現れる確率も高くなる。何年か前には、都内の低地で初めて弥生時代の遺跡が見つかったよ。我々の生活のすぐそばで、古代の人たちの営みが感じられる。ロマンだねえ。意外とメゾン・ド・ポリスの下にも、なにか埋まっているかもよ。伊達さんの家は代々資産家らしいから、埋蔵金とか？」

藤堂が斜面に目をやってコメントし、最後はこちらを向いて笑う。ふんと、迫田が

える」

「白骨死体が出てきたりしてな。金やら土地やら持ってたら持ってたで、揉《も》め事も増

鼻を鳴らした。

「変なこと言わないで下さいよ。でも、伊達さんも謎の人ですよね。現役時代の経歴はすごいですけど、プライベートの話はしないし。奥さんはどんな人だったのかとか、他に家族はいるのかとか。あとはメゾン・ド・ポリスを始めた理由。退職した警察官専門のシェアハウスなんて、普通は思いつきませんよね？」

ひよりは問いかけ、おじさんたちの横顔を見た。だが二人ともノーリアクション。あれ？　まずいことを訊いちゃった？　ひよりが焦りを覚えた時、藤堂が答えた。

「僕も詳しいことは知らないんだよ。メゾン・ド・ポリスでは、夏目くんに次ぐ新参者だし。迫田さんは、伊達さんがあそこを始めた時から住んでるけどね」

言葉の端々に藤堂もいきさつを知りたがっている気配を感じる。しかし迫田は前を向いたまま、ぶっきらぼうに返した。

「俺らに過去があるように、伊達さんにも過去はある。興味本位でほじくり返されたくねえのも同じだ。そんなことより、捜査状況を報告しろ」

「聞き込みと並行して現場付近の防犯カメラの映像を分析しています。ただ豊田さんの証言に該当する人物が多すぎて、被疑者の絞り込みは難しいですね。奪われたスマ

ホも犯行直後に電源を切られたらしく、位置情報は取得できません」

「豊田さんの状態はどう？　少しは落ち着いたかな」

藤堂に問われ、ひよりは答えた。

「食事も睡眠もあまりとれていないようです。とくに夜、賢人さんが帰宅した後は落ち着かなくて、金子さんが主治医の許可を得て睡眠導入剤を飲ませたらやっと眠ったとか」

「それはなんとかしてあげたいなあ。でも金子さんが担当でよかった。ベテランだし、人格者だ」

「優しくて信頼できる方ですよね。昨日少しお話ししたら『救命科の看護師になったのは、近江先生の事件の影響もある。患者さんを救えた時は嬉《うれ》しいけど、忙しすぎてバツイチになっちゃった』とおっしゃってました」

「おお。彼女、同類だったのか」

頬を緩めた藤堂に迫田は、

「お前はバツイチじゃなく、バッサンだろ」

と突っ込み、近江さんの事件を思い出したのか難しい顔で黙り込んだ。

プレハブ二階建ての工事事務所の前で待っていると、しばらくして吉野さんが来た。

「お忙しいところすみません」

頭を下げたひよりに、吉野さんもヘルメットを脱いで会釈を返す。

「いえ。お待たせしました」

工事事務所の向かいの通路を、さっきとは別のジャージを着てキャップをかぶった小学生の一団が歩いて行く。こちらも地層の観察に来たのだろう。

「さっそくですが、この顕微鏡写真を見ていただきたいんです」

ひよりが言うと、藤堂が進み出て吉野さんにタブレット端末の画面を見せた。

「こちらが土壌から採取したプラントオパール。詳細はデータをご覧下さい」

藤堂は告げ、タブレット端末を操作した。画面に昨日藤堂のラボで見たプラントオパールの写真と、なにかのグラフや数字が並んだ表が表示された。

大きな体をかがめて目をこらし、吉野さんは写真に見入った。はっとした顔になり、グラフと表にも目を向ける。

「ほぼ間違いなく、ここの地層から採取されたプラントオパールです」

画面に見入ったまま吉野さんは告げた。

「そうですか」

タブレット端末を手にクールに返した藤堂だが、顎《あご》と口の端を上げ、わかりやすい自慢顔になる。ひよりと目が合うと、口をすぼめて上唇と下唇を軽く合わせてキスのポーズを取った。

はいはい、わかりました。げんなりしながら心の中でひよりが返していると、吉野さんは顔を上げた。

「しかし、どこでこれを？　事件とどう関係があるんですか？」

「それについては、牧野刑事と迫田元刑事がご説明します……僕の仕事はここまで。行くところがあるから、失礼するよ」

前半は吉野さんに後半はひよりに告げ、藤堂はその場を離れた。

「どこに行くんですか？　送っていけないし、駅までは遠いですよ」

白衣の背中に問いかけたが、藤堂は「大丈夫」と言うように片手を上げ、通路を歩いて行った。

4

翌日、午後一時。迫田はわかば記念病院にいた。昨日と同じスーツを着て、救命科の受付のソファに座っている。

「では児玉美月さんは二〇〇七年の冬にご主人を亡くしてすぐに、近江医院に来るようになったんですね？」

手にした扇子を握り直して問いかけると、隣の金子さんは頷《うなず》いた。

「ええ。ほとんど毎日。夜や休診日には、先生のご自宅にも行っていたそうです」

「児玉さんはご主人の件で、近江さんの責任を問うていたんですよね」

「はい。でも膵臓《すいぞう》がんは早期発見がとても難しい病気です。しかも児玉さんのご主人は慢性胃炎の持病があって、以前から『食欲がない』『おなかが痛い』と言って受診されていました。黄疸《おうだん》や背中の痛みなど膵臓がんの他の症状や糖尿病、膵炎などの危険因子もありませんでしたし、胃薬を出して経過観察という診断を医療ミスと糾弾するのは酷です。児玉さんも、相談した弁護士さんにそう言われたみたいですけど」

最後のワンフレーズは批判のニュアンスを含んだ口調で答え、金子さんは傍らの通路に目をやった。患者の家族らしき中年女性が通りかかって挨拶《あいさつ》をしたので、金子さんも「こんにちは」と微笑みかけた。それを眺めながら、迫田はさらに問うた。

「しかし児玉さんは納得しなかった。度々押しかけて来る彼女に、近江さんはどう接しておられましたか?」

「時間を作ってきちんと話をされていました。私たちは『お断りしましょうか?』と言ったんですけど先生は、『児玉さんがわかってくれるまで付き合う』とおっしゃって。今では先生らしいなと思いますけど、あの頃は他の患者さんの手前もあるし心配でしたね」

「児玉さんが最後に来た時のことは覚えていますか?」

「もちろん。二〇〇八年の一月の終わり頃で、午後の診察が終わる六時直前にいらしたんです。他に患者さんはいなくて先生に『もう帰っていいよ』と言われたので、スタッフは片付けを始めました。でも少ししたら診察室から大声が聞こえてきて。それまでも児玉さんが取り乱すことはあったんですけど、あの日は先生が一方的に怒っているようでした。あんな先生は初めてだったので、みんな驚いて怖くなってしまって。でも邪魔しちゃいけないので、そのまま帰りました」

当時に思いを馳《は》せたのか、金子さんは不安げな顔になる。迫田は質問を続けた。

「翌朝の近江さんの様子は？」

「いつも通りでした。だから前の日のことは、とくに訊《き》きませんでした」

「その後、児玉さんはどうしました？」

「ウソみたいにぴたっと姿を現さなくなったんです。みんなでほっとしてたんですけど、間もなくあの事件が起きて……この話をとくに熱心に聞きに来られたのって、迫田さんでしたよね？　だから今でもはっきり覚えてるんですよ」

そう話を締めくくり、金子さんは微笑んだ。

「そうでしたっけ？　何度もしつこく本当にすみませんでした」

問い返して頭を掻《か》いた迫田だが、もちろん全部覚えている。

児玉美月が最後に近江医院を訪れたのは、二〇〇八年一月三十日。事件の八日前だ。

当時の聞き込みでも金子さんは今と同じ話をしてくれた。だから迫田は別の証言と合わせて、児玉美月さんに重要参考人として任意同行を求め、聴取することを捜査本部に提案したのだ。

腕時計を見ると一時半近かった。金子さんに昼休みの半分を使わせてしまったことを詫《わ》び、迫田は立ち上がった。通路で金子さんと別れ、奥に進む。病室のドアの一つをノックすると原田が顔を出した。挨拶し、病室に入る。

「ではこの土に見覚えはなく、地層の掘削現場に行ったこともないんですね?」

ひよりの声が耳に届いた。原田は奥に進んだが迫田はドアから少し入ったところで足を止め、半分閉じられた間仕切りカーテンの陰からそっと中を覗《のぞ》いた。

ベッドサイドにベージュのパンツスーツを着たひよりが立っていた。藤堂が採取したものと思《おぼ》しき土の入ったジップバッグを片手に掲げ、ベッドで上体を起こした豊田さんに見せている。

赤いチェックのパジャマを着た豊田さんは、ジップバッグに目を向けてから反対側のベッドサイドを見た。視線の先には椅子に腰掛けた賢人さんがいる。

「どう?」

賢人さんが気遣うように優しく訊《たず》ねた。豊田さんはまず賢人さんに向かって首を横に振り、続いてひよりを振り向いて答えた。

「土は初めて見たし、掘削現場に行ったこともありません」

「そうですか。それではこの写真を見て下さい。見覚えのある人はいませんか？」

ひよりはさらに言い、ジャケットのポケットから写真を三枚出して豊田さんの前のベッドサイドテーブルに並べた。顔写真で一枚は白髪頭の初老の男、もう一枚は日焼けしてあごひげを生やした三十過ぎぐらいの男、もう一枚は短く刈り込んだ髪の頭頂部を金色に染めた二十歳そこそこの男だ。

昨日吉野さんから話を聞いた後、迫田とひよりは工事事務所を訪ねた。責任者にはひよりが話を通していたので、すぐに捜査を始めた。

毎日大勢の人が工事現場に出入りしていたが、地層の掘削現場の近くで作業をしていたのは約十名。そのうち豊田さんの目撃証言と年齢や体格が一致し、事件発生時のアリバイがなかったのが写真の三名だ。

写真が並べられるなり、豊田さんは身を引いてまた賢人さんを見た。眼差《まなざ》しは揺れ、顔も強《こわ》ばっている。

「ほら、千紗。ちゃんと見て答えないと」

豊田さんの肩に手を置き、賢人さんは促した。しかし豊田さんはイヤイヤをするように首を横に振った。

「やだ。怖い」

「お気持ちはわかりますが、ご協力下さい。事件を解決するためです」

「そうだよ。この中に犯人がいるかもしれないだろ？」

ひよりに賛同し、賢人さんは肩に置いた手に力を込めて軽く揺らした。しかし豊田さんは写真から顔を背けたままで、賢人さんの手に自分の右手を重ねて返した。

「暗かったし、帽子とマスクで顔を隠してたから見てもわからない。どうせバッグは戻って来ないんでしょ？　だったらもう諦《あきら》めます」

後半は拗《す》ねてふて腐れたような口調になる。身を乗り出し、ひよりがなにか言おうとした時、誰かのスマホが振動した。立ち上がったのは賢人さんだ。

「すみません。すぐに戻ります」

カラフルなケースに入れたスマホの画面に目を落とし、その場を離れようとした賢人さんに、豊田さんが言った。

「とか言って、なかなか戻って来ないじゃない……この中に犯人がいたらどうする？　逆恨みされて、仕返しに来るかも。賢人、どうしよう」

切羽詰まった早口で捲《まく》し立てる。「この中に」と言う時は手で写真を指したが、目は賢人さんに向けたまま。その目はみるみる潤み、今にも涙が溢《あふ》れそうだ。

賢人さんは慌ててスマホをパーカーのポケットに入れ、再び椅子に座った。

「大丈夫だよ。今日はもうどこにも行かない。ずっと千紗のそばにいる」

豊田さんの顔を覗き込み賢人さんは語りかけた。震える声で「ホント？」と訊き返した豊田さんは賢人さんが「約束する」と返すと、やっと安心したように「わかった。ありがとう」と頷いた。

「すみません。また後で来てもらえますか？　ちゃんと写真を見るように、説得しますから」

ひよりと隣の原田を見て賢人さんが告げた。

「わかりました」

ひよりは答え写真を回収した。迫田が先に通路に出て待っていると、すぐにひよりと原田も病室から出て来た。

「来てたんですね。金子さんに聞き込みですか？」

ひよりが訊ねてきたので、迫田は頷《うなず》いた。

「ああ。豊田さんは、まだ落ち着かねえみたいだな」

「ええ。結局作業員の写真には、目も向けてもらえませんでした。賢人さんが説得してくれると思いますけど」

ため息をついてバッグの持ち手を肩にかけ、ひよりは歩きだした。迫田と原田も続き、三人で病院の玄関に向かう。

「『もうどこにも行かない』『ずっとそばにいる』……く〜っ。甘酸っぱい、っていうか若い！　あの二人を見てると胸がキュンキュンするな。だろ？」

気取った顔で似ていないものまねをしたかと思ったら、感に堪えないといった様子で騒ぎ、原田はひよりを見た。首を傾げ、ひよりは返した。

「でも、見てるとちょっと心配になる感じですよね。あと今朝、奈良の実家から豊田さんのご両親が来たそうなんですけど、豊田さんは新しいスマホだけ買ってもらうと、『大丈夫だから』ってさっさと帰らせちゃったらしいんですよ。洗濯とか彼氏には頼みにくいものはあるし、お父さんはともかくお母さんにはそばにいて欲しいはずなんですけど」

「心配をかけたくなかったんじゃないか？　豊田さんって長女だったよな。気を遣いすぎて、人に甘えたり弱みを見せるのが苦手。典型的な長女キャラだ。そんな彼女が唯一頼れるのが、賢人さんなんだよ。いじらしいじゃないか。ですよね、迫田さん」

話を振られたが、ひよりと原田、双方の言い分になるほどと思う部分があり、迫田は「さあな」と返して胸の前で腕を組んだ。自分の意見に賛同してもらえなかったのが不満だったのか、原田はぶっきらぼうにひよりに告げた。

「お前は深読みしすぎなんだよ。それに、男と女のことに関しては俺の方が何倍も経験豊富だ。美玲ちゃんだって、二人きりの時はあんなもんだぜ。まあ、男としてはそこがかわいい——おっと。噂をすればだ。悪い、先に行ってて」

振動を始めたスマホに目を落として告げ、迫田には「すみません」と会釈をして原田は通路の端に行った。

「仕事中に平気で私用電話をするような人に、『何倍も経験豊富』とかいばられたくないんですけど」

恨みがましく呟《つぶや》いたひよりとともに、迫田は通路を進んで病院を出た。ひよりが「メゾン・ド・ポリスの近くまで送りますよ」と言ってくれたので二人で通りを渡り、向かいの駐車場に入った。

「近いうちに児玉美月さんに会いに行く。お前も来い」

迫田が言うと、ひよりは「はい」と頷いてから訊ねた。

「地固めができたんですか？」

「話を聞けない人がいたりして完璧《かんぺき》じゃねえが、天音くんの件が気になるからな。特命班はもう児玉さんに当たったんだろ？　伊達さんに塩梅《あんばい》を探ってもらうが、お前も頼む」

「わかりました」

ひよりが再度頷いた時、署の白いセダンの前に着いた。ひよりがセダンのドアを解錠し、迫田は後部座席に乗り込もうとした。と、何気なく巡らせた視線が止まる。

「藤堂だ」

思わず言うと、ひよりも同じ方向を見た。

病院と駐車場の間にある通りを藤堂が歩いて来る。白衣に三つ揃いのベストとスラックスはいつも通りだが、手にしゃれたデザインの大きな紙袋を提げていた。

「白衣にベスト、スラックス、革靴までピカピカの新品ですね。あと、あの紙袋は若い女性に人気のスイーツショップのものですよ」

刑事ならではの観察力とリサーチ力、加えて若者らしい視力の良さも発揮し、ひよりがコメントした。その間に藤堂は通りから病院の敷地に入り、玄関に向かう。出入口の脇にあるガラス張りの壁の前で立ち止まり、壁を鏡代わりにして念入りに髪と服装の乱れを整える。

「あのバカ。豊田さんの顔を『好きなんだよね』とか言っていたが、まさか本当に口説く気か？」

眉間《みけん》にシワが寄るのを感じながら、迫田は呟いた。ひよりも、

「なにをやっているんだか」

と言ってため息をつく。二人が見守る中、藤堂は壁の前を離れ、出入口のドアから病院に入った。

5

どん、とひよりは大型のジップバッグを机に置いた。中には泥だらけの黒い安全靴が入っている。机の向かいに座った沖湊人《おきみなと》はそれをちらりと見て、顔を背けた。

「あなたが工事現場で履いている靴です。この靴の泥を調べて、事件現場に落ちていたものと一致したらどうしますか？」

ジップバッグを持ち上げ、刑事課係長の松島優司《まつしまゆうじ》が訊《たず》ねた。ダークスーツ姿で沖の向かいに座っている。

「どうもしねえよ。地層の近くで働いてた作業員みんなの靴に、同じ泥が付いてるはずだ」

顔を背けたまま、ぶっきらぼうに沖が返す。左耳にはフープ型の金のピアス。短く刈り込み、頭頂部だけ金色に染めた髪型と合わせているのかもしれない。

さすがにこの程度の揺さぶりでは動じないか。ひよりは思い、松島も同感だったのかジップバッグを机に戻した。代わりに机上の書類を手に取る。

「二〇一五年八月十二日、午後九時頃。あなたは当時所属していた不良少年グループの仲間と共謀し、神奈川県川崎《かわさき》市内のパチンコ店の駐車場に停まっていた車の窓ガラスを割り、中にあったカーナビと小銭を盗みましたね」

書類に目を通しながら告げ、沖を見る。話し方は淡々としているが、眼差《まなざ》しは鋭い。舌打ちし、沖は胸の前で組んでいた腕を解《ほど》いた。身につけている黒いトレーナーに描かれた、タトゥーの柄を模したと思しき白くいかついイラストが露《あら》わになる。

「そんなのガキの頃にやったことじゃねえか。その事件で捕まって懲りたから、グループを抜けて地元も出て、真面目に働いてるんだろ。冗談じゃねえよ」

「真面目ねえ。確かに、毎日仕事には行っているようですが」

含みのある口調で告げ、松島は黙った。自分の出番だ。松島の横に立ったひよりは、身を乗り出して沖の顔を覗《のぞ》いた。

「沖さん。あなたは消費者金融から借金をしていますね。金額は約八十万円で、主な使い道はギャンブルと風俗店通い。返済は滞り気味で、工事現場に取り立て屋が来たこともあるとか」

「だからなんだよ！　借金は犯罪なのか？」

沖がキレ、机を叩《たた》いて立ち上がろうとする。それを松島が押し戻し、ひよりは話題を変えた。

「四日前の午後九時頃。あなたはどこでなにをしていましたか？」

「何度も言ったろ。夕方の六時過ぎにこぶし町の現場を出て、まっすぐアパートに帰った。風呂《ふろ》に入って酒を飲んで、テレビを見て寝た」

「現場からアパートまで歩いて二十分ほど。その間どこにも寄らず、誰にも会わなかったんですね？　帰宅した後も誰にも会わず、外出もしていない？」

「そうだよ」

苛立《いらだ》ちを隠せない様子で沖はアーミーパンツの脚を組み、両手をポケットに入れた。一呼吸置き、ひよりはさらに訊ねた。

「では、それを証明してくれる人は？」

「いねえからここにいるんだろ！　お前ら、俺がやったと決めつけてるだろ？　昔グレてて借金があるからか？　ふざけんな！」

組んでいた脚を解き、再び両手で机を叩く。ひよりを睨《にら》む細くつり上がった目には、怒りと不満の色が滲《にじ》んでいた。

さらになにか訴えようとした沖を松島が「まあ、落ち着いて」となだめた時、取調室のドアがノックされた。ひよりが歩み寄ってドアを開けると原田がいた。松島に目配せし、ひよりは廊下に出た。

「どうだ？」

原田が問い、ひよりは答えた。

「一貫して山茶花町に行ったことはないし、女性を襲ったりもしていないと主張しています。アリバイのない他の二人はどうですか？」

「どっちも犯罪歴や借金はなく、豊田さんを襲う動機もない。念のため沖も含めた三人が映っていないか、現場付近の防犯カメラを再解析してるけどな」

言いながら原田は廊下の前後に視線を巡らせた。時刻は午後二時前で署内には大勢の職員がいるが、取調室が並ぶこの一角はしんとして他に人気《ひとけ》はない。

昨日は夕方にもう一度わかば記念病院に行った。賢人さんに説得され豊田さんは顔写真を見てくれたが、答えは「三人とも知らない」だった。そして今朝、ひよりたちに新木は「沖に任意同行を求める」と告げた。

「家宅捜索《ガサ入れ》の令状が取れればな。ナイフなり豊田さんから奪ったものなりが見つかりゃ、一発なのに」

「現状で令状は無理でしょう。取り調べでボロを出してくれればいいですね。豊田さんのバッグだけでも、取り返してあげたいです」

「だな……交代するから、昼飯を食って来いよ」

原田が申し出て廊下の手前を指す。礼を言い、ひよりはその場を離れた。廊下を進むと刑事課のある部屋から玉置が出て来た。

「お疲れ様です」

ひよりが会釈し、玉置も小さく頭を下げた。

「お疲れ。山茶花町の事件は被疑者《マルヒ》を引っ張ったんだって？　大詰めだな」

「はい」

頷《うなず》いたひよりだったが、玉置はさらに問うた。

「なにか引っかかってるみたいだな。どうした？」

表情を読まれたのかという決まり悪さより、玉置が自分に興味を示してくれたという珍しさが勝り、ひよりはつい答えてしまう。

「被疑者《マルヒ》を犯人《ホシ》と断定する証拠に乏しいというか。それに、このヤマは単なる物盗《ものと》りではない気もするんです。根拠はありませんけど」

「引っかかるものがあるなら、気が済むまで調べるといい。思わぬところに風穴が開くかもしれないぞ」

無表情で眼差しも冷静だが言葉には実感が籠《こ》もっている。発破《はっぱ》をかけられたようで、ひよりは力が湧いた。頷き、玉置を見返す。

「はい。やってみます」

「でもまあ、物盗りかと思っていたら『怨恨《えんこん》だ』と言い出した人がいて、捜査は迷走。結局物盗りの線に逆戻りって例もあるから、くれぐれも慎重に」

薄く笑って話しだしたかと思ったら、最後は真顔になって忠告し、「じゃ」と片手を上げて玉置は廊下を歩いて行った。

「例」がなんの事件で「言い出した人」が誰なのか、ひよりには瞬時にわかった。それを見越した上で玉置が今の発言をしたのは明らかで、とたんにひよりはもやもやとした気持ちになり、腹立たしくもなった。

喜んで損した。間違ったことは言っていないのが、さらにイヤな感じだし。心の中で文句を言いながらも、外出の準備をするためにひよりは部屋に入った。

6

同じ日の午後三時過ぎ。藤堂は、わかば記念病院にいた。

病院の敷地に入り玄関に近づいて行くと、ドアの脇のガラスに映る自分が目に入った。藤堂は迷わずガラスの前で足を止め、ネクタイを締め直して白衣の肩の埃《ほこり》を払った。髪も整え、ガラスの前を離れてドアに向かう。と、ドアが開いて中から男の子が飛び出して来た。男の子の肩と藤堂の腕が軽くぶつかる。その拍子に、男の子が持っていた画用紙が地面に落ちた。

「これは失敬」

身をかがめ、藤堂は画用紙を拾った。クレヨンで絵が描かれている。粗いタッチで巧《うま》いとは言えないが、髪の長い女性だとわかった。男の子の後ろから、別の男の子と女の子が出て来た。

「美人だね。きみのママかな？　それとも彼女？」

画用紙を手渡しながら訊《たず》ねると、男の子は恥ずかしそうに「どっちでもない」と答えた。濃紺のキャップをかぶり深緑色の長袖《ながそで》Tシャツにジーンズを身につけ、黒いランドセルを背負っている。小学三年生ぐらいだろうか。別の男の子と女の子も同じキャップをかぶり、ランドセルを背負っていた。

「教生《きょうせい》の先生だよ」

「ケガして、ここに入院してるの」

別の男の子と女の子が進み出て、長袖Tシャツの男の子の答えを補足した。見れば、別の男の子も同じ女性らしき絵が描かれた画用紙を持ち、女の子は飲み物の紙パックを包装紙で包み、折り紙で作った花や星などを貼り付けた工作を抱えている。

一瞬戸惑ってから「教生」が「教育実習生」だと気づき、藤堂は問うた。

「ひょっとして豊田千紗先生かな？　きみたちは、つぼみ小学校の生徒だね」

「うん」

女の子が頷き、長袖Tシャツの男の子は目を輝かせた。

「おじさん、千紗先生を知ってるの？」

「もちろん。実に魅力的な女性だ。きみもそう思うだろう？」

藤堂に訊《き》き返され、長袖Tシャツの男の子は照れ臭そうに「わかんない」と返し、女の子は「千紗先生、優しいよ。大好き」と言い、別の男の子も「そうそう」と頷いた。それを微笑ましく見て、藤堂はさらに問うた。

「お見舞いに来たんだね。先生には会えた？」

「ううん」

沈んだ様子で、長袖Tシャツの男の子が小さな顔を横に振った。別の男の子が言う。

「病院の人に、『元気になるまでダメ』って言われちゃった」

「それは残念だったね。千紗先生は今、早く元気になろうとがんばっているよ。きみたちが来たことは、僕が伝えておこう。何年何組？」

「三年二組。おじさん、ありがとう」

明るい顔と声になって、長袖Tシャツの男の子が答える。他の二人も嬉《うれ》しそうだ。

「どういたしまして」

恭しく頭を下げた藤堂を子どもたちは笑い、「バイバイ」と手を振って通りに向かった。手を振り返し、三人の背中を見送って藤堂は病院に入った。通路を進み、救命科に行く。

「こんにちは」

受付カウンターに歩み寄り声をかけると、中でパソコンを操作していた制服姿の若い女性が顔を上げた。

「あら、藤堂さん。こんにちは」

「ご機嫌うるわしゅう。差し入れです。ブレイクタイムにどうぞ」

笑顔で女性とその後ろの机に着いている別の女性たちに告げ、藤堂はカウンターに紙袋を置いた。薄茶色でしゃれたデザイン。中央にフランス語の店名が入っている。

「ありがとうございます――あら。ここって、フィナンシェが有名なお店ですよね？　すごく人気があって、何カ月も前に予約しないと買えないって聞きましたよ」

受け取った紙袋を見て、女性が目を丸くする。予想通りのリアクションに満足しながら、藤堂は顎《あご》を上げて指先でメガネのブリッジを押し上げた。

「ええまあ。ちょっとしたツテがありましてね。これも、昔取ったなんとかってやつですよ」

「嬉しい。昨日いただいたタルトもすごくおいしくて、あっという間になくなっちゃったんですよ。なんか申し訳ありません」

「なんのなんの。みなさんの憩いのひとときに花を添えられれば本望です。ところで彼女は？　少し話せると嬉しいんですが」

問いかけると胸が弾み、そわそわもして来て、藤堂は傍らの通路に目をやった。その姿に女性はくすりと笑い、答えた。

「病室にいます。少しなら大丈夫だと思いますよ」

女性に礼を言い、藤堂は受付を離れた。

やはり女性にはスイーツだな。女性が甘いものを好むのはホルモンや自律神経の影響だと言われているが、僕はスイーツ類の形状も無関係ではないと思う。優しい色使いやフォルムといい程よいサイズといい、スイーツそのものがある意味女性のメタファーとも——そういえば、フィナンシェの店のパティシエは美人だったな。

考えながら廊下を進み、もう一度身なりを整えた。目当ての病室まで行ってドアをノックしたが返事がないので、

「失礼します」

とドアを開けて室内に入った。三分の二ほど閉められた間仕切りカーテンの向こうから、豊田さんが女性と話す声が聞こえる。女性は恐らく金子さんだ。

会話に夢中で、ノックの音に気づかなかったんだな。心の中で呟《つぶや》き、改めて声をかけようと藤堂は室内を進み、カーテンの隙間から中を覗《のぞ》いた。

青いチェックのパジャマを着た豊田さんがベッドで上体を起こし、肘《ひじ》を軽く曲げた左腕を体の前に上げている。傍らには金子さんが立ち、その後ろには包帯やガーゼ、薬のボトルなどが載った金属製のワゴンがあった。

藤堂の目に真っ先に映ったのは、豊田さんの左の手と腕。包帯を外してパジャマの

袖《そで》をたくし上げているので複数の切創、つまり切りキズが露《あら》わになっていた。金子さんは医療用のプラスチックグローブをはめた手を豊田さんの左肘に添え、マスクを装着した顔を近づけてキズを見ている。

と、豊田さんがなにか言いながら右手で顔にかかった髪を払った。その拍子にパジャマの袖口が下がり、右の手首と腕が見えた。

そこで我に返り藤堂は、

「失礼！」

と言って身を引いた。

「えっ。藤堂さん？」

金子さんが驚いて振り向いたのがカーテン越しにわかった。藤堂は後ろに下がってカーテンに背中を向け、答えた。

「申し訳ありません。ノックに返事がなかったので、入ってしまいました。ガーゼ交換の時間だったんですね。豊田さん、ご無礼をお許し下さい」

「……いえ」

力のない声が返ってきた。怯《おび》えているような気配も感じられる。

「すぐに出て行きます。お詫《わ》びは改めて」

早口で告げ、藤堂は廊下に出た。

僕としたことが。大失態だ。ショックと自責の念に加え、そこまで彼女に入れ込んでいるのかという気恥ずかしさも覚え、ドアを閉めた。

しかし切創は多いが、どれも浅そうだった。あれなら神経や血管、腱《けん》の損傷はなく、瘢痕《はんこん》も残らないだろう。不幸中の幸いだ。思うと同時に、頭に豊田さんの手と腕が浮かんだ。左側はキズが痛々しいが、無傷の右側は色の白さと肌の美しさが際立っていた。

ふいに、一つの仮説が浮かんだ。

「おっと」

驚く間もなく藤堂の頭は勝手に回転し、仮説の検証を始める。たくさんの数値とグラフが頭の中を行き来し、現役時代に担当した事件の被害者の写真がいくつか浮かんでは消えていった。

約三十秒後、一つの結論が導き出された。

「I see. そういうことか」

呟くなり、いてもたってもいられなくなった。早歩きでもと来た通路を戻り、玄関から外に出た。病院の前の通りに立ち、左右を見てから駅方向に進んだ。

少し行くと、前方にランドセルの背中が見えた。気持ちが急《せ》いて小走りになったが、すぐに足が重くなり、歳と運動不足を感じる。ようやく並んで歩く三人に追いつき、藤堂は声をかけた。

「きみたち」

くるりと、長袖Tシャツの男の子と連れの二人が振り向いた。

7

病室に入って来たひよりを見るなり、豊田さんは露骨に不満そうな顔をした。次に丸い目を不安げに揺らし、

「賢人が来ないんです。電話は通じないし、LINEも既読が付かない」

と訴えた。ひよりは「そうですか」と返してからベッドサイドの椅子を引いて座った。バッグを足下に置き、ベッドに腰掛けている豊田さんを見てこう続けた。

「私が『今日は豊田さんには会わず、連絡も取らないで下さい』と頼んだんです。あなたに伺いたいことがあります」

「なにそれ。なんでそんなこと頼んだんですか？」

尖《とが》った声で訊《たず》ね、豊田さんがこちらに向き直った。右手に真新しいスマホを握って包帯に包まれた左手を胸に当てている。呼吸を整えてひよりが話し始めようとした時、ノックの音がした。

「はい」

豊田さんが応《こた》え、期待に満ちた目をドアに向ける。が、ドアを開けて入って来たのは藤堂、迫田、惣一郎、伊達だった。豊田さんがまた不満そうな顔をする。ひよりは立ち上がった。

「みなさん、どうしたんですか？」

歩み寄って来るおじさんたちに問うた。時刻は間もなく午後六時だ。

「ひよこちゃん、来てたんだ。呼ぼうと思ってたからちょうどよかった」

藤堂が笑顔で告げ、豊田さんに「こんばんは」と挨拶《あいさつ》してひよりと反対側のベッドサイドに立った。迫田がその隣に行き、惣一郎はベッドの足側に椅子を置いて伊達を座らせている。賢人さんと連絡を取ろうとしているのか、俯《うつむ》いてスマホを弄《いじ》っている豊田さんに藤堂は、

「これをお返しします。ありがとうございました」

と告げて手に提げていた紙袋から大きなビニール袋とジップバッグを出し、ベッドサイドテーブルに置いた。ビニール袋の中には黒いジャケットと白いブラウス、小花模様のスカート、ジップバッグには青いスニーカーが入っている。

「事件が起きた時に、豊田さんが身につけていたものですよね？　なぜ？」

ひよりは驚き、藤堂と豊田さんを交互に見た。藤堂が笑っているだけでなにも言わ

ないので、豊田さんはスマホの画面に目を落としたまま迷惑そうに答えた。

「昼間、『犯人の痕跡《こんせき》が見つかるかもしれないから』って言われて貸したんです」

「そうなんですか？　聞いてませんよ」

ついきつめの口調になったひよりに藤堂は、「申し訳ない」と立てた手のひらを顔の前に上げて見せ、こう続けた。

「昼間ここに来た時にある仮説が浮かんでね。それを検証するために豊田さんが身につけていたもの、とくに靴が必要だったんだ」

「靴？」

「いかにも。このスニーカーには微量の土が付着していた。それを僕のラボで分析したところ、非常に興味深い結果が出た。土から、山茶花町の事件現場で採取したものと同じプラントオパールが検出されたんだ。すなわち、スニーカーの土は地層の掘削現場のものであるということになる」

「えっ!?　でも豊田さんは昨日『土は初めて見たし、掘削現場に行ったこともありません』と言いましたよね？」

驚いてひよりが問うと、豊田さんはスマホから顔を上げた。藤堂と他のおじさんたちも豊田さんを見る。

「はい。だって本当だから」

豊田さんは細い首を傾《かし》げ、怪訝《けげん》そうに返した。その反応を予想していたのか、藤堂は薄く微笑んで語りかけた。

「豊田さん。僕は昼間ここの玄関で三人の子どもに会いました。つぼみ小学校の三年二組の生徒さんで、あなたのお見舞いに来たそうです。残念ながら面会許可が下りずに帰りましたが、利発でいい子たちですね。後を追いかけた僕が、『四日前にこぶし町の地層の掘削現場に行った?』と訊ねたら、『うん。観察会があってクラスのみんなと行ったよ。担任の先生と千紗先生も一緒だった』と答えてくれました。念のためにつぼみ小学校にも確認しましたが、子どもたちの言ったとおりでした」

「じゃあ」

問いかけようとしたひよりを、藤堂は片手を顔の横に上げ、

「僕の仕事は科学的な分析と検証。この後は、ひよこちゃんの出番だよ」

と止めた。豊田さんを見たひよりは、彼女の顔から表情が消えたのに気づいた。同時に、おじさんたちが現れる前に彼女に伝えようとしたことが頭に浮かぶ。

「お前もなにか摑《つか》んで、答えは出てるんだろ?」

問われて振り向くと、惣一郎が強い眼差《まなざ》しでこちらを見ていた。また頭の中のことが顔に出ていたのか。慌てて表情を引き締めると同時に背中を押されたような気持ちになり、ひよりは豊田さんに向き直った。

「昼間、春明大学に行って賢人さんと話しました。『他に好きな子ができて、千紗に言わなきゃと思いながらも切り出せずにいました。電話とメールの相手はその子です』と打ち明けてくれましたよ」

豊田さんが表情のない顔でひよりを見た。それを見返して、ひよりは続けた。

「あなたは賢人さんの心変わりに気づいていたんですよね？　彼を引き留めるために、『男に襲われてバッグを奪われた』と言ったんでしょう？　つまり今回の事件は、自作自演。あなたは防犯カメラのない道を犯行現場に選び、絞り込みが難しい目撃証言をして犯人が特定できないようにしたんです。豊田さん、違いますか？」

名前を呼んで迫ると、豊田さんは目を見開いて首を横に振った。

「違う。本当に男に襲われたの。ケガだってしてるじゃない」

最後は声を大きくして左腕を突き出して見せた。すると、藤堂が手を上げた。

「失敬。『ひよこちゃんの出番だよ』と言ったけど、もう少し語ってもいい？」

「どうぞ」

反射的に頷《うなず》くと藤堂は「ありがとう」と微笑み、メガネ越しの視線を豊田さんに向けた。

「残念ながら、そのケガが失敗でした。刃物のキズには必ず起点《きてん》、すなわちキズが始まった位置があり、それを見ればどの方向から切りつけられたかがわかります。防御《ぼうぎょ》創《そう》、つまり身を守ろうとして負ったキズの場合、キズの方向は犯人との位置関係で変化し、一定しないことが多い。しかし昼間偶然見てしまった際に気づきましたが、あなたのキズの起点はすべて左から右に向かっていた。これは右利きのあなたがナイフを持ち、自ら左の手の甲や腕にキズを作ったという僕の仮説の強力なEvidenceになります」

体の前に左腕を掲げ、ナイフに見立てた右手の指でキズを作るジェスチャーをしながら藤堂は語った。いつしか微笑みは消え、眼差しも熱く鋭いものに変わっている。

「違う。全然違う。ねえ、賢人は？ 賢人を呼んで」

首を激しく横に振り、ベッドから降りようとした豊田さんをひよりが止める。胸ポケットから扇子を引き抜き、迫田が口を開こうとした。が、一瞬早く藤堂が言った。

「そんなに綺麗《きれい》な手や腕をキズつけたりしてはダメだ。痛かったよね？ でも、千紗さんの心はもっと痛くてキズついているはずだ」

敬語をやめ、「千紗さん」呼びになって語りかける。眼差しと声は、いつもの優しい藤堂に戻っていた。豊田さんが動きを止めて自分を見るのを確認し、藤堂は続けた。

「過ちを認めれば、そのキズを癒《い》やしてくれる誰かがきっと現れるよ。そしてその誰かは過ちとキズごと千紗さんを愛し、今度こそずっとそばにいてくれるはずだ」

ぶわっと、見開いたままの豊田さんの目から涙が溢《あふ》れた。背中を丸め、右手で左の手と腕を抱きかかえるようにして泣きだす。その背中をさすり、ひよりは問いかけた。

「大丈夫ですよ……認めてくれますね？」

俯いて泣きじゃくりながら、豊田さんはこくりと頷いた。ひよりは息をつき、場の空気も緩む。すると藤堂は言った。

「じゃあ、後はよろしく。ヤボ用があってね」

「はい!?　ちょっと」

ひよりはうろたえ、迫田も「おい！」と呼びかけたが藤堂は手をひらひらと振り、白衣の裾《すそ》をひらめかせて病室を出て行った。その背中を杖《つえ》を手にした伊達が、

「ご苦労様でした」

と笑顔で見送る。


連絡するとすぐに、原田と松島が駆けつけて来た。まずは豊田さんを聴取してもいいか担当医の診断を待つことになり、みんなで病室を出た。

「全部狂言だったのか。参ったな。でもまあ、言われてみれば豊田さんの賢人さんへの執着は異常だったよ」

通路に立ち、原田は眉根《まゆね》を寄せて頭を搔《か》いた。『いじらしい』とか『そこがかわいい』とか言ってたクセに」という突っ込みは浮かんだが口に出す訳にもいかず、ひよ

りは「はい」と返した。扇子の先でこちらを指し、迫田が告げた。

「沖湊人さんにはきちんと謝罪して、事情説明も怠《おこた》るなよ」

「はい。もう松島さんが動いています」

廊下の奥に目をやり、ひよりは応えた。松島はこちらに背中を向けて電話中。相手は新木だろう。満足したように迫田が頷き、原田はさらに言った。

「豊田さんはスマホや財布は捨てて、バッグはどこかに隠してるな」

「いえ。バッグも捨てたと思いますよ。一番見つかっちゃまずい証拠だし」

「いやいや。賢人さんからのプレゼントだぞ？　しかもコーチだし」

「そうまでして、賢人さんをつなぎとめたかったってことでしょう。豊田さんは『バッグさえ戻って来れば、なにもいらない』と話していましたが、実際には『賢人の気持ちさえ戻って来れば、なにもいらない』だったはずです」

自信と実感を込めて断言したが、原田は納得がいかないように首を傾げた。

「そうかなあ。隠してるだけで、捨ててないと思うけどなあ」

「彼氏が贈ってくれたっていうところに、意味と価値があるんです。元彼じゃダメ。どのみち、フラれたらその後は辛《つら》くて使えないし。私ならコーチだろうがエルメスだろうが、別れた時点で捨てますね」

「マジか!?　女ってみんなそんな？　ていうか、コーチとエルメスじゃバッグの値段は全然違うぞ。お前、やっぱり男と女のことは経験が足りないな」

最後は独り言めかして話をまとめ、原田は「ちょっとトイレ」とその場を離れた。

なにそれ。心の中で文句を言い横目で原田の背中を睨《にら》んだひよりだったが、惣一郎と迫田、伊達にやり取りを聞かれていたことに気づき、急に恥ずかしくなる。と、伊達が話しかけてきた。

「藤堂さんは大手柄でしたね。しかしひよりさんも、よく賢人さんの心変わりに気づきました。彼がたびたび電話やメールをしていたから？　あるいは、豊田さんの態度でしょうか」

「それもありますけど、最終的には」

玉置さんに発破をかけられてと返しかけて、彼が立ち去る前に残した言葉を思い出した。つい口ごもり迫田に目をやってしまうと、

「なんだよ」

と見返された。惣一郎の視線も感じる。

「いえ、なんでも。今回もご協力ありがとうございました。でも橘麻里さんの件といい、近江さんの事件の捜査が別の事件を呼んでるって感じですね。あるいは、事件を呼んでるのはみなさんだったりして」

焦りもあって、つい冗談めかしてしまう。たちまち迫田は顔をしかめた。

「不謹慎なことを言うな。そもそも人聞きが悪い。俺らが犯罪を誘発してるみてぇじゃねえか。なあ、夏目？」

「そうですね」

棒読みで答えた惣一郎だったが、眼差しはこちらに向けられたままだ。ひよりは表情を読まれないように、さりげなく惣一郎に背中を向けた。そしてこれからの近江さん事件の捜査に思いを馳《は》せ、緊張するとともにわずかな不安を覚えた。

8

タクシーを降り、藤堂は足早に目指すビルに入った。エレベーターの中で髪と服装を整え、三階に向かう。

短いチャイムが鳴ってエレベーターのドアが開き、三階のフロアに降りた。正面のガラスのドアを開けると、

「いらっしゃいませ。藤堂様、お久しぶりです」

と、レジカウンターの中で中年男性が一礼した。軽く手を上げ、藤堂は返した。

「やあ。こんばんは」

「どうぞこちらへ」

レジカウンターから出て来た男性に案内され、店内を進んだ。

毛足の短い深紅の絨毯《じゅうたん》が敷かれたフロアに、糊《のり》の効いた白いクロスのかかったテーブルが間隔を広めに空けて並んでいる。キャンドルの灯《あか》りが揺れる中、それぞれのテーブルで料理を食べ、ワインを飲むのは身なりのいい男女。静かに流れるBGMはクラシックだ。

「遅くなって申し訳ありません。お詫《わ》びの証《しるし》です」

窓際のテーブルに着くと藤堂は頭を下げ、手にした花束を向かいの席に差し出した。

「まあ、綺麗」

向かいの席から手が伸びてきて、花束を受け取る。「気を遣っていただいてすみません」と続けたあと微笑んだその人は、金子香子さんだ。

ほっとして、藤堂は男性が引いてくれた椅子に座った。一礼して男性が立ち去ると、金子さんはさらに言った。

「豊田さんの件を、さっき夜勤の看護師から聞きました。大変でしたね」

「ええ。その話は後ほど。しかしお美しい。病院のユニフォームもそうですが、金子さんは暖色が似合いますね」

「ありがとうございます。このお店、素敵ですね。フレンチなんて久しぶり」

はにかんで会釈し、金子さんは空いた席に花束を置いた。髪を下ろして深みのあるオレンジ色のワンピースを着て、楕円形《だえん》の赤い石のネックレスをしている。お世辞ではなく、どちらも彼女の温かく柔らかな雰囲気にぴったりだ。

「あなたにふさわしい店を選んだだけですよ。来ていただけて、本当に嬉《うれ》しい。光栄の至りです」

「だって、あんなに熱心に誘われたら……藤堂さん。救命科の女の子たちに大人気ですよ。みんな、『こんなにセンスのいい差し入れは初めて』『すごくダンディー。白衣に萌《も》える』って大騒ぎしてます」

金子さんは楽しげに語り、また最後に微笑んだ。すべて思惑通りなので、藤堂も笑顔になって返した。

「女性の笑顔が僕の生きる糧ですから。とりあえず、食事にしましょう。コースを予約してあるので、僕がワインを選んでも構いませんか？」

「お願いします」

微笑んだまま金子さんが頷《うなず》き、藤堂はテーブルの上のワインリストを取った。

お目当ての女性が同性が多い職場にいる場合、周囲の好感度を高めておくとデートの誘いに応じてもらえる確率も高くなる。基本のセオリーだ。ワインリストを開きながらほくそ笑み、藤堂は思った。

しかし金子さんの笑顔はいいな。美肌で若々しいのはよく笑うことで表情筋が鍛えられ血行もよくなって、むくみやたるみの予防になっているからだろう。自律神経も安定しているはずだから、ストレートに口説いても大丈夫か。口説き文句は、「あなたはボルドーワインのような女性だ。年月を重ねれば重ねるほど深みを増し、洗練されていく」だな。となれば、ワインもボルドーか。素早くシミュレーションし、ワインリストからボルドーワインを探して値段を見ると「34,000円」。

三万四千円？　前に来た時はもっと手頃なものもあったはず。いやしかし、このシャトーのファーストトラベルなら致し方ないか。葛藤《かっとう》していると、向かいで金子さんの声がした。

「そう言えば、昨夜近江医院で働いていた頃の仲間で集まったんですよ」

「ほう。なぜまた？」

平静を装い顔を上げた藤堂だが、葛藤の影響で頬が強《こわ》ばるのがわかった。

「警察は事件を再捜査しているんでしょう？　迫田さんが熱心に話を聞きに来てくれるし、何か役に立てることはないかと思って、みんなに声をかけたんです。改めて全員で当時を振り返ってみたんですけど、浮かぶのは警察に話したことばっかりで。すぐにただの飲み会になっちゃいました。すみません」

「とんでもない。お気持ちは嬉しいし、みなさんお元気そうでなによりです」

そう返しワインリストに視線を戻そうとした時、金子さんはまた言った。

「でも一人だけ、ちょっと気になることを言う人がいて」

「どなたが、なんとおっしゃったんですか？」

興味を引かれ、藤堂はまた視線を上げた。「間違いかもしれませんけど」と前置きして、金子さんは話しだした。

「受付をしていた神田《かんだ》さんという女性なんですが、『当時は無関係だと思ったけど、ひょっとしてあれは、と感じた出来事がある』って。児玉美月さんが最後に近江医院に来た時のことで、あの日私たちは先生と児玉さんを残して午後六時過ぎに帰宅したんです。でも神田さんは途中で忘れ物に気づいて、医院に戻ったそうです。そうしたら医院の前の道で、女性が誰かと話しているのを見たらしくて」

「女性と誰かとは？」

「暗くてよく見えなかったので、神田さんは『近所の人かな』と思って通り過ぎたみたいです。それが最近になって『あれはもしかして、児玉さんと近江先生だったかも』と思ったそうで」

「帰宅する児玉さんを近江さんが見送っていた、ということでしょうか」

藤堂の推測に金子さんは「ええ」と頷き、こう付け加えた。

「でもその女性は、『ありがとうございました』と丁寧に頭を下げていたらしいんです。だけど児玉さんはご主人の件で先生を責めていたし、先生もあの日は彼女にすごい剣幕で怒っていたんです。おかしいですよね？」

「確かに」

呟《つぶや》いた藤堂に金子さんは、

「ただし神田さんは『なんとなくそうかもと思っただけで、自信はないです』とも話しています。だから本当に間違いかもしれません」

と少し焦った様子で念押しをした。優しく「わかっていますよ」と返し、藤堂はワインリストを開き直した。が、頭は勝手に回り始め、胸もざわめいて、いても立ってもいられなくなる。ワインリストをテーブルに置き、立ち上がった。

「失礼。すぐに戻ります」

驚いている金子さんに告げ、身を翻して歩きだした。藤堂はテーブルとテーブルの間を抜け、店のドアに向かいながらスマホを出し、迫田の電話番号を呼び出した。

第三話

消えたフルートと
シェアハウス誕生の理由

1

「いないいない。ばぁ～」

言いながら、迫田は顔を隠していた両手を外した。露《あら》わになった脂ぎって日焼けした顔には、満面の笑み。首を突き出してベビーベッドの中を覗《のぞ》く。

とたんに、ベビーベッドで泣いている赤ちゃんの声がワントーン大きくなった。慌てて、ひよりは隣に立つ迫田に告げた。

「ほら、やっぱり。その顔はある意味凶器ですから……ごめんね。怖かったよね。もう大丈夫だよ」

ジェスチャーで迫田に下がるように指示し、赤ちゃんに優しく語りかける。

淡いピンクに白の水玉模様のロンパースを着た赤ちゃんは丸々と太り、柔らかそうな髪の毛は頭頂部が逆立っている。名前は和花《のどか》ちゃんで、生後六ヵ月だとさっき母親から聞いた。

「誰が凶器だ。じゃあ、お前がやってみろ」

後ろに下がり、不服そうに迫田が返す。

「いいですよ。子どもの頃に弟のお守りをしましたから、慣れたもんです……和花ちゃん。どったの？　お腹がしゅきましたか？　それとも、おむちゅが濡《ぬ》れちゃった？」

自信満々で迫田に告げ、ひよりは和花ちゃんに笑顔を向けた。同時にベビーベッドの枕元に置かれていたウサギのぬいぐるみを取り、顔の横で振って見せる。

が、和花ちゃんはさらに激しく泣きだした。ひよりを拒否するように、丸く小さな顔を横に向ける。

「えっ。なんで？」

ショックで思わず問いかけてしまったひよりの耳に、斜め後ろから、

「なにが『どったの？』だ。赤ちゃん言葉を使えばいいってもんじゃねえんだよ。そもそもお前には、母性ってもんが欠けてるんだ」

と、勝ち誇ったような迫田の声が聞こえる。むっとして言い返そうとすると、向かいで藤堂が口を開いた。

「迫田さん。その発言はセクハラな上に非科学的だよ。母性は医学・動物行動学的な根拠に基づくものではなく、出産や育児という経験を通じて会得した学習行動だというのが一般的な」

白い木製の柵《さく》で囲まれたベビーベッドの前に立って滔々《とうとう》と語りだしたが泣き声の大きさに閉口し、咳払《せきばら》いをして白衣のポケットからスマホを出した。

「赤ちゃんが泣き止む音楽を聴かせよう。乳児の脳血流や心拍のデータを元に、脳科学者が開発したものだ。これぞ Science」

語りつつ、スマホを操作して和花ちゃんの顔の前にかざす。スマホから流れ始めたのは、エコーを強めに効かせたオルゴールのようなゆったりしたメロディー。

しかし、和花ちゃんの状態は変わらず。生命力に溢《あふ》れたパワフルな泣き声が、ひよりの鼓膜を直撃して頭に響く。

残るはただ一人。ひよりは思い、迫田と藤堂も藤堂の隣に立つ惣一郎に目を向けた。視線を感じて、惣一郎もこちらを見る。

大きくがっちりした体に、きりりと引き締まってはいるが愛想の欠片《かけら》もない顔つき。特に眼差《まなざ》しは、見る人が見れば一目で警察関係者とわかるほど鋭い。

「ないない。ていうか無理」

思わず口に出して言いひよりが首を横に振ると、迫田はうんうんと頷《うなず》き、藤堂も「情操教育上問題だ」と難しい顔で呟《つぶや》いた。惣一郎は無言。不機嫌そうだが、ひよりたちの言い分も無理はないと考えたのか、身を引いて和花ちゃんから遠ざかった。

「すみません、子守りをお願いしてしまって。コーヒーを淹《い》れたのでどうぞ」

引き戸が開いて、隣室から奥野《おくの》、旧姓・神田早穂《かんださほ》さんが顔を出した。藤堂の肩越しに、ひよりは返した。

「申し訳ありません。がんばったんですけど、和花ちゃんは泣きやまなくて」

「とんでもない。多分眠いんです。寝かしつけるので、こちらで少しお待ち下さい」

ボーダーのカットソーにジーンズ姿の神田さんが部屋に入って来て、ベビーベッドに歩み寄る。入れ替わりでひよりたちは隣の居間に向かった。

四人で居間のテーブルでコーヒーを飲んでいると、すぐに和花ちゃんの泣き声はやんだ。ひよりが「さすが」と感心し、迫田が偉そうに「これが母親だ」と言い放ち、藤堂が「お母さんの声には、赤ちゃんの脳回路の形成を促す効果があると言われていて」と蘊蓄《うんちく》を語っていると、神田さんが居間に戻って来た。

「ごめんなさい。もう大丈夫です」

慌ただしく告げ、椅子を引いてテーブルについた。小柄で細身。和花ちゃんの広くてやや出っ張り気味の額は、母親譲りなようだ。淡いグレーのスーツのジャケットから扇子を取り出して顔をあおぎながら、迫田が返した。

「せっかくの土曜日に押しかけてすみませんね。ご主人と息子さんは？」

「公園で遊んでますけど、気にしないで下さい。金子さんに『できるだけ協力して』と言われてますし、私もお役に立ちたいのでなんでも訊《き》いて下さい」

後れ毛を耳の後ろにかけながらきっぱりと、神田さんは言った。

昨夜、ひよりがわかば記念病院で豊田さんの事件に対処していると迫田に「いま藤堂から電話があった」と言われ、金子さんから得た情報を伝えられた。藤堂の目当てが豊田さんではなく金子さんだった、ということに驚きつつひよりが神田さんに連絡を取ったところ、「明日《あした》の午後一時に自宅に来て下さい」と言われた。そしていま迫田、惣一郎、藤堂とともに杉並区の神田さんの自宅マンションにいる。

ここに来てすぐに迫田と神田さんが交わした挨拶《あいさつ》で知ったのだが、近江医院の受付スタッフだった神田さんは近江さんの事件のあと間もなく結婚。本人曰《いわ》く「いまやアラフォーの専業主婦」で、和花ちゃんの上に小学校三年生の息子さんもいるそうだ。

「では伺いますが、神田さんは事件前に近江医院の前で目撃した男女を、最近になって児玉美月さんと近江勇造さんだったかもと思われたそうですね。なぜですか？」

扇子を動かす手を止め、迫田は問うた。コーヒーを一口飲み、神田さんは答えた。

「十日ぐらい前に用があって牡丹町《ぼたんちょう》に行った時に、児玉さんを見かけたんです。駅前のビルから年配の男性と出て来るところで、児玉さんがあのビルに入ってる会社で働いてるのは知っていたから、『久しぶりだな。まだ同じ会社にいるんだ』と思ってついじっと見ちゃったんです。男性は取引先の人かなにからしくて、児玉さんは話しながら何度か会釈をしていました。で、話が終わって男性が歩きだす時に児玉さんは見送る感じで丁寧にお辞儀をしたんです。その時の仕草にはっとして」

「仕草？」

迫田が問い、ひよりはコーヒーカップが載ったソーサーをテーブルに戻した。惣一郎と藤堂が身を乗り出すのがわかった。

「ええ。頭の下げ方は普通だったんですけど、手つきが変わってて。両手をこう、おへその下あたりで重ねて両肘《りょうひじ》を張る感じで」

腰を浮かせ、神田さんは言った通りの仕草をして見せる。ひよりはコメントした。

「女性に時々見られるお辞儀ですね。決まった職業の人に多いような。たとえば」

「キャビンアテンダント、またはデパートの販売員。最近はコンビニやファストフードショップの店員さんにも見られるね」

活《い》き活《い》きと語ったのは藤堂だ。女性に対する観察眼はひより以上。ちょっとキモいけどさすがだな。そう思い、ひよりが頷くと惣一郎が口を開いた。

「事件前に見かけた女性も、同じお辞儀をしていたとか？」

「そうなんです」

神田さんが勢いよく首を縦に振った。椅子に座り直し、話を続ける。

「事件の前に見た女性は暗くてシルエットしか確認できなかったから、『ちょっと変わったお辞儀だな』ぐらいの認識だったんですけど、金子さんから当時のことを聞かれて『あの児玉さんのお辞儀なら、事件前に見かけた女性と同じシルエットになるかも』って思ったんです」

「なるほど。神田さんは事件前に見かけた女性が頭を下げながら、『ありがとうございました』と言っていた、ともおっしゃったそうですが、女性の声も児玉さんのものだった、ということですか？」

「それはわかりません。小さな声で、距離もあったし」

「では、女性と一緒にいたのが近江勇造さんだったかもと言うのも」

「女性が児玉さんだと考えればそうだったかも、って感じです。背格好とか近江先生っぽかったかな、って。でも女性が、『ありがとうございました』って言っていたのは確かですよ。事件が起きた時、刑事さんにも話したし」

神田さんは答えながら、迫田に目をやった。

「ええ。ちゃんと覚えていますよ」

深々と頷いてフォローし、迫田がちらりとこちらを見た。捜査資料に記録されていた神田さんの当時の証言とも一致している。

「なんかすみません。金子さんに『間違いでもいいから、なにか浮かんだら教えて』って言われたから話しちゃいましたけど、なんとなくそうかもって思っただけで、自信はないんです。もし今の話のせいで、また児玉さんが」

急に不安になったらしく、神田さんは早口で捲《まく》し立てた。笑って首と手のひらを横に振り、迫田は言った。

「大丈夫。心配には及びませんよ。貴重な情報をありがとうございました」

「ならいいんですけど」

返しながらもまだ不安げに、神田さんがひよりに目を向けた。笑顔を返し「ありがとうございます」と会釈もしながら、確かに貴重な情報だけど曖昧《あいまい》な部分も多いし、整理と裏取りが必要だなと頭を巡らせた。

隣でスマホのバイブ音がした。「すみません」と告げ、惣一郎が席を立った。廊下に通じるドアに向かいながらベージュのチノパンからスマホを出して耳に当て、「もしもし」と応《こた》える。

「あ、夏目さん？　伊達さんに事件発生。私もう、どうしたらいいのかわかんない！」

甲高く切羽詰まった高平の声が漏れ流れてきて、ひより、迫田、藤堂、ついでに神田さんも惣一郎を見た。なにかを察知したのか、また和花ちゃんが泣きだした。

2

神田さんに礼を言い、マンションを出た。ひよりは署に戻ろうとしたが迫田に「高平をなだめて事情を聞くから、念のためにお前も来い」と言われ、仕方なく署のセダンで前を走るメゾン・ド・ポリスのワゴン車に付いて行った。

ワゴン車が停まったのは、メゾン・ド・ポリスにほど近い小さなビルの前だった。おじさんたちがワゴン車から降り、ひよりはその後ろにセダンを停めた。

「で、なにがあったんですか？」

セダンを降り、ビルに向かいながらひよりは惣一郎に訊《たず》ねた。

「午前中にさくら町の町内会の人から連絡があって、伊達さんと高平さんはこのビルに入ってる町内会の事務所に行ったんだ。町内会の人が『伊達さんにお願いがある』ということだったんだが、なにかトラブってるらしい」

「それは大変ですね。でも、そういう話なら私がいなくても」

そう返して帰ろうとしたひよりだったが、惣一郎はエントランスのドアからビルに入り、続いた藤堂はドアを開いて手で押さえ、「どうぞ」と言うようにこちらに微笑みかけてくる。仕方なく会釈をして、ひよりはビルに入った。迫田も後に続く。

町内会の事務所は一階の奥にあった。他にも会社や事務所などが入っているようだが、土曜日とあってしんとしている。

部屋の前まで行って惣一郎がチャイムを押すとドアが開き、男性が顔を出した。

「メゾン・ド・ポリスの者です」

惣一郎の言葉に男性は、

「織田《おだ》といいます。お話は伺っています。どうぞ」

と頷《うなず》いてドアを大きく開けた。歳は三十代後半ぐらい。小太りでべっ甲模様のプラスチックフレームのメガネをかけている。おじさんたち、ひよりの順で室内に進んだ。

「こっちこっち。待ってたんですよ」

本当に待ちかねていた様子で言い、高平が手招きをした。部屋の中央に、向かい合って二卓置かれた長机の片方に着いている。隣には、スカイブルーのニットベストを着た伊達。向かいの長机には年配の男性と女性が着き、その後ろには比較的若い男性と女性が立っていた。

「あら、ひよりさんまで……ほら伊達さん。みんなが来てくれましたよ」

早口で告げ、高平はイチゴ模様のアームカバーをはめた腕を上げて伊達の肩を叩《たた》いた。だが、伊達はノーリアクション。湯飲み茶碗《ぢゃわん》のお茶をすすっている。

「何ごとですか？」

室内の人の顔を見渡し迫田が問うと、高平たちの向かいの長机に着いた男性が立ち上がった。歳は七十代前半。中背で痩《や》せている。

「わざわざすみません。さくら町町内会会長の平野《ひらの》です……みなさんに座っていただいて」

振り向いて平野さんが告げると、織田さんと後ろの男女が奥の壁際から折りたたみ式の椅子を持って来て高平たちの横に並べてくれた。どちらもジーンズにスニーカー姿だ。

礼を言い、ひよりたちは椅子に座った。高平の「うちの住人です。こっちは柳町北署の牧野刑事」という紹介を受けておじさんたちとひよりが会釈をし、平野さんも頭を下げて、隣に座る女性と椅子を用意してくれた三人を、

「こちらは会計の樋口《ひぐち》です。彼らは防犯部長の織田、文化部長の鵜飼《うかい》と広報部長の石場《いしば》です」

と、紹介した。

「お世話になります。間もなく副会長も来ますので」

白髪のショートカットの樋口さんは告げ、上品に微笑んだ。歳は六十代後半か。織田さんは平野さんの後ろで「改めまして、織田です」と一礼し、鵜飼さんと石場さんも頭を下げた。鵜飼さんは背が高く四十代前半。女性の石場さんはロングヘアで三十代前半だろう。

片側の壁際に小さな流し場があり、その横にスチール製のキャビネットや棚、デジタル複合機、突き当たりの窓の前にホワイトボードが置かれている。棚の上にはヘルメットや拡声器の他、町内会のイベントで使ったと思《おぼ》しき折りたたんだ紅白幕やハン

ドルのついた抽選器などが置かれていた。

自分の前に置かれた湯飲み茶碗を取ってお茶を一口飲み、平野さんは話しだした。

「さくら町町内会は、来週の日曜日にさくら町公民館で『さくら町防犯まつり』というイベントを行います。内容は東京メトロポリタン交響楽団のOB、OGによるミニコンサート他なんですが、元警視庁副総監の伊達さんに講演をお願いできないかと思い、おいでいただきました。しかし」

言葉を切り、白髪交じりでふさふさの眉根《まゆね》を寄せて平野さんは向かいを見た。同じように眉根を寄せ、高平が話を引き継ぐ。

「伊達さんたら、講演をやりたくないんですって。どんなに説得してもダメで、私もうどうしたらいいのかわからなくなっちゃって、夏目さんに電話したの」

「なぜやりたくないんですか？」

高平の隣に座った惣一郎が、身を乗り出して問うた。が、伊達は無言。薄く笑みを浮かべ、どこかぼんやりした目で前方を見ている。代わりに高平が答えた。

「さっき私が同じことを訊《き》いたら、『急すぎる』とか『気が進まない』とか。でも平野さんは『椅子に座ったまま、三十分ぐらい話してくれればいい』っておっしゃって下さってるんですよ。町内会のみなさんにはお世話になってるし、体調だって問題ないんだから、引き受けてくれたっていいじゃないですか」

「しかし、気が進まないなら仕方がないでしょう」

惣一郎はフォローしたが、高平は納得がいかないらしく声を小さくして、

「今後のお付き合いに支障が出るの。先代の会長さんの時にはお願いされた事件を解決したりして、上手《うま》くやってきたのに。ご近所の評判ってバカにできないんだから」

と訴えた。すると、惣一郎の隣で迫田が口を開いた。

「じゃあ、私たちがやりましょう。伊達さんほど偉くないけど、元警察官です。犯罪や事件捜査についてわかりやすく話しますよ」

「迫田さん、いいこと言った……僕は最新の科学捜査について、写真や動画などを使って楽しく解説しましょう」

藤堂が微笑みかけると、平野さんはぱっと明るい顔になった。

「本当ですか？　是非お願いします」

「ありがとうございます。助かったわ。すごく面白そうだし。ねえ？」

樋口さんもほっとした様子で後ろを振り向く。織田さんが「ええ」と返し、鵜飼さん、石場さんも頷いた。

「いえいえ。みなさんのお役に立ててなによりです」

満面の笑みで迫田が返し、「その通り」と言うように藤堂も首を縦に振る。

あの嬉《うれ》しそうな顔。藤堂さんはもちろんだけど、迫田さんもなんだかんだで出たが

りなのよね。ちょっと呆《あき》れて、端に座ったひよりはおじさんたちに視線を巡らせた。と、伊達の横顔で目が留まった。

迫田たちのやり取りには我関せずといった様子で、前を向いている。しかしその眼《まな》差《ざ》しはさっきまでと違ってしっかりして、一方向を見ていた。なにを見ているんだろう。疑問を覚え、ひよりも同じ方向を見た。

壁に大きな紙が貼られている。一番上に「執行部」と書かれた黒い枠があり、その下に「総務部」「広報部」「防犯部」「環境衛生部」「文化部」等々書かれた枠が並び、それぞれの中に部長の名前が書き込まれていた。その隣には月の予定表が取り付けられ、長方形の白いボードに黒い線で表が描かれている。左端に1から31までの日付が書き込まれ、その横に予定を記入するための横長の枠があった。さくら町町内会はイベントに力を入れているらしく、今月は「防犯まつり」の他に「グラウンドゴルフ大会」「ちぎり絵教室」「落語鑑賞会」「はり・マッサージサービス」「初心者向けスマートフォン講座」と盛りだくさんだ。

伊達さんも、どれかに参加したいのかな。でも、講演を断っておいて他のイベントに参加するってどうなんだろう。ぐるぐる考えていると、迫田の声が耳に届いた。

「ついでに、牧野刑事にもなにかやらせましょう」

「えっ⁉」

ぎょっとして見ると、迫田と伊達以外のおじさんたち、平野さんほか町内会の人たちもひよりを見ていた。

「無理ですよ。署長や刑事課長を差し置いて、なんで私が」

ぶんぶんと首を横に振って訴えたが、迫田はふんと鼻を鳴らして返した。

「そんなおっさんの講釈を聞いたって、面白くもなんともねえだろう。現場の第一線にいるお前の話だからこそ、意味と説得力があるんだ」

冗談でしょ。ただでさえメゾン・ド・ポリスのおじさんたちと事件を捜査して、署内の立場は微妙なのに。これ以上目立つことをしたら、どうなるか。強く訴えたいがそうもいかず、ひよりが迫田を諦《あきら》めさせる口実を必死に考えていると、事務所のドアの開く音がした。「すみません。遅くなりました」という声も聞こえ、部屋に男性が入って来た。歳は七十ぐらいで大柄。紺色のニットキャップをかぶり、杖《つえ》をついて左足を少し引きずっている。「あら、どうも」と樋口さんが応《こた》え、こちらに向き直った。

「お待たせしました。こちらがさっき言った副会長の――」

「吾妻《あずま》さん」

迫田が言い、席を立った。続いて背筋を伸ばして深々と頭を下げる。一瞬怪訝《けげん》そうな顔をした吾妻さんだったが、

「あんた、迫田くんか？　刑事課の」

と問いかけ、迫田が「はい」と頷《うなず》くと「やっぱり！」と返して、がははと笑った。ひよりと藤堂、高平はぽかんとし、惣一郎は訊《たず》ねた。

「吾妻義実《よしみ》さんですか？」

フルネームを聞き、ひよりの記憶が蘇《よみがえ》った。近江さんの事件の捜査資料に載っていた名前で、当時は柳町北署の地域課勤務の警察官、階級は巡査部長だった。

「はい」

笑顔のまま吾妻さんが頷き、藤堂も記憶が蘇ったらしく「ああ」と呟《つぶや》く。伊達も吾妻さんを振り向いたが、捜査資料を読んでいない高平は「あら。お知り合い？」と不思議そうに迫田と惣一郎の顔を交互に見ていた。

　それから三十分ほどイベントの打ち合わせをして、平野さん他の四人と高平は事務所を出て行った。平野さんの厚意でそのまま事務所を使わせてもらえることになり、吾妻さんと迫田、惣一郎、藤堂、ひよりは改めて向かい合った。

「しかし、びっくりだな。こんなところで迫田くんに会えるとは。その上、伊達元副総監まで。お目にかかれて、本当に光栄です」

　迫田がみんなを紹介し、挨拶《あいさつ》を終えると吾妻さんは嬉しそうにそう言い、伊達に頭を下げた。伊達はにこにこして「気を遣わないで」と言うように手のひらを横に振り、隣の迫田も返した。

「私もびっくりですよ。町内会の副会長さんだったんですね」

「そんなガラじゃないと思ったんだけど、古株の会員さんたちに『是非』と言われちゃってね。イベントやら若手の会員の指導やらで、警察にいた頃より忙しいくらいだよ。迫田くんもどうだい？」

帰り際に石場さんに淹《い》れてもらったお茶を飲みながら、吾妻さんは高めのテンションで語った。「そんなガラじゃない」と言いつつ、副会長になれて嬉しそうだ。「いえいえ。私ごときが」と笑って謙遜《けんそん》し、迫田は返した。

「実は伺いたいことがあって、少し前にご自宅にお電話したんですよ。ご家族に『体調を崩して入院中』と言われて心配していました」

「そうだったのか。脳梗塞《のうこうそく》になっちまって、手術やらリハビリやらで三カ月入院して先週やっと退院したんだよ。発見が早かったんで、後遺症は軽く済んだんだけどな」

答えながら、吾妻さんは片手でアルミ製の黒い杖を持ち上げて見せ、もう片方の手で引きずっていた方の脚をさすった。言われてみれば口調は軽快だが、顔が少し白い。ニットキャップをかぶったままなのは、頭に手術の痕《あと》があるからだろう。

「それは大変でしたね。お大事にして下さい」

「町内会の仕事がリハビリ代わりだよ。で、『伺いたいこと』って？」

吾妻さんに問われ、迫田は真顔に戻り本題を切り出した。

「実は本庁が二〇〇八年の菖蒲町医師強殺事件を再捜査していて、私たちも協力しています。当時のお話を伺っても構いませんか？」

「ああ、あれか。もちろんだよ。再捜査って、例のなんとかいう女の犯行を裏付ける証拠が見つかったのか？　俺は今でも、迫田くんの読みは間違っていなかったと思っているよ」

勢い込んで話しだした吾妻さんを、迫田は笑顔で「ありがとうございます。順を追って聞かせて下さい」となだめた。吾妻さんは「そうだな」と返して、またお茶を飲んだ。迫田も冷めたお茶を口に運び、質問を始めた。

「事件当時、吾妻さんは菖蒲町駅前派出所勤務で、二〇〇八年二月六日から七日にかけては夜勤当番だったんですよね」

「その通り」

湯飲み茶碗《ぢゃわん》を木製の茶托《ちゃたく》に戻し、吾妻さんは頷いた。迫田はさらに問うた。

「二月七日午前零時。吾妻さんはパトロールに行き、駅前の繁華街である人物を補導した。どんな人物だったか覚えていますか？」

「もちろん。高校生の男の子だよ。名前はなんだったかな。アカネだかアヤネだか、ちょっと変わった——とにかく、あの女の息子だ」

思うように名前が出てこないのにイラついたのか、後半はぶっきらぼうな口調になって吾妻さんが答える。それを受け止めるように首を縦に振り、迫田は告げた。

「児玉天音くん。児玉美月さんの息子さんです。補導した時の天音くんの様子は？」

「そう、天音くんだ……なにをするでもなく、制服姿でふらふら歩いてたよ。声をかけて同行を求めたら抵抗せずに従ったが、寒かったせいか顔色が悪くて震えていたのを覚えてる。だから交番の椅子に座らせて毛布をかけて、お茶を飲ませてやったんだ。そうしたら元気になって、聴取には素直に応じた。バイオリンだかピアノの練習がイヤで、あちこち歩き回ってたと言ってたな。名前や住所もすぐに言って、母親の携帯に電話したらその……児玉美月だっけ？ すぐに駆けつけて来た。そうしたら」

また勢い込みかけた吾妻さんを、今度は惣一郎が片手を上げて止めた。

「すみません。吾妻さんが天音くんに声をかけた時刻と、児玉美月さんに電話をした時刻、児玉さんが交番に来た時刻を教えて下さい」

「ええと、あれは……声をかけたのが二月七日の午前一時、電話をしたのは午前一時半、児玉美月が交番に来たのは午前二時過ぎだ。うん、ちゃんと覚えてるな」

最後のワンフレーズは嬉《うれ》しそうに言い、吾妻さんは黒いジャージの胸を張った。捜査資料によると声をかけた時刻と電話をした時刻は合っているが、児玉美月さんが交番に来たのは午前二時前だ。しかし惣一郎は訂正せず、「ありがとうございました」

と返した。質問者が再び迫田に戻る。

「交番に現れた児玉美月さんを見て、どう思いましたか？」

「ひどく取り乱しているなと思ったよ。肩で息をしていて髪が乱れて、服もよれてた。『夕方からずっと息子を捜し回ってた』って言うから、そりゃ仕方がないなと同情したんだけど、あるものを見つけちゃってね」

「あるもの」と言った時には、吾妻さんはこちらに意味深に視線を滑らせた。当然ひよりたちはそれがなにか知っているのだが、つい緊張して身を乗り出してしまう。もったいつけるように三度《みたび》お茶を飲み、吾妻さんは続けた。

「児玉は白いコートを着ていたんだが、右の袖口《そでぐち》に少量の血液が付着していた。俺が『大丈夫ですか？』と訊《き》いたら児玉は慌てて袖口を隠し、『急いで来たから途中で転んじゃったんです』と答えた。だが児玉の手や顔にキズは見当たらず、俺はおかしいなと感じた。しかしそれ以上は訊かず、天音くんについて聴取して調書も取り、本人が反省して児玉も『きちんと監督します』と言うのでそのまま帰したんだ。そうしたらその日の朝、菖蒲町の事件が発覚して捜査本部が立ち上がった。署は大騒ぎだったよな。迫田くんが最初に俺の話を聞きに来たのは、事件の三日後か？　その後も、何度もしつこいぐらいに来たよな。俺はあの時もう定年間近だったから、迫田くんが児玉を重要参考人として引っ張って、その根拠の一つが俺の証言だとわかった時には『最後に役に立てた』と喜んだんだ。それなのに児玉のヤツ、まんまと逃げ切りやがって。捜査本部も捜査本部だよな。自分らの詰めの甘さを、全部迫田くんに押しつけて」

吾妻さんの話が勢い込むのを通り越して暴走の域に入ったので、ひよりは席を立った。

「もう結構です。ありがとうございました。またお話を伺うことになるかもしれませんので、宜《よろ》しくお願いします。防犯イベントが成功するといいですね。住民の方々の防犯意識が高まるきっかけになると思います」

前半は強めの口調できっぱりと、後半は笑みをつくって明るく告げた。面食らった様子だった吾妻さんだがすぐに、

「ああ、そう。迫田くん、防犯イベントに出てくれるんだってな。助かるよ。あとあなた、牧野さんだっけ？　当日は制服を着て来てね。おじさんたちが喜ぶから」

と捲《まく》し立て、がっちりした顎《あご》を上げてがははと笑った。

最後の最後にセクハラか。絶対イベントには出ないし、当日は会場に近づかないようにしよう。心の中で誓いながらも吾妻さんに愛想笑いを返し、ひよりは椅子に腰を戻した。

3

手を上げて、伊達はスーツのジャケットの襟に触れた。ニット以外の服を着るのは久しぶりで落ち着かない。それでも、

「という訳で、安全大国と言われる日本も決して慢心できる状態ではありません。警察が厳重な警備をして街中《まちじゅう》に防犯カメラを設置しても、市民のみなさんの防犯意識なしに安全は確保できないのです」

とスタンドマイクに向かって語りかけ、ステージから周囲を眺めた。

雲一つない青空の下、河川敷の公園に大勢の人が集まっている。老人に家族連れ、十代二十代の若者もいる。みんな休日らしいラフな格好で、帽子をかぶっている人や飲み物のボトルを手にしている人も目立つ。

視線を動かすと、ステージの脇の白いテントが目に入った。テントの下には長机と椅子が置かれ、五、六人の男女が座っている。その真ん中に座る男と、伊達の視線がぶつかった。真新しい紺色のジャージを着た男は、小柄で細身。童顔なので、実年齢の六十五より十歳は若く見える。こちらを見上げる丸い目は、期待と興奮で子どものようにきらきらと輝いている。その様を微笑ましく思いながら、伊達は心の中で「大

丈夫。この後ちゃんと、あなたのかつての武勇伝を披露しますよ」と語りかけた。心は晴れ晴れとして、なんの不安も気がかりもなかった。

視線を前方に向けると、川が見えた。大きく、ゆったりとした流れ。日差しを反射して、川面《かわも》はテントの男の瞳《ひとみ》と同じように輝いていた。

がくんと体が大きく揺れる感覚があり、伊達は目を覚ました。

「大丈夫ですか?」

低く落ち着いた声がして、後ろから惣一郎が顔を覗《のぞ》き込んできた。同時に、伊達は自分の肩に彼のジャケットがかけられていることに気づく。伊達の隣は迫田で隣は藤堂、惣一郎の席はその隣なので、自分を気遣いわざわざ来てくれたようだ。

杖《つえ》を握り直し、伊達は微笑んで惣一郎を見返した。

「はい。居眠りをしてしまいました」

「先に帰りましょうか? まだしばらくかかりそうなので」

小声で問いかけ、惣一郎は視線を前に向けた。吾妻さんが笑顔で調子よくなにか喋《しゃべ》り、それを迫田と藤堂が相づちを打ちながら聞いている。現役時代の昔話のようで、迫田たちが内心うんざりしているのがわかったが、迫田にとっては柳町北署の先輩であり、近江さんの事件の関係者でもあるので無下にはできないのだろう。ひよりの姿がないので、伊達が居眠りをしている間に署に戻ったのかもしれない。

視線を惣一郎に戻し、伊達は告げた。

「大丈夫ですよ。お手洗いはどちらでしょうか」

「外の通路の突き当たりです。さっき迫田さんも行きましたが、古いビルなので部屋の中にはないそうです」

「わかりました……ちょっと失礼」

吾妻さんに断り、伊達は立ち上がった。「付いて行きましょうか？」と言う惣一郎に「大丈夫」の意味で手を振り、出入口に向かった。ドアを開け、がらんとした通路を杖をついて進んだ。突き当たりに、「TOILET」と書かれたプレートが取り付けられたドアが見える。

かつんかつんと、杖の先が色褪《いろあ》せた黒いビニールタイル張りの床を打つ音を聞きながら歩いていると、いま見た夢を思い出した。

あれは本当にいい日だった。快晴で段取りも上手《うま》くいって、集まった人たちも喜んでくれた。私も野口《のぐち》くんも満足して、他のみんなも同じだと思っていた。しかし……。

息をつき、伊達はそれ以上考えるのをやめた。辛《つら》くなるだけだとわかっているからだ。

トイレに入って用を足し、洗面台で手を洗ってまた通路に出た。通路を戻りエントランスの前に差し掛かった時、ビルの出入口のドアから誰かが入って来るのがわかっ

た。スーツを着た男性二人のようだ。視線を前に戻して歩き続けようとした刹那《せつな》、

「伊達さん」

と声をかけられた。「はい」と応《こた》え、ドアからこちらに延びる通路を近づいて来る男性たちに目をこらす。前を歩く男性が伊達の前で立ち止まり、会釈をした。

「玉置です。お疲れ様です」

「これはこれは。こんにちは」

伊達が会釈を返すと、玉置は後ろに立つもう一人の男性を指して言った。

「特命班の浜岸警部補です。こちらは、伊達元副総監だ」

「浜岸と申します。お目にかかれて光栄であります」

浜岸というらしい若い刑事は背筋を伸ばし、ぎくしゃくと礼をした。

「はいはい、どうも……お仕事ですか。土曜日に大変ですね」

「いいえ。入院中だった近江さんの事件の関係者が退院して、今こちらにいると家族の方から聞いたもので。伊達さんは、どうされたんですか？」

礼をしたままフリーズしている浜岸に代わり、玉置が説明する。黒目がちな目が素早く動き、自分の全身を眺めたのを伊達は感じた。

「町内会の事務所にヤボ用です。関係者というのは、吾妻さんでしょう？　町内会の副会長さんなんですよ」

「そうだったんですか。では、メゾン・ド・ポリスのみなさんもこちらに？」

問いかけながら、玉置は部屋のドアが並ぶ通路の先を見た。その表情を読み、伊達は笑った。

「そう煙たがらないで下さい。捜査のお邪魔はしませんよ」

「いえ、そんなつもりは。それより……先に行ってくれ」

後半は浜岸に向け、玉置は言った。浜岸は頷《うなず》き、改めて伊達に一礼して通路を進んだ。玉置が通路を数歩エントランス側に戻り、壁際に寄ったので伊達も付いて行った。

「ひょっとして最近、私の母の墓を参って下さいましたか？　親族から『お墓に行ったら立派なお花が供えられていて驚いた。ちょうどお坊さんが通りかかったので訊《き》いたら、お花を供えてくれた方を覚えていた』と連絡がありました。その方の特徴が伊達さんに似ていたので、もしやと思いました」

周囲を気にしながら抑えめの声で、玉置が問うた。笑って、伊達は答えた。

「気づかれてしまいましたか。おっしゃるとおり、私です。先日直央くんと再会して懐かしくなり、知人にお母様の様子を訊《たず》ねました。六年前に病気で亡くなられたそうですね。お悔やみ申し上げます」

会釈をする伊達に「お気遣い恐縮です」と返礼し、玉置は改めてこちらを見た。

「伊達さんにはもう一件、お礼を申し上げなくてはいけないことがあります。野口の事件が起きた際、警視庁内での私の立場に影響が及ばないよう、上層部に提言して下さったそうですね。ありがとうございました」

一気に言い、気をつけをして律儀に頭を下げる。黒々として量も豊富な玉置の頭頂部の髪を眺めながら、伊達は首を横に振った。

「礼には及びません。あれは、あなたにはなんの関係もないことですから」

玉置の方からこの話題に触れてくるとは思わず、意外だった。と、玉置は体を起こし、こう続けた。

「私もそう思っています。私にとって親と呼べるのは、母と父の玉置治朗《じろう》だけです」

こちらに向けられた眼差《まなざ》しはまっすぐで、迷いの欠片《かけら》もない。加えて、かすかではあるが圧力めいたものも感じられ、伊達は玉置の意図を理解した。自分は野口とも彼が起こした事件とも無関係で、一切触れてくれるなという意思表示だ。

「それは結構。どうぞお励み下さい」

玉置の視線を受け止め、笑顔とともに伊達は返した。玉置も笑みをつくり、

「はい。精進します。では」

と再度頭を下げ、その場を離れた。ダークスーツの背中を見送る伊達の脳裏に、一つの記憶が蘇《よみがえ》った。

父親の腕に抱かれた、一歳になるかならないかの赤ちゃん。青いベビー服を着て、

ぷっくりした小さな手でおもちゃのパトカーを握って遊んでいる。

子どもへの接し方がわからず、恐る恐る「直央くん」と呼びかけた伊達を赤ちゃんは黒目がちの丸い目で見上げ、にっこりと笑った。小さな口から澄んだよだれがこぼれ、下の歯茎の真ん中に一本だけ生えた乳歯が露《あら》わになった。それがなんともかわいらしく、伊達は自分も笑顔になるのを感じながら、「嬉《うれ》しい？　よかったねえ」と重ねて語りかける。すると赤ちゃんははしゃいだ声を上げてさらに笑い、父親も赤ちゃんの顔を覗き込んで「伊達のおじさんだよ。パパが仲良くしてもらってるんだ」と語りかける。「とってもいい人なのよ。直央も仲良くしてもらおうね」、父親の隣からは母親の温かく優しい声も聞こえた。

あれはいつだっただろう。ずっと昔。二十八年、いや九年前か。

「でも私には、昨日のことのように思えます」

最後のワンフレーズは口に出して呟《つぶや》き、伊達は通路の先を見た。しかし玉置は既に角を曲がって部屋が並ぶ通路に入り、そこに姿はなかった。

4

メゾン・ド・ポリスの前に駐車し、ひよりは署のセダンのエンジンを止めた。シートベルトを外して腕時計を覗《のぞ》くと、約束の時間まで少しある。捜査資料を読み返そうと助手席に置いたバッグに手を伸ばしかけた時、メゾン・ド・ポリスの木製の大きな門が開いて迫田と惣一郎が出て来た。ドアを開け、ひよりはセダンを降りた。

「おはようございます。早いですね」

声をかけると迫田はこちらをじろりと見て、

「車の音がしたからな」

と返し、後部座席に乗り込んだ。いつもと同じえび茶色のスーツ姿だが、緊張し集中しているのがわかる面持ちだ。惣一郎が助手席に乗り、ひよりは運転席に戻ってセダンを出した。

急な坂道を下り、大通りに出た。朝のラッシュアワーは過ぎているが、渋滞気味だ。晴天でエアコンを入れる程ではないが気温も高いので、ひよりが運転席の窓を開けようとすると、迫田が言った。

「目的地に着くまでに、情報の見直しをするぞ」

「はい」

捜査資料を読み返せなかったのでありがたく思い、ひよりは頷いてハンドルを握り直した。隣で惣一郎も、「了解です」と返す。

一昨日《おととい》は聞き込みが終わって吾妻さんの昔話が始まったタイミングで、「仕事があるので」とおじさんたちに告げ、さくら町町内会の事務所を出た。夕方迫田から電話があり「週明けの月曜日に、児玉美月さんに会うぞ。本人の了解は得た。午前十一時に児玉さんの職場だ」と告げられた。この前児玉さんの聞き込みへの同行を命じられた時、迫田が「話を聞けない人がいた」と言ったのは、吾妻さんだったようだ。

「二〇〇八年二月七日の事件発生後、俺は近江医院のスタッフや患者への聞き込みで、児玉さんは夫の死について近江さんを責め、度々医院を訪れていたという情報を得た。加えて捜査本部が関係先の防犯カメラの映像を分析したところ、事件前夜の二月六日の午後十一時過ぎに、近江さんが橘さんたちと飲食をしていた店の近くに設置されたカメラに、児玉さんが映っていた。さらに二月七日午前二時前、吾妻巡査部長から『息子さんを補導した』と連絡を受けて菖蒲町駅前交番に駆けつけた児玉さんのコートの右袖口《そでぐち》には、血液が付着していた。そして事件が発生した二月七日午前一時前後については、児玉さんは『息子を捜してあちこち歩き回っていた』と証言したが、それを裏付ける人物や防犯カメラの映像は皆無。つまり、アリバイなしだ」

右手に持った扇子の先でリズムを取るように左の手のひらを叩《たた》きながら、迫田は語った。その話を惣一郎は引き締まった表情で前を向いて聞き、ひよりはハンドルを握りながら、相づちのつもりで時折頷いて聞いた。

「以上の理由から、俺は児玉美月さんに事件の重要参考人として任意同行を求め、聴取することを捜査本部に提案した。提案は受け入れられ、児玉さんは聴取に応じたものの動機については『近江先生を責めていたのは本当だけど、殺そうなんて考えたことはない』、コートの血液は『慌てていて転んで鼻血が出た。拭《ふ》いても落ちなかったのでコートは捨てた』、アリバイは『本当に息子を捜し回っていた』と主張。重ねて聴取したが主張は変わらず新たな情報や証拠も得られなかったため、捜査本部は児玉さんを重要参考人から外した」

「はい」

迫田の話は捜査資料の通りなのでここで一段落だと判断し、ひよりは言った。惣一郎も口を開く。

「しかし今回、橘絵里さんと神田早穂さんによって、児玉さんに関する新情報がもたらされた……特命班の動きは？」

淡々と語り、最後のワンフレーズはこちらに訊ねた。前方を見て運転しながら、ひよりは返した。

「児玉さんには、再捜査が始まってすぐに話を聞きに行ったようです。橘さんと神田さんから得た情報は先日報告しましたが、今のところ児玉さんを再聴取するなどの動きはありません。玉置さんたちは森井心平がホンボシという前提で捜査をしているようですし、今朝松島さんが教えてくれた情報では、玉置さんたちが事件当時の森井の行動を洗い直したところ、木蓮町《もくれんちょう》のビルの解体工事現場で働いていたと判明したとか」

「木蓮町？　隣の区との境にある町だな。事件当時事務所荒らしの被害に遭っていた菖蒲町とその近隣の町とは少し離れているが、敢《あ》えてそういう場所を狙ったとも考えられるな」

　バックミラー越しにこちらを見て迫田がコメントし、惣一郎が首を縦に振る。

「ええ。事件当時森井には既に前科《まえ》がありましたし、木蓮町で犯行に及ぶと疑われる可能性が高いですからね」

「はい。玉置さんたちもそう考えているみたいです。でも一昨日私が署に戻った後、玉置さんたちも吾妻さんに話を聞きに来たんですよね？　児玉さんの線も捨ててはいないけど、裏を取ったりして慎重になってるのかも」

　ひよりが言うと、迫田はふんと鼻を鳴らして横を向いた。

「そりゃ、慎重にもなるだろ。事件当時は色々あったからな」

　まずい。余計なことを言っちゃったかも。焦り、ひよりはバックミラー越しに迫田の横顔を見た。無表情に窓の外を眺めているが、眼差《まなざ》しは厳しい。表情からこちらの心情を読んだのか、隣で惣一郎が呆《あき》れたように息をついた。

　事件当時、児玉さんを重要参考人としたことはマスコミにも伝わり、「四十代の女性」として報道された。しかし児玉さんは事件発生前、インターネット上でブログを開設し、夫の死や近江さんの責任について書き綴《つづ》っていたため、すぐに個人を特定されネットの掲示板などに名前や住所、写真などを晒《さら》されてしまった。それは息子である天音くんにも及び、児玉さんが重要参考人を外れてからも掲示板に誹謗《ひぼう》中傷の書き込みをされたり、自宅にイタズラ電話がかかって来たりしたという。捜査が物盗りの線に戻ったと報道されると被害は治まったが、児玉さん親子の心労は激しく、新聞などには警察の捜査方針を批判する記事も掲載された。そしてその責任を取る形で、迫田は菖蒲町医師強殺事件の捜査本部から外された。このことは捜査資料には記載されておらず、ひよりは松島から聞かされた。当然、惣一郎や藤堂、高平も承知だろう。

「でも橘麻里さんの事件の時、迫田さんは橘さんが近江さんの事件で隠し事をしているのかも、みたいなことを言ってたでしょう？　橘絵里さんの証言を引き出せたし、あの読みは当たっていたってことですよね」

とっさのフォローという伝え方になってしまったが、橘麻里さんの事件以来ずっと思っていたことだ。同じように思っていたらしく惣一郎も、

「確かにそうだ」

と頷《うなず》いてくれたが、迫田は再度ふんと鼻を鳴らしただけで、表情も動かなかった。

四十分ほどで牡丹町に着いた。駅前の繁華街にあるビルの前に駐車し、三人でセダ

ンを降りた。エントランスからビルに入り、最上階の十階でエレベーターを降りた。エレベーターホールの脇に、「サンシャインリゾート　東京営業所」と白い文字で書かれた曇りガラスのドアがあった。迫田がドアを開けて部屋に入り、ひよりと惣一郎も続く。

入ってすぐのところに白いカウンターがあり、鮮やかなスカイブルーの椅子がいくつかセットされている。カウンターの向こうには若い女性が座っていて、こちらに笑顔で会釈をした。

「いらっしゃいませ」

「迫田といいますが」

「伺っております。こちらへどうぞ」

女性が立ち上がり、手のひらで部屋の奥を示しながらカウンターから出て来た。白いブラウスに椅子と同じスカイブルーのベストとスカートという制服姿だ。カウンターの後ろには高さ一メートルほどの、これまたスカイブルーのパーティションがあり、珊瑚礁《さんごしょう》の青い海や上下二段の赤い瓦《かわら》屋根をいただいた大きな門、ゴルフ場、洒落たコテージの写真に、「ようこそ！　サンシャインリゾートへ」の文字が躍《おど》るポスターとチラシが貼られている。カウンターの上にはチラシとパンフレットを収めたスタンドと、素焼きのシーサーの置物が載っていた。

女性に案内され、カウンターと並行して延びる通路を進んだ。パーティションの奥はオフィススペースらしく、事務机がいくつか置かれて、その一つにスーツ姿の若い男性が着いていた。

突き当たりに天井まであるパーティションがあり、その奥は楕円《だえん》形の大きなテーブルに椅子がセットされた打ち合わせ用らしきスペースだった。女性に促され、ひよりたちは椅子に座った。こちらのパーティションと他の壁にも、ゴルフ場やコテージのポスターが貼られている。「少々お待ちください」と告げて一礼し、女性はスペースを出て行った。

「ネットで調べましたけど、サンシャインリゾートって立派な施設ですね。沖縄県名《な》護《ご》市の郊外にある五十万坪の敷地にホテルとコテージ、ゴルフ場にスパ、レストランや結婚式場までありますよ」

パーティションと壁のポスターを眺め、ひよりはコメントした。

「ああ。従業員数約三百名。名護市の本社の他に、東京と大阪にも営業所がある」

惣一郎も下調べをしたらしく、ひよりの隣でポスターに目をやる。その隣の迫田はノーリアクション。緊張の面持ちで、胸の前で腕を組んでいる。

「失礼します」

ノックの音がしてドアが開き、さっきの女性がコーヒーカップが載った盆を抱えて、スペースに入って来た。後ろからもう一人女性が続く。

「お待たせしました。児玉です」

名刺を手に、女性がテーブルの脇を抜けてこちらに近づいて来た。スカイブルーのベストとスカートはさっきの女性と同じだが、ブラウスは黒で、首に柄物のシルクのスカーフを巻いている。手渡された名刺には、「(株)サンシャインリゾート　東京営業所所長　児玉美月」とあった。

「ご無沙汰《ぶさた》しております。元柳町北署の迫田です。こちらは元警視庁捜査一課の夏目、隣は柳町北署の牧野刑事です」

名刺を受け取り、迫田は丁寧に挨拶《あいさつ》をしてひよりたちを紹介した。児玉さんは迫田、惣一郎、ひよりが見せた警察手帳に視線を走らせてからもう一度迫田を見て、

「こちらこそご無沙汰しています。まさかまたお会いできるとは、思っていませんでした」

と返し、口角を上げて微笑んだ。笑顔は営業用の感が強いが、「まさかまた〜」は嫌みなのか本当にそう思ったのか、判断に迷う。

捜査資料には事件当時の児玉さんの写真も添付されていて、細身で目鼻立ちのはっきりしたお嬢様風の美人。でも繊細で神経質そう、というのがひよりの印象だった。しかし目の前の児玉さんは細身なのは変わらないが、なにかスポーツをしているのか

引き締まった体をして、程よく日焼けをしている。顔も当時よりは歳を取ったなと思うものの、品のいいメイクをしてダークブラウンにカラーリングしたセミロングの髪は毛先を軽く巻いていた。歳は六十手前のはずだがとてもそうは見えず、かといって若作り感はゼロで、全身からきりりとしてエネルギッシュな空気が漂う。当時との印象のギャップに驚き、ひよりは椅子に座り直しながら児玉さんをしげしげと見た。

さっきの女性がみんなの前にコーヒーの入ったカップを置いて出て行くと、迫田が口を開いた。

「まずお詫《わ》びをさせて下さい。二〇〇八年の捜査では、大変ご迷惑をおかけしました。申し訳ございませんでした」

立ち上がり、背筋を伸ばして深々と頭を下げた。いきなりの行動にひよりは面くらい、惣一郎は隣に顔を向けた。児玉さんも驚いて、テーブルの向かいの迫田を見る。

捜査本部から外されてからもずっと児玉さん親子に罪悪感を抱き、責任も感じてきたのだろう。いかにも迫田らしいが、一方で児玉さんへの疑いを捨ててはいないはずなので、これもなにかの作戦とも考えられる。

一瞬顔を強《こわ》ばらせた児玉さんだったが、すぐに頬を緩め、こう返した。

「警察官は市民に、『ごめんなさい』って言っちゃいけない、って本当なんですね。引退されたから、こうして頭を下げてくれるんですよね？」

顔を上げ、迫田はなにか答えようとした。が、児玉さんは首を横に振ってそれを遮り、さらに言った。

「もういいです。座って下さい。当時の状況としては疑われても仕方がなかった部分もありますし、近江先生の事件を再捜査しているんでしょう？　先月、警視庁の方がみえました。今度こそ、犯人が捕まるといいですね」

笑顔で「もういいです」と言いながら、「今度こそ」を強調する。児玉さんは事件でたくさんのキズを負い、葛藤《かっとう》も抱えて生きてきたのだろう。ひよりも警察官としての責任を感じた。

「ありがとうございます」と返し、迫田は椅子に腰を戻した。

「おっしゃる通り既に引退の身ですが、私も事件を調べ直しています。あの時自分はなにを間違えたのか知りたいんです。無論、私が児玉さんと天音くんにしたこととも向き合い直します。自己満足、今さらと言われればそれまでですが、私も人生の終わりが見えてきました。最後にチャンスを与えるつもりで、近江さんの事件についてお話を伺えませんか？　お願いします」

両手を脚の上に置き、迫田はまた頭を下げた。惣一郎も頭を下げ、ひよりも倣った。真顔になり、児玉さんは黙った。向かいで、彼女がカップを持ち上げてコーヒーを飲む気配があった。カップをソーサーに戻すかちりという音がして、児玉さんは言った。

「わかりました」

その声に迫田、惣一郎、ひよりが顔を上げる。児玉さんは続けた。

「ここで働きだして、十年ちょっとになります。専業主婦だった私が営業のアシスタントから始めて、五年前に所長になりました。その間には何十回も間違いや失敗をしましたけど、お詫びをしたり善後策を考えたりはできても、なにが悪かったのか見直す機会はほとんどありませんでした。最近になって、無理をしてでも見直しておけばよかった、成功より失敗から学べることの方が何倍も多いのに、と思います。私も間もなく定年です。『最後のチャンス』がどれだけ貴重かは、理解しています」

「ありがとうございます」

身を乗り出した迫田を制するように、児玉さんはさらに言った。

「それに、私なりに知恵と力を蓄えたつもりです。あの時のような事態は二度とご免だし、そんな気配があれば、相応の対処をしますので」

毅《き》然《ぜん》として告げ、強い目でこちらを見る。「肝に銘じます」と迫田も強い目で返すと、児玉さんは表情を和らげて頷いた。コーヒーを一口飲み、迫田が質問を始める。

「二〇〇八年二月六日に、なにをしていたか教えて下さい。もちろん、忘れたり曖昧《あいまい》になっていることがあっても構いません」

「忘れたくても忘れられませんよ」と苦笑してから、児玉さんは答えた。

「二月の四日から五日まで沖縄本社に研修に行っていて、六日の朝に東京に戻って空港から直接出社しました。午後五時過ぎに白梅町の自宅に帰ったら息子のピアノの先生から、『天音くんがレッスンに来ない』と電話があったので捜しに行きました。あの頃息子は精神的に不安定で、レッスンをサボって街を歩き回ったり、ゲームセンターやファストフードショップでぼんやりしたりしていたんです。でもあの日はなかなか見つからなくて心配になって、駅の反対側や隣町にも行きました」

「事件当時にお話しして下さった通りですね」

迫田の言葉に、児玉さんは当然と言うように頷《うなず》く。確かに供述調書の通りで、沖縄本社での研修は裏が取れていて、二月六日の夕方から夜にかけて白梅町やその近辺の防犯カメラには、天音くんを捜す児玉さんの姿が映っていた。加えて、事件当時の天音くんの様子についても裏取り済みだ。

「では、午後十一時過ぎに近江さんが飲食していた店の近くの防犯カメラにあなたの姿が映っていた理由も、あの時と同じですか？」

迫田が問い、児玉さんは「もちろん」と即答した。

「心当たりは捜し尽くしたので、夕方行った白梅町の繁華街に戻ったんです。近江先生がいたことは知りませんでした」

「だが、白梅町の繁華街に戻っても天音くんは見つからなかった。その後はどうされました？」

「息子を捜し続けました。そうしたら二月七日の午前一時半頃、携帯に菖蒲町駅前交番の方から『息子さんを補導した』と電話があったんです。その時私は白梅町公園にいたんですけど、急いで交番に向かいました。交番に着いたのは、午前二時前だったと思います」

「ええ。児玉さんに電話をした警察官もそう証言しています。コートの袖口《そでぐち》に血液が付着した理由については？」

「もちろん、それもあの時と同じです。慌てていたので、公園の石畳に躓《つまず》いて転んでしまいました。鼻血が出て、とっさに指で拭《ぬぐ》った時に袖口に付いたんだと思います」

　再び即答。口調にも迫田に向けられた眼差《まなざ》しにも、迷いはない。それを受け止め、迫田はさらに問うた。

「じゃあ、二月七日の朝にコートをゴミに出したのも」

「柳町北署の取調室でお答えした通りです。拭《ふ》いても血が落ちなくて、クリーニングに出したとしてもシミが残るなと思ったので捨てました。それを証拠隠滅だと疑われるとわかっていたら、絶対に捨てませんでしたけどね。ちなみに私がテレビのニュースで近江先生の事件を知ったのは、コートを捨てた後です。あの時も同じことを言ったけど取り合ってもらえなかったから、覚えていないでしょうけど」

「覚えていますよ。大和《やまと》テレビの『朝イチニュース』でしょう」

当たり前のように迫田が返し、児玉さんは驚いた様子で「そうです」と答えた。コーヒーを飲み、迫田がこちらを横目で見た。「訊《き》きたいことがあれば訊け」の合図だと気づき、特命班への抜け駆けにならずに、橘さんと神田さんから得た情報を確認する方法はないか、とひよりが頭を巡らせていると、惣一郎が口を開いた。

「なぜ近江さんを訪ねるのをやめたんですか？　ご主人を亡くされてから度々訪ねられていましたよね。ちなみに最後の訪問は、二〇〇八年一月三十日の午後六時頃です」

さりげなく訊《たず》ねながらも、「最後の訪問」と「二〇〇八年一月三十日の午後六時頃」を強調する。なるほど、そういうアプローチか。感心しつつ、ひよりは向かいを注視した。しかし児玉さんの表情に変化はなく、

「就職が決まったからです。大学時代の友人が『過去に固執してちゃダメ』と、自分の親が経営するこの会社を紹介してくれました。警察は、『近江さんを殺すと決めたからだ』と考えたみたいですけどね。でも、後悔はしていません。必死に働くことで近江先生への気持ちに整理がついて、事件絡みの辛《つら》い経験も乗り越えられましたから」

と淡々と答えた。次は自分だ、と意気込んでひよりも口を開いた。

「当時天音さんは『精神的に不安定で』とおっしゃいましたが、原因はなんだったんですか？」

「ピアノです。大きなコンクールを前にして、イメージ通りの演奏ができなくなってしまって。プレッシャーと父親の死のショック、いま思えば私と近江先生のトラブルも原因になっていたんでしょうね。ずっと二人三脚でがんばってきた母親が別人みたいになってしまったんだから当然で、本当に申し訳なかったと思っています」

俯《うつむ》いて眉根《まゆね》を寄せ、心から悔いているのが伝わってくるものの、言葉の端々に天音さんとの距離を感じる。その理由と、橘絵里さんから聞いた「ママは取り返しのつかないことをしてしまった」という発言の意図について迫りたいところだが特命班の手前それはできず、ひよりは話題を変えた。

「そうでしたか。天音さんは、現在ピアニストとして活躍されていますね。間もなくコンサートで帰国されるとか。渡欧後も、連絡は取り合われているんですか？」

「ええまあ。でも、息子は忙しいので——天音にも話を聞きに行くんですか？」あの子には近づかないで下さい。演奏の邪魔をしたり、キズつけたりしたら許さない。あなたたちに、そんな権利はないわ」

児玉さんの表情と口調が、別人のように変わった。とくにタメ口になってからはヒステリックに捲《まく》し立て、全身から強い威圧感を発している。

「ご安心下さい。天音くんに話を聞くことはあるかもしれませんが、危惧《きぐ》されているようなことは一切しないと約束します」

真っ先に迫田が告げ、ひよりも頷いた。それを見て児玉さんの表情が和らぎ、同時にはっとして、

「すみません。でも、あの子には関係のないことですから」

と頭を下げた。自分自身に困惑しているような気配を感じる。

それから少しして、ひよりたちは席を立った。児玉さんも一緒にスペースを出て、通路を戻る。

「沖縄はもう初夏ですね。本社には頻繁に出張されているんですか？」

パーティションのポスターに目をやって、惣一郎は訊ねた。

「ええ。会議だ研修だと、月に一度は行っています。紫外線対策が大変なんですよ」

「紫外線〜」はひよりを見て言い、児玉さんは照れ臭そうに頰に手をやった。日焼けの理由がわかり、ひよりは「確かに」と返して頷いた。惣一郎が話を続ける。

「児玉さんは接客技術がずば抜けているそうですね。とても親切で丁寧で、感激したお客様が大阪に転勤になった後も東京営業所に予約の電話をしてきた、と聞きました」

惣一郎が言う。ひよりは初耳のエピソードで迫田も驚いた顔をしているので、惣一郎が独自に調べた情報なのだろう。

児玉さんは、「よくご存じですね」と驚きつつも満更ではない様子で、こう続けた。

「営業なんてどうしたらいいのかわからないから、親切で丁寧にするしかなかったん

です。お客様に育てていただいたようなもので、感謝しかありません」

「こちらに就職する前にも、接客業の経験があったんですか？　デパートとか、キャビンアテンダントとか」

出入口に着くのと同時に、惣一郎は問うた。夏目さん、最後に斬り込んだな。ひよりが感心していると、児玉さんは首と手のひらを同時に横に振って笑った。

「キャビンアテンダントなんて、とんでもない。デパートで働いたこともありません。私もピアノをやっていたんです。でも芽が出なくて、音大を出た後は結婚するまで銀《ぎん》座《ざ》の浜田《はまだ》楽器で事務をしていました。だから、息子のピアノがどんどん上達するのが嬉《うれ》しくて――すみません。そろそろ次の予定が」

笑顔をキープしつつ話を途中で打ち切り、ドアを開けて営業所の外に出る。ひよりたちも続いた。

児玉さんの経歴は捜査資料に載っていた。それでも神田早穂さんの目撃証言の裏が取れれば、と惣一郎は斬り込んだのだろうが、児玉さんの返事にウソはなさそうだ。

エレベーターホールに行き、児玉さんが下りのボタンを押すとすぐにエレベーターが来て、ドアが開いた。

「お忙しいところ、ありがとうございました。どうしても、ということがあればまたお話を伺わせてもらうかもしれません」

三人でエレベーターに乗り込み、迫田が言った。

「はい。どうしても、ということでしたら」

営業用の笑顔とともに児玉さんが返す。「ありがとうございます」と再度迫田が礼を述べ、ひよりと惣一郎は会釈をした。エレベーターのドアがするすると閉まりだし、児玉さんは「お疲れ様でした」とこちらにお辞儀をした。同時に両手をおへその下で重ね、肘《ひじ》を張る。ひよりと惣一郎、迫田がその姿を確認した直後、ドアが閉まってエレベーターは下降を始めた。

5

アムロジピンは食後に一錠、迫田さん。ミヤBM細粒は食前に一包、藤堂さん。クロピドグレルは食後に一錠、迫田さん。……この漢方薬はなんだっけ？　とにかく、これも迫田さんだ。食前に一包なのも覚えてる。

「大変ですね」

声をかけられ、惣一郎は手を止めた。顔を上げると、テーブルの向かいに石場さんがいた。長い髪を後ろで一つに束ね、ウエストポーチを大きくしたような形の黒いバッグを体に斜めがけにして、右腕に淡いピンク色の地に白で「さくら町町内会」と書かれた腕章を付けている。丸く小さな目は、テーブルの惣一郎の前に並べられた形も色も様々な薬に向けられていた。

「それ全部飲むんですか？」

心配そうに訊かれたので惣一郎は、

「ええ、食事の時に。でも、僕のじゃありません」

と答え、薬の脇のジップバッグを持ち上げて見せた。ジップバッグには「迫田さん」「藤堂さん」と大きく書かれている。惣一郎が仕分けした薬を迫田、藤堂それぞれのジップバッグに入れてジャケットのポケットにしまうのを、石場さんは興味深そうに眺めた。石場さんの年頃なら、親は定年になったばかりといったところか。まだまだ元気で、こんなにたくさんの薬を持ち歩いたりはしていないのだろう。

「そうだったんですね。お手伝いできることがあれば、なんでも言って下さい」

笑顔になり、石場さんは視線を惣一郎の後ろに向けた。つられて、惣一郎も首を回す。

突き当たりの壁には両側に三つずつ白熱電球が取り付けられた鏡が等間隔で五つ並び、その前に白いカウンターがある。カウンターには丸椅子がセットされて、その一つにスーツ姿の迫田が腰掛け、老眼鏡をかけた目を手にした便せんに落として何やらぶつぶつと呟《つぶや》いている。「去年の統計では、侵入窃盗の手口の一位が空き巣で二位が忍び込み」「大切なのは、泥棒に『侵入されない』より『狙われない』環境づくり」等々聞こえてくるので、講演の練習をしているのだろう。一方傍らの壁に取り付けられた姿見の前には藤堂が立ち、櫛《くし》で髪をなでつけたり、白衣の襟の乱れを整えたりしている。脇に置いた椅子には整髪料やネクタイ、メガネなどが並べられ、惣一郎はさっきから「やっぱりこっちのネクタイの方が、白衣が映えるかな」とか「髪の分け目を変えてみようと思うんだけど、どう？」とか話しかけられる度に生返事をしている。

自分に向けられた石場さんの視線に気づいたらしく、藤堂は姿見越しにウインクをした。石場さんがぽかんとして、惣一郎はうんざりする。

「ここは大丈夫なので、他に仕事があれば行って下さい」

そう告げると石場さんは、「わかりました」と言って控室を出て行った。

児玉さんに会いに行ってから六日。あっという間に防犯まつり当日の、日曜日になった。惣一郎と迫田、藤堂は午前八時過ぎにメゾン・ド・ポリスを出て、車で五分ほどのさくら町公民館にやって来た。高平は「見るだけでいいから行きましょう」と伊達を誘ったのだが断られ、仕方なく「お留守番をしていいます。ちゃんと迫田さんと藤堂さんのお守りをして下さいね」と惣一郎に告げ、二人が飲む薬とジップバッグを手渡した。

さくら町公民館は鉄筋三階建ての小さなビルで、惣一郎が一階の駐車場にワゴン車を停めると石場さんが来て、「今日一日、私がお世話させていただきます」と挨拶《あいさつ》をしてくれた。石場さんに三階にあるこの控室に案内されて間もなく、平野さんと吾妻さん、樋口さんも挨拶に現れ、一緒に来た今日の責任者の織田さんが、イベントの段取りを説明してくれた。隣の控室には東京メトロポリタン交響楽団のOB、OGの四人がいて、彼らにも町内会の男性会員が、世話係としてついているらしい。

その後、元楽団員の四人が二階にあるホールのステージでリハーサルをし、続いて迫田と藤堂も講演の予行演習をした。ちなみにひよりは来ていないが、迫田曰《いわ》く「何十回でも電話して、講演が始まる午後二時までには必ず来させてステージに上げる」そうだ。

十分後。控室のドアがノックされ、石場さんが入って来た。

「すみません。夏目さんにお願いがあるんですけど」

横に来るなり遠慮がちに告げ、こちらの顔を覗《のぞ》き込む。飲んでいた緑茶のペットボトルをテーブルに置き、惣一郎は返した。

「なんですか？」

「手伝っていただきたいことがあって。とりあえず、来ていただけませんか？」

「はあ」

訳がわからないまま席を立ち、石場さんとドアに向かった。腕時計を覗くと、午前十時過ぎ。控室を出る時に振り返って見たが、迫田も藤堂もそれぞれの作業に夢中で、こちらには目も向けない。

石場さんに案内されたのは、ホールのステージ袖《そで》だった。天井も壁も真っ黒に塗られた薄暗く狭い空間に、Tシャツにジーンズ姿で頭を頭巾《ずきん》状にしたタオルで包んだ織田さんと、Tシャツにハーフパンツを着た鵜飼さんがいた。惣一郎に会釈をした二人だったが、鵜飼さんはパイプ椅子に座って顔をしかめ、前屈《かが》みで腰を押さえている。

「どうしたんですか？」

訊《たず》ねた惣一郎に、鵜飼さんに代わって織田さんが答えた。

「イベントの最後に、四十分ぐらいのショーをやります。鵜飼さんが出演する予定だったんですが、持病のぎっくり腰が出てしまって。いま代役がこちらに向かっていますけど、リハーサルには間に合いません。申し訳ないんですが、代わりに出ていただけませんか？」

「僕が？」

「ええ。僕らが出られればいいんですけど、サイズが合わなくて」

「サイズ？　なんの？」

続けて訊ねると、織田さんはパイプ椅子の後ろに置かれたなにかを抱え上げた。全体を淡いピンク色の毛足の短い布で覆われた、丸く大きな物体。着ぐるみの頭部だ。

思わず絶句した惣一郎に、織田さんは告げた。

「『さく姫《ひめ》』というさくら町町内会のゆるキャラなんですけど、背が高い人が着るように作られているんです。動きのタイミングを確認したり、照明や音楽との調整が必要なので、誰かにさく姫に入ってもらってリハーサルをしたいんです」

「だからって」

かろうじてそう返し、惣一郎は改めてさく姫の頭部を見た。

黒く丸い大きな目に小さく盛り上がった鼻、笑った形に描かれた口というありがちな顔立ちで、額の左右にウレタン製の桜の花が取り付けられている。パイプ椅子の後ろには胴体と手脚も置かれていて、胴体は縦長の円錐《えんすい》台で、ワンピースを着ているイメージらしい。こちらも淡いピンク色で、腕と脚はクリーム色。ブーツ風の靴は赤だ。

「無理」と言おうとして、こちらに向けられた織田さんと石場さん、鵜飼さんのすがるような眼差《まなざ》しに気づいた。とくに鵜飼さんは痛みに顔を歪《ゆが》めながら、「お願いします」と言うように、ぺこぺこと頭を下げている。

困惑し後ろを見ると、天井から吊《つる》された黒い幕の先にステージがあり、大勢の人が作業をしたり話をしたりしていた。年配者が多いが、力仕事をしているのは三十代から四十代ぐらいの男女。みんな休日返上で、このイベントに臨んでいるのだろう。

「ご近所の評判ってバカにできないんだから」」、惣一郎の頭に高平の声と切羽詰まった表情が蘇《よみがえ》った。しばらく葛藤《かっとう》したのち観念し、惣一郎は顔を前に戻して告げた。

「わかりました」

「ありがとうございます！」

織田さんと石場さんの顔が、ぱっと明るくなった。鵜飼さんも立ち上がろうとしてうめき声を上げ、石場さんに椅子に戻された。

「早速ですけど、さく姫を着て下さい。あっという間に終わるし、立っているだけです。服もそのままで大丈夫——いや、邪魔になるのでジャケットだけ脱ぎましょうか」

早口で捲《まく》し立てる織田さんと石場さんにあっという間にジャケットを脱がされ、さく姫を着せられてしまった。そしてそのままショーの担当者と思《おぼ》しき若い男性にステージに連れて行かれたと思ったら、大音量で能天気な音楽が流れ始めた。

織田さんは「あっという間」と言ったが、びっちり四十分間リハーサルをやらされた。加えて「立っているだけ」のはずが、司会者の語りかけに対してリアクションのポーズを取らされたり、ジェスチャーゲームのようなことをやらされたりした上、音楽に合わせてダンスまでさせられた。さく姫の中が暑く息苦しいのは想像していたが、視界の悪さには閉口した。プラスチック製の目の部分から外を見るのだが、目が黒いので外も黒いフィルターがかかったようで見にくく、視野も狭い。そのせいで惣一郎は度々動き間違えたり転んだりして、ショーの担当者に注意された。なんとかリハーサルを終え、ステージ袖に戻ってさく姫を脱いだ時には汗びっしょりで、肩で息をしている有様だった。

「お疲れ様でした。本当に助かりました。ありがとうございます」

石場さんは何度も頭を下げ、パイプ椅子に座ってぐったりしている惣一郎にタオルとスポーツドリンクのペットボトル、さっき脱いだジャケットを渡した。

「いや。鵜飼さんは？」

呼吸を整えながら返し、惣一郎はボタンダウンシャツの襟のボタンを外して、タオルで首の汗を拭《ぬぐ》った。

「織田さんが町内会の控室に連れて行って、休んでいます。もうすぐ代役が到着するそうです」

「それはなにより。最近は、町内会にもゆるキャラがいるんですか？」

スポーツドリンクを飲むと少し落ち着いたので、リハーサル中に疑問に思っていたことを訊ねた。ショーの小道具らしい板でこちらをあおいでくれながら、石場さんは答えた。

「数は多くないけど、いるみたいです。さくら町町内会は一昨年《おととし》設立五十周年を迎えて、その記念につくりました。平野さんの発案で、さく姫をデザインしたのは樋口さん」

「はあ。イベントの度にショーを？」

「ええ。でも今回は、さくら高校のチアダンス部がパフォーマンスをやる予定でした。私の母校なんですけど、去年チアダンスの全国大会で三位になったんです。オファーしたら部員のみなさんは喜んでくれて、私たちも楽しみにしていたんですけどね」

「それがなぜ着ぐるみショーに？」

惣一郎の問いに石場さんは板を動かす手を止め、声を小さくして返した。

「一昨日《おととい》パフォーマンスの動画を見た平野さんが、『破廉恥《はれんち》だ』とおっしゃって。で、さく姫のショーに差し替えになったんです」

「それは残念ですね」

石場さんはわずかに眉根《まゆね》を寄せて「ええまあ」と返し、また板を動かしだした。惣一郎が「もういいですよ。ありがとう」と告げると板を下ろし、

「ていうか、破廉恥の意味がわからなくて。他にも若手の会員でわからない人がいて、みんなでググっちゃいました」

とまた声を小さくして告げ、最後に笑った。つられて笑った惣一郎だったが、板張りの床に置かれたさく姫の頭や胴体を見て、複雑な気持ちになる。

エプロン姿で掃除やゴミ出しをするのには慣れたし、それなりに充実感も覚えるが、まさか着ぐるみに入ってダンスをする羽目になるとはな。「捜査一課のエース」と呼

ばれたのも、今は昔ってことか。そう思うとさらに複雑な気持ちになり、スポーツドリンクをごくごくと飲んだ。

少し休んでホールを出た。汗まみれのシワだらけになった黒いボタンダウンシャツとベージュのチノパンをどうしようかと迷いながら通路を歩いていると、向かいからダークスーツの男性が歩いて来た。

「お疲れ様でした。着ぐるみの熱演、客席で拝見させていただきました」

口だけで笑い、話しかけてきたのは特命班の玉置。ぎょっとしてリアクションが取れない惣一郎に、玉置はさらに告げた。

「吾妻さんに追加で確認したいことがあって来ました。メゾン・ド・ポリスのみなさんが講演をされると伺ったので、控室にご挨拶《あいさつ》をと町内会の方に声をかけたら、『夏目さんて人が代役でリハーサルに出てる』と教えてくれました」

「ああ」

なんとか冷静さを保ち、惣一郎は返した。よりによって、なんでこの男に。ショックなのと同時に情けなくなる。笑ったままこちらを見上げ、玉置は話をこう締めくくった。

「捜一時代の夏目さんのご活躍は、上司から何度も聞かされました。想像とは若干違う形でしたが、お目にかかれて光栄に思っています」

気のせいかもしれないが、「若干」の部分に憐憫《れんびん》と優越感が漂う。しかし本庁の人間のこういう態度には既に慣れてしまい、逆に気持ちが落ち着いた。腕にかけたジャケットを右手で摑み、惣一郎は話を変えた。

「森井の事件から間もなく一カ月だ。被疑者死亡のまま送検、で幕を下ろせそうか？」

「その幕切れを視野に入れて、あらゆる関係事案を精査しています」

当たり障りのなさという意味では完璧《かんぺき》、百点満点の返答だな。俺もかつてはこんな時代があったのか。そう思い、つい苦笑してしまった惣一郎を、玉置が訝《いぶか》しげに見返す。表情を引き締め、惣一郎は再度話を変えた。

「きみがメゾン・ド・ポリスに来てから、伊達さんの様子がおかしい。きみらがどんな関係かは知らないし詮索《せんさく》するつもりもないが、あの人をキズつけたり苦しめたりするのは、やめてくれ。俺の恩人だし、他のみんなにとっても、かけがえのない人なんだ」

このところずっと考えていたことを、一気にきっぱりと伝えた。もともとぼんやりしがちだった伊達だが、玉置が現れてから特に顕著になった。加えて町内会の事務所に行った日以降、なにかに思い悩んでいるような気配も感じられる。あの日事務所の外で、伊達と玉置の間になにかあったのでは、と惣一郎は踏んでいる。

すっ、と玉置の顔から笑みが消えた。一度何か言いかけてやめ、改めて口を開いた。

「わかりました。ご迷惑をおかけして申し訳ありません」

本気でそう思っているとわかったが気持ちが治まらず、惣一郎は黙って玉置を見つめた。すると今度は、玉置が話を変えた。

「牧野から神田早穂さんの目撃証言を聞きました。児玉美月さんを洗い直したところ、意外な事実が判明しましたよ」

無言を通したが、こちらのわずかな反応を気取《けど》ったのか、玉置は話を続けた。

「児玉さんは埼玉県川越《かわごえ》市出身で、大学生の時に市内の神社で巫女《みこ》のアルバイトをしていました。巫女や神主には、神仏などに敬意を表す際に取る『叉手《さしゅ》』という姿勢があります。左手を上にして重ねた手を下腹の正面に置き、上体を前に傾けるというものです」

言いながら、ポーズを取って見せた。肘《ひじ》の張り方と上体の傾斜度はもっと大きかった気がするが、六日前にエレベーターホールで惣一郎たちを見送った時の児玉さんのお辞儀によく似ている。

「叉手とお辞儀は別物だそうですが、ごっちゃにしている神社もあって、児玉さんがアルバイトをした神社もそうだったと思われます。アルバイト中に叉手風のお辞儀をしているうちにクセになり、普段もやってしまうようになったのではないでしょうか」

「じゃあ二〇〇八年一月三十日に神田早穂さんが近江医院の前の道で目撃した女性は、児玉さんだったということか？」

「断定できませんが、可能性はあります。近いうちに、児玉さんに確認する予定です」

集めたパーツとパーツがつながり、なにかの形を取ろうとしている。事件がこれまでとは違う方向に動きだしたのだ。そう思い、惣一郎は胸に緊張と高揚を覚えた。同時に、なぜ玉置が自分に捜査情報を漏らしたのかという疑問も湧く。

落としていた視線を戻すと、玉置もこちらを見ていた。余裕を取り戻し、含みも感じさせる眼差《まなざ》し。いつの間にか、笑みも戻っている。

「では失礼します。みなさんには、後ほどご挨拶させていただきます」

一礼して、玉置が歩きだした。その背中を見送り、捜査情報を漏らしたのは「ご迷惑」への代償だと悟った。ただし惣一郎への謝罪ではなく、伊達の元警視庁副総監という肩書きへの配慮だ。ざらりとしたものを胸に感じ、惣一郎もその場を離れた。


控室に戻ると間もなく昼食の時間になった。みんなで三階の奥にある会議室に移動すると、長机の上に仕出しの弁当が並んでいた。昼食は懇親会も兼ねているそうで、平野さんと吾妻さん、樋口さんも同席し、元楽団員の四人とは挨拶を交わした。一方迫田と藤堂に薬のジップバッグを渡し、惣一郎は長机の端で弁当を食べた。

田は吾妻さんの隣でまた昔話を聞かされながら、さらに藤堂は元楽団員の四人と打ち解け、彼らに交じって食事を摂《と》った。その間も石場さんと元楽団員の四人の世話係である山口《やまぐち》さんという男性、その他の町内会の会員たちがお茶を淹《い》れたり、空調を調節したりと気を遣ってくれた。

昼食を終え、正午過ぎに控室に戻った。防犯まつりは午後一時に平野さんの挨拶で始まるそうで、既にホールには観客が入場しているはずだ。

鏡の前の丸椅子に座った迫田が講演の練習を再開し、藤堂は姿見の前で服や髪型のチェックを始めた。迫田に命じられ、惣一郎がひよりに呼び出しの電話をしていると、藤堂が白衣に香水をかけだした。きつい香りに迫田が文句を言い、惣一郎は換気のためにカウンターの脇の窓に歩み寄った。窓を全開にして、ほっと息をつく。外には、両隣の控室とつながったベランダがある。

背後でばたんと音がして、ドアが開いた。振り向くと、石場さんが控室に飛び込んで来た。

「夏目さん。大変です」

切羽詰まった顔でこちらに駆け寄ってくる石場さんに、惣一郎は迫田たちを気にしながら小声で返した。

「また着ぐるみですか？　僕はちょっと」

すると石場さんは首を大きく横に振り、こう言った。

「元楽団員の方の楽器が盗まれました。助けて下さい！」

6

スマホが鳴った時、ひよりは柳町北署にいた。当直明けで溜《た》まった書類仕事を片付けている最中だった。また迫田からの呼び出しかとうんざりしたが、相手は惣一郎。しかも珍しくメールで、思わずスマホを手に取ってしまった。

メールには防犯まつりの会場で窃盗事件が発生したこと、平野さんの「大事《おおごと》にしたくない」という意向で他の署員には知らせず、すぐに来て欲しいこと、その際にはメゾン・ド・ポリスに寄って、伊達と高平をピックアップして来て欲しいことが綴《つづ》られていた。窃盗事件に驚きながらメールの、「ちょうど高平さんから様子を窺《うかが》う電話があったので事件を伝えたところ、横で聞いていた伊達さんが『公民館に行く』と言いだした」という一文が意外で、急いで身支度を整えて出かけた。

伊達たちを拾ってさくら町公民館に行き、駐車場に署のセダンを停めて三階の控室に向かった。エレベーターを降りて廊下を歩きだしてすぐに、現場がどこかわかった。前方に並んだ控室のドアの一つが開いていて、周りに大勢の人がいる。そのほとんどが腕に「さくら町町内会」の腕章をしているが、中にはオーケストラのOB、OGと思《おぼ》しきタキシードやドレス姿の年配の男女もいた。

と、黒いカットソーにジーンズ姿の女性と目が合った。確か石場さん、さくら町町内会の広報部長だ。深刻な顔で会釈して石場さんがこちらに来ようとした時、廊下の奥からニットキャップに黒いジャージ姿で、杖《つえ》を手にした吾妻さんが現れた。

「伊達さん。来て下さったんですか」

大きな声で言い、足早にひよりの後ろの伊達に歩み寄る。平野さんと樋口さんも後に続き、なにか言いながら伊達にぺこぺこと頭を下げた。遅れてひよりの前に来た石場さんはすまなそうに再度会釈し、

「こっちです。お願いします」

と控室を指して歩きだした。付いて行きながら、ひよりはジャケットのポケットから白手袋を出し、両手にはめた。

控室に入ると最初に玉置が目に入った。中央に置かれたテーブルの脇に立ち、スマホで写真か動画を撮影している。その隣には迫田。玉置のスマホの画面を覗《のぞ》き、撮影の指示をしているようだ。

なぜここにいるのか玉置に訊《たず》ねようとした時、迫田がこちらに気づいた。

「おう、ご苦労。見てくれ。現場はできる限り保存した」

室内を見回して告げる。「お疲れ様です」と返し、ひよりも室内に視線を巡らせた。

テーブルの上には蓋《ふた》が開いた楽器ケースがあり、一つにはバイオリンが収められているが、もう一つの長さ四十センチほどの長方形のものは空っぽだ。脇には、楽譜と楽器の手入れ用らしきクロスや、小型のスプレーなどもあった。その奥には鏡とカウンターがあり、カウンターの上には飲み物のペットボトルと化粧品、元楽団員の四人の私物と思しきバッグ等が置かれていた。カウンターの前には惣一郎がいて、隣に立つ女性と話している。女性は六十代半ば。白髪のショートカットで銀縁メガネをかけ、ベルベット素材の青いドレスを着ている。呆然《ぼうぜん》とした表情からして、事件の被害者だろう。藤堂は、カウンターの横にある窓を検証中だ。女性を除く全員が、両手に借り物と思しき軍手をはめている。玉置は近江さんの事件の捜査でここを訪れ、迫田に「お前も手伝え」とでも命じられたのだろう。

「はいはい。来ましたよ」

現場の空気にそぐわない朗らかな声とともに、腕にピーポくんとその家族のイラストがちりばめられたアームカバーを装着した高平が控室に入って来た。伊達も一緒だ。

「待ってました。我が七つ道具」

嬉《うれ》しそうに言い、藤堂が高平が手に提げているジュラルミンケースを受け取りに行く。伊達が玉置に気づき、玉置はスマホを下ろして一礼した。

「はい、こんにちは。あなたもいらしていたんですか」

にこやかに返した伊達だったが、言葉の前に一拍間が空いたのを、ひよりは聞き逃さなかった。玉置の動きと表情もいつもより硬く、伊達との間に収まりの悪い空気が漂う。それを感じ取ったらしく、惣一郎も女性と話すのをやめてこちらを見た。

この二人、どうなってるんですか？　心の中で問いかけ、ひよりは惣一郎に目を向けた。二人に関係を訊ねた時、伊達にはとぼけられ、玉置にははぐらかされた。つまりなにかあるということで、ずっと気になっていた。しかし惣一郎はこちらを見ることなく、再び女性と話しだした。

その後、ひよりは迫田から事件の説明を受けた。

元楽団員はバイオリンの藤浪《ふじなみ》さん、チェロの辻田《つじた》さんという男性と、ピアノの高井《たかい》さん、フルートの鈴原《すずはら》さんという女性の四人。正午過ぎに昼食を終えた四人が案内係の山口さんと控室に戻ったところ、テーブルの上に置いたケースの中から、フルートがなくなっていた。フルートは長さ六十センチほどだが、持ち運ぶ時には頭管部、胴管部、足管部の三つに分解し、ケースに収納するそうだ。

室内を捜したがフルートは見つからなかったので、山口さんが平野さんに連絡し、吾妻さん、樋口さん、その他の町内会の人たちも一緒に館内をくまなく調べた。それでもフルートは出て来ず、吾妻さんの指示で石場さんがメゾン・ド・ポリスのおじさんに助けを求めに行き、迫田たちは現場を立ち入り禁止にするのと同時に鈴原さんから話を聞き、ひよりに連絡を取ったという流れらしい。

説明を聞き終えたひよりは、惣一郎の隣の女性に挨拶《あいさつ》をして話を聞いた。やはり彼女が被害者の鈴原さんだった。続いて廊下に出て、元楽団員の他の三人と山口さんからも話を聞いた。山口さんは四十代前半で、大柄小太り。ツーブロックヘアで、長く伸ばしたトップの髪をポニーテールにしている。

「転売目的の窃盗でしょう。鈴原さんは『昼食で控室を出る時、フルートはテーブルの上にあった』と断言しているので、犯行は控室が空になった午前十時五十五分頃から、十一時五十分頃の間と推定されます」

ひよりは告げた。話を聞き終え、おじさんたちと廊下の隅にいる。

「俺も初めはそう思った。しかし山口さんは控室のカギを持っていて、元楽団員の四人が部屋を出るのと同時にドアを施錠しているんだ。つまり、密室状態」

手にした扇子の先でこちらを指し、迫田が返す。

「スペアキーを使ったんじゃないですか？」

「確かにスペアキーはあるが、管理事務所の施錠されたキーボックスの中だ。加えて事務所には、管理人が常駐している」

今度は惣一郎が返す。隣の藤堂も口を開いた。

「犯人は外壁をよじ登ってベランダから侵入って線も考えてみたけど、控室の窓はしっかり施錠されていたよ。ドアも含めて、こじ開けられた形跡はなし。指紋その他は検証中だけど、なにしろ数が多くてね」

「じゃあ、どうやって……まさか、狂言ってことはないですよね？　プロは、自分の楽器に保険をかけるって聞きましたよ」

声を潜めて問いかけ、ひよりは横目で廊下の奥を見た。鈴原さんが肩を落として俯《うつむ》き、他の三人が励ましている。

「いや、それはないね。ランチをしながら聞いたけど、鈴原さんのご主人は三星《みつぼし》商事の執行役員で自宅は港区白金台《みなとくしろかねだい》。オーケストラの仕事は、『半分趣味』だそうだよ」

また藤堂が言う。昼食兼懇親会は一時間あるかないかだったはずなのに、相手が女性だとそこまで聞き出せるのか。ひよりは感心しつつも呆《あき》れて「はあ」と返し、迫田は鼻を鳴らす。玉置が少し離れた場所で、こちらのやり取りを聞いているのがわかった。伊達も玉置とは反対側の少し離れた場所で、吾妻さんが捲《まく》し立てる犯人像、または今後の捜査方針を高平とともに聞かされている。

「それに、鈴原さんのフルートは保険をかけるほど高額なものではないよ。リハーサルで見たけど、四、五十万円ってところかな。それでも総銀製だし、技術と感性の力で値段の何十倍も素晴らしい音色を奏でていたけどね。高額って意味では、藤浪さんの方がすごい。Made in Italia のオールドバイオリンで、一千万円は下らないだろうね」

「一千万円!?」

　思わず声を上げたひよりに、藤堂は「いやいや。ストラディバリウスやアマティ、ガルネリウスなら億だから」と暗号のような言葉を口にして苦笑する。と、惣一郎が身を乗り出した。

「では犯人は、一千万円のバイオリンがあったにもかかわらず、四十万円または五十万円のフルートを盗んだということですか？　だとしたら変ですね」

「確かに」

　ひよりと迫田が頷《うなず》き、藤堂も、

「That's right. 転売目的でわざわざ忍び込んだのなら、楽器の価値を知らなかったという可能性は低いだろうしね」

　とコメントした時、一度この場を離れていた平野さんが戻って来た。

「フルートは見つかりましたか？」

「捜査中です」

　迫田の返事を聞き、強《こわ》ばっていた平野さんの顔がさらに強ばった。惣一郎が問う。

「午後一時を過ぎましたが、防犯まつりはどうなっていますか？」

「取りあえず開始を三十分遅らせました。プログラムを変更してみなさんの講演とさく姫のショーを先に行い、それでもフルートが見つからなければバイオリンとチェロ、ピアノの三人で演奏していただくしかありません。だとしても、フルートは弁償しなくてはならないし……なんとかなりませんか？　元警察官なんでしょう？　元副総監もいるじゃないですか」

最後は追い詰められたような表情になり、おじさんたちに視線を走らせる。

私は無視？　現役の警察官、しかも刑事なんだけど。心の中で憤慨し、ひよりは平野さんの前に進み出た。

「館内には、防犯カメラが設置されていますよね？　映像を見せて下さい」

「ああ、防犯カメラか。忘れてた——吾妻さん、樋口さん。ちょっと！」

大声で呼びかけ、平野さんは小走りで廊下をエレベーターホールの方へ進んだ。

メゾン・ド・ポリスのおじさんたち、平野さん、吾妻さん、樋口さんと公民館の一階にある管理事務所に移動した。

管理事務所は狭く、書類のファイルを収めた棚とデジタル複合機、大工道具や救急箱などが置かれている。管理人は区役所から派遣された職員二名で、午前八時から午後五時半まで、管理事務所内の玄関に面した位置に設けられた窓口に着いているそうだ。ただし入館者のチェックは行っておらず、一度入ってしまえば館内を自由に歩き回れる。とくに今日のようなイベント開催日は入館者が多く、関係者以外の誰かが控室のある三階に入り込んでもわからないという。

「では、防犯カメラは建物の出入口と各階の廊下、ホールの内部と出入口、エレベーター、階段の天井に設置されているんですね」

ひよりが問いかけると、管理人の中年男性は「はい」と頷いた。男性は窓口の内側のカウンターに着いている。カウンターの端には防犯カメラの記録装置が置かれ、傍らには小型の液晶ディスプレイもあった。

「今日の午前十時から正午までの、控室前の廊下の映像を見せて下さい」

男性の脇に立って液晶ディスプレイを覗《のぞ》き、ひよりは指示した。緊張の面持ちで男性は再度「はい」と頷き、防犯カメラの記録装置を操作した。液晶ディスプレイに、控室の廊下の映像が映し出される。後ろにいるおじさんたちと平野さんたちが、ひよりと男性の肩越しに身を乗り出したのがわかった。

画面の中央にベージュのビニールタイル貼りの廊下が延び、壁の片側には控室の灰色のドアが等間隔で並んでいる。両端が少し歪《ゆが》んでいて見にくいが、手前の「控室A」と書かれたドアが元楽団員の四人の控室、その隣の「控室B」と書かれたドアが、メゾン・ド・ポリスのおじさんたちの控室だ。画面の右上には今日の日付と、

「AM10：00」という時刻も表示されていた。

「お願いします」

ひよりの声に男性が記録装置のボタンを押し、映像の再生が始まった。

元楽団員もおじさんたちもリハーサルを終えた後で、廊下はがらんとしている。男性に映像を早送りしてもらうと、十時十分過ぎに動きがあった。奥のエレベーターホールの方から、誰かが小走りでやって来る。女性のようだ。ひよりは告げた。

「止めて下さい」

男性がポーズボタンを押し、映像が止まる。女性は小柄で、黒いカットソーとジーンズを身につけていた。

「石場さん？……再生して下さい」

ひよりが言い、男性が再生ボタンを押す。映像の石場さんは控室Bの前で足を止め、ドアをノックして中に入った。

「あれ。石場さん、戻って来てたの？　気づかなかったな。この少し前に出て行ったのは覚えてるけど。でしょ、迫田さん」

後ろで藤堂が問い、その隣で迫田が頷く気配があった。

「ああ。お前のウインクに嫌気がさして出て行ってそれきりだと思ってた。だろ、夏目」

「ええまあ」

　惣一郎はなぜか口ごもり、怪訝《けげん》に思ったひよりが振り返ろうとした刹那《せつな》、映像の控室Bのドアが開いて、石場さんが廊下に出て来た。後ろから惣一郎も続く。

「おやおや」

　藤堂が呟《つぶや》き、迫田はさらに身を乗り出す。黒いボディバッグを背負った石場さんは、廊下をエレベーターホール方向に戻りながら振り返ってなにか言い、惣一郎は頷いている。

「やだ。まさか不倫密会？　石場さんって人妻でしょ」

　高平がはしゃいだ声を上げ、ひよりの背中を叩《たた》く。振り返ったひよりの目に映像を見て、

「違いますよ。ちょっとした用を頼まれただけです」

　と返す惣一郎が映った。いつものポーカーフェイスだが、心なしか視線が泳いでいる。平野さんたちも怪訝そうに惣一郎に目を向け、端に置かれた椅子に座った伊達は、にこにことみんなを眺めていた。

　石場さんと惣一郎が奥に消えたあと廊下はまたがらんとし、ひよりは男性に映像を早送りしてもらった。廊下に再び人影が現れたのは、午前十一時前。戻って来た惣一郎で、なぜかぐったりした様子で部屋を出る時は手ぶらだったのにタオルを持ち、顔

の汗を拭《ぬぐ》っている。惣一郎はドアを開け、控室Bに入った。

再び振り向き、ひよりは惣一郎を見た。他のみんなにも目を向けられ、惣一郎は今度は気まずそうに、

「後で説明します。事件とは無関係です」

と返して視線を落とした。訳がわからずひよりが惣一郎を見続けていると、迫田が男性に言った。

「早送りをお願いします」

再び映像の早送りが始まったが、すぐにまた石場さんが現れた。今度は山口さんが一緒で、それぞれ自分が担当する出演者の控室のドアをノックして開けた。間を置かず、おじさんたちと私服姿の元楽団員の四人が控室から出て来た。会議室に昼食を摂《と》りに行くのだろう。みんなが廊下を歩きだすと石場さん、山口さんはドアを施錠した。ひよりは男性に映像の巻き戻しとズームを頼み、山口さんの施錠に不備がなかったのを確認する。

問題はここからで、ひよりは早送りにしてもらいながらも映像を注視した。おじさんたちと平野さんたちも、画面に見入ったのがわかった。

早送りを続けて約三分。廊下の奥に、一つのシルエットを確認した。ひよりが頼む前に、男性は映像を再生に戻す。

緊張しながら、ひよりは廊下を近づいて来るシルエットに目をこらした。だがそのシルエットは、またもや石場さん。解錠してドアを開け、おじさんたちの控室に入って行った。

肩の力が抜け、ひよりは小さく息をついた。後ろからも高平のため息や、平野さんの「なんだ」という落胆の声が聞こえる。

「石場さんは、なんのために控室に入ったんでしょうか。この時間、僕らは会議室で食事中でしたよね」

ひよりの隣に進み出て、惣一郎が画面の右上を指した。「11：14」と時刻が表示されている。「確かに」とひよりが隣を見上げると、迫田が言った。

「俺だ。お前がくれた袋に、飯《めし》の前に飲む薬が入ってなかったから取って来てもらった」

「入ってなかった？　飯の前って、漢方薬ですよね。そんなはずは」

「いや。入ってなかったし、石場さんはちゃんと取って来てくれたぞ。『床の奥の方に落ちてました』と言っていた」

納得がいかない様子で、惣一郎は画面に見入った。捜すのに手間取ったらしく、石場さんが控室から出て来たのは十分ほど後。ドアを施錠し、廊下を戻って行った。

その後も映像を確認したが、正午過ぎにみんなが戻って来るまで廊下には誰も現れなかった。フルートの盗難を知った平野さんと吾妻さん、樋口さん、織田さんが控室Aに駆け付けるところまで見て、ひよりは男性に「もう結構です」と告げて礼を言った。

「なんだ。誰も元楽団員の控室に入ってないじゃないか。防犯カメラの映像を見れば、犯人がわかるんじゃなかったのか？」

焦りと苛立《いらだ》ちを露《あら》わにして、平野さんが誰へともなく問いかける。それを「まあまあ」となだめ、吾妻さんが言った。

「犯人はわからなくても、手がかりが見つかったかもしれませんよ。迫田くん、どうだい？」

胸の前で腕を組む気配があり、「う〜ん」と唸《うな》ってから迫田は問うた。

「夏目。石場さんに、何を頼まれたんだ？」

「それ、僕も聞きたい。『後で説明します』って言ったよね」

藤堂が言い、高平も「うんうん」と同意する。再びみんなの視線の的となり、惣一郎は観念したようにため息をついた。それから、

「わかりました。説明します」

と答えて顔を上げた。

惣一郎の説明は十分ほどで終わり、真っ先に藤堂がコメントした。

「着ぐるみショーね。なるほど。確かに『ちょっとした用』だ」

冷静を装ってはいるが、口元が緩んでいる。それを聞いて、「やだもう。藤堂さんてば」と高平が噴き出し、ひよりもつられそうになったが迫田に睨《にら》まれ、なんとか堪《こら》えた。惣一郎は横を向いて知らん顔をしているが、眼差《まなざ》しに動揺が現れている。

「それは、ご迷惑をおかけしました。ご協力に感謝もしますが、事件には関係ないってことですよね？」

さっきより苛立ちの色を濃くして平野さんが訊《たず》ね、場に張り詰めた空気が戻った。代役リハーサルの一部始終を説明させられて恥をかいた上に苛立ちをぶつけられ、さすがに不本意そうに惣一郎は返した。

「ええ。だからさっき僕もそう――」

「いいえ。それは違います」

その声に、ひよりを含めたみんなの視線が動く。杖《つえ》を手に椅子に座った伊達が、にこにことこちらを見返して続けた。

「事件の報《しら》せを聞いた時に犯人の目星は付きましたが、防犯カメラの映像と夏目さんの話で確信が持てました」

「えっ⁉」

ひよりと高平が声を上げ、平野さんは、

た。

「本当ですか⁉」

と伊達の前に行った。吾妻さんと樋口さんも続く。三人の肩越しに、惣一郎が訊ね
「それは、防犯カメラの映像と僕の話に犯人が現れていたということでしょうか？

だとすると」

考え込むように口をつぐんだ後、惣一郎ははっとして顔を上げた。改めて伊達に向き直る。その視線を受け止め、伊達はにっこりと頷《うなず》いた。訳がわからず、ひよりは二人を交互に見た。

「『犯人の目星は付きましたが』って、なんでですか？『だとすると』の続きは？ちゃんと説明して下さい」

しかし惣一郎はなにも答えてくれず、伊達は平野さんたちを見上げて告げた。

「私が話す通りにすれば、フルートは戻って来ますよ」

伊達の話を聞き、吾妻さんと樋口さんが管理事務所を出て行った。時刻は午後一時半を回っていたので平野さんがホールのステージに上がって開会の挨拶《あいさつ》をし、防犯まつりは始まった。プログラムは変更され、最初の演目は着ぐるみショー。パイプ椅子が並べられた客席には、親子連れや年配者など百人ほどが集まっているという。ひよ

りとメゾン・ド・ポリスのおじさんたちも管理事務所を出て、三階に戻った。

午後二時前にはおじさんたちの控室に、伊達が「集めて欲しい」と話した人たちが顔を揃えていた。

「時間がないので、結論から言いましょう。犯人はあなたです」

テーブルにセットされた椅子に座って伊達は言い、向かいに並んだ人たちの一人を指した。その場のみんなが視線を動かす。

「私？　違います。なんでそんな」

自分で自分を指し、驚いたのは石場さん。平野さんがなにか言おうとし、それを伊達の隣に立つ惣一郎が片手を上げて止めた。室内にはひよりとおじさんたちの他、さくら町町内会の主立ったメンバーと玉置がいる。玉置は廊下にいたのを伊達が、「あなたもどうぞ」と招き入れた。

杖を手に、伊達は話を続けた。

「石場さんはイベントの出演者が食事中に、『薬を取って来る』という口実でこの控室Bに入り、窓からベランダに出て隣の控室Aに侵入。フルートを持ってここに戻り、会議室に帰ったのです」

「バイオリンではなくフルートを選んだ理由は、サイズ。分解した状態なら、そのバッグにしまえるからね。防犯カメラの映像の石場さんがここを出入りするシーンを見直したら、入った時に比べて出た時は、明らかにバッグが膨らんでいたよ」

補足したのは、藤堂。伊達の惣一郎とは反対側の隣に座っている。「そのバッグ」と言う時には、石場さんが体に斜めがけにしたボディバッグを指す。とっさにバッグに手をやった石場さんだが、視線はおじさんたちに向けたままで、「違う」と言うように首を大きく横に振った。それを見て、石場さんの横の織田さんが言った。

「なんで石場さんがそんなことしなきゃいけないんですか？　それに窓のカギは？　さっきみなさんが調べた時、どちらの控室の窓もカギは閉まっていたと聞きましたよ」

その通りだ。テーブルの脇に立つひよりは、心の中で頷いた。この控室の窓は犯人が自分で開け閉めできるが、隣はできない。

「この事件は複数の人間によって計画・実行され、石場さんはその一人です。無論動機もあり、共犯者全員が共有しています。ですよね？」

問い返したのは惣一郎。織田さんだけではなく、石場さんと山口さん、椅子に腰掛けた鵜飼さんにも強い眼差しを向ける。石場さんは再度首を横に振り、山口さんと鵜飼さんはぎょっとしたが、織田さんは惣一郎を見返す。すると、また藤堂が言った。

「鵜飼さん。ぎっくり腰だそうで、大変ですね。近くに僕の知人が院長をしている整形外科医院があります。一緒に行って、診察を受けましょう。町内会は自治会活動保険に加入しているそうなので、診断書をもらえば保険金が支払われますよ」

「いや」

それだけ返し、鵜飼さんは視線を泳がせた。織田さんと山口さんに支えられてここに来て、椅子に座ってからも前屈《かが》みで顔をしかめていたが、今は背筋を伸ばして腰に当てていた手も下ろしている。

「おい。どういうことだ。お前らがやったのか？」

平野さんが顔を険しくし、鵜飼さんに詰め寄ろうとした。その行く手を阻むように、織田さんが進み出る。「お前ら」と呼ばれた瞬間、織田さんの顔も険しくなったのを、ひよりは見逃さなかった。平野さんを見据え、織田さんは答えた。

「そうです。僕が考えてみんなを誘いました。ずっと我慢してきて、もう限界でした」

「それは、犯行を認めるということですか？」

ひよりも進み出て問うた。

「はい」

こちらを見て織田さんが頷く。視線を後ろに移すと、石場さんも「はい」と答え、鵜飼さんと山口さんは確認を取るように顔を見合わせてから、首を縦に振った。

「我慢って、どうして。なんでも話し合ってきたじゃないか」

戸惑いを露わにして、吾妻さんも会話に加わった。隣の樋口さんはタオルハンカチを握りしめて、呆然《ぼうぜん》としたままだ。

「話し合っても、意見を通すのはみなさんでしょう。執行部はもちろん、他の部の部長もほとんどが六十歳以上。その他の役員も、お年寄りばかりです。二十代から五十代の会員もいますけど、数は少ない。会議をやっても最後は多数決だし、結局はみなさんの思い通りにされてしまう。僕ら若手が何度『不公平だ』と訴えても、『年配者を敬え』『生意気だ』と話をすり替えて、取り合ってくれませんでしたよね？」

堪えていたものを吐き出すように、織田さんは捲《まく》し立てた。

それが動機？　驚き意外に感じながらも、ひよりは町内会の事務所に行った時、平野さんや吾妻さんが当たり前のように織田さんたちに椅子を運ばせたり、お茶を淹《い》れさせたりしていたのを思い出した。同時に脳裏に、事務所の壁に貼ってあった町内会の組織図と、予定表も浮かぶ。いま思えば、予定表に書かれたイベントは年配者向けのものばかりだった。加えて、予定表を見る伊達の顔も思い出した。

織田さんの勢いについていけなかったのか、一度口ごもってから平野さんは返した。

「数の多い方の意見に合わせるのは、当然だろう。それになにか任せようとしてもお前ら若手は、『仕事が忙しい』『育児で手が離せない』と断るじゃないか」

「その通り。それにいくら限界だからって、他にやり方があったんじゃないのか？　窃盗は犯罪だぞ」

諭すように吾妻さんにも返され、織田さんは黙った。代わりに石場さんが言う。

「わかってます。でも、私たちは防犯まつりを開くことが許せなかったんです……平野さん。私がチアダンス部のパフォーマンスを提案して、『問題がないか確認して下さい』と言った時、『動画の見方がわからないから任せる』って答えましたよね？　それなのに直前になって、『破廉恥だ』って中止にさせた。チアダンス部のみなさんは、今日のために一生懸命練習していたんですよ。みなさんがどんなにがっかりして、私たちが何度頭を下げたかわかりますか？……元楽団員とメゾン・ド・ポリスのみなさんには、申し訳ないと思ってますけど」

勢いよく訴えていたのに最後に声を小さくし、上目遣いに惣一郎を見る。

「じゃあ、夏目さんにリハーサルの代役をやらせたのも計画のうち？」

問いかけたのは、玉置。思わずやり取りに加わってしまったという様子だ。なぜ彼が代役の件を知っているのかひよりが不思議に思っていると、石場さんは首を縦に振った。

「会議室からここに戻るための口実が見つからなくて。焦っていた時に夏目さんが薬を仕分けしているのを見て代役を思いついて、みんなに協力してもらったんです。すみません」

ますます声を小さくし、石場さんは頭を下げた。それを無表情に見て、惣一郎は返した。

「迫田さんの薬は、ステージ袖《そで》でジャケットを預けた時にポケットから抜いたんでしょう？　薬を持った上でここに戻り、あらかじめ山口さんがカギを開けておいた窓から控室Aに入り、フルートをバッグにしまってまたここに戻り、会議室に帰って迫田さんに薬を渡した。その後、食事から戻った元楽団員の人たちがフルートがないと騒いでいる間に、山口さんが窓のカギを閉めた。違いますか？」

「おっしゃるとおりです」

身を縮め、さらに頭を下げる石場さんを見て心苦しくなったのか、鵜飼さんが椅子からすっくと立ち上がった。石場さんと同じように頭を下げ、山口さんと織田さんも倣う。

「謝る相手が違うだろ！　お前ら——」

再び顔を険しくした平野さんを、ドアの脇から進み出た高平が遮る。

「薬を抜いたって本当？　なんてことしたの。あなたたちにはわからないでしょうけど、年寄りには大問題ですよ。いくら腹に据えかねたからって、やっていいことと悪いことがあるでしょう。元楽団員の方たちにだって迷惑だし、町内会の年寄りを困らせるためなら、別の年寄りはどうなってもいいの？　あなたたちは若手じゃなく、ただの子どもです。町内会どころか、児童会以下。小学校に戻ってやり直しなさい！」

ぴしゃりと告げてアームカバーをはめた右腕を上げて織田さんを指し、石場さんと鵜飼さん、山口さんを厳しい目で見る。母親か教師の説教じみているが、迫力と説得力は圧倒的。加えて正論中の正論なので、織田さんたちは「すみません」と改めて頭を下げた。高平の勢いに圧《お》されたのか、平野さんと吾妻さんは黙って織田さんたちを眺め、樋口さんはまだ呆気《あっけ》に取られている。

「まあまあ」と、成り行きを見守っていた伊達が口を開き、みんなは視線を向けた。

「どちらにも問題と言い分があるということです。とにかく、防犯まつりをなんとかしないと」

その言葉に、平野さんがはっとする。

「そうだった。着ぐるみショーを引き延ばすのも、もう限界だ……おい。フルートを返せ。今もバッグに入っているのか？」

居丈高に問いかけ、石場さんに詰め寄ろうとした平野さんの腕を、吾妻さんが掴《つか》む。驚いた平野さんが見返す中、吾妻さんは、

「ちゃんと話を聞いて、謝るべきことがあれば謝る。しかし防犯まつりはやらせてくれ。元楽団員の方はもちろんだが、集まってくれたお客さんをがっかりさせたくないんだ」

と両手を杖《つえ》に載せて頭を下げた。すると樋口さんも倣った。

「私からもお願いします」

うろたえて二人を見ていた平野さんだったが、

「後で話そう。フルートを返してくれないか?」

と不本意そうながら口調を和らげ、石場さんに問いかけ直した。頭を下げた二人に織田さんと鵜飼さん、山口さんが「いや、そんな」と慌て、石場さんは平野さんを見返して答えた。

「わかりました。私の車のトランクにあるので、急いで取って来ます」

そして惣一郎とおじさんたちに会釈し、控室を出て行った。たちまち室内は慌ただしい空気に包まれ、「鈴原さんたちに知らせて、演奏の準備をしてもらってくれ」「わかりました」「ホールにいる役員にも知らせないと」「僕が行きます」と、年配と若手の会員がやり取りしながら控室から廊下に向かった。

7

町内会の人たちが出て行くと、惣一郎は藤堂に乞《こ》われて壁に取り付けられた液晶モニターのスイッチを入れた。出演者がステージの状況を把握するためのモニターらしく、画面にはダンスをするさく姫が映り、音楽も流れてくる。さっきのリハーサルを思い出し惣一郎がうんざりしていると、間もなくダンスと音楽は終わり、司会者がクラシックのミニコンサートの開始を告げた。ステージにピアノと椅子がセットされ、観客の拍手の中、元楽団員の四人が出て来た。鈴原さんがフルートを手にしているのを確認し、モニターの下に集まった惣一郎と他のおじさんたち、ひよりと玉置も息をついた。

元楽団員の演奏が始まってやれやれと思う間もなく、藤堂が「騒ぎで白衣にシワが寄ったからアイロンをかけて」と言ってきた。すると迫田も、「昼飯を食い過ぎてジャケットのボタンが留まらない」と騒ぎだした。惣一郎が控室の棚にあったアイロンとアイロン台を取り出し、高平が迫田のジャケットのボタンを留めようと奮闘していると、後ろでひよりの声がした。

「今日の事件はどうするんですか？　樋口さんは部屋を出る時私に、『鈴原さんにはお詫《わ》びして許してもらうので、見逃して下さい』って耳打ちして行きましたけど」

振り向いた惣一郎の目に、テーブルに向かい合って座るひよりと伊達が映った。玉置は壁の前に立って液晶モニターを見上げている。次はいよいよ、迫田たちの講演だ。

高平が持参したステンレス製の水筒のお茶を飲み、伊達は答えた。

「フルートは無事に戻りましたし、親子ゲンカのようなものですから。今日の事件で平野さんたちと石場さんたちは、初めて本音をぶつけ合ったのではないでしょうか。高平さんには手厳しいことを言われましたが、若手も年配も同じ大人。歩み寄って、上手《うま》くやっていくと思いますよ。まあ、しばらくは私が見守りましょう」

「お願いします。ところで伊達さん。さっき『事件の報せを聞いた時に犯人の目星は付きましたが』と言ってましたけど、この前町内会の事務所に行った時に、織田さんたちの不満に気づいていたんじゃないですか？」

「不満に気づくところまではいきませんが、違和感は覚えました」

「やっぱり！　さすがですね」

ひよりが声を上げ、伊達が「年の功というやつですよ」と笑う。アイロン台を組み立てようとした惣一郎だったが伊達が、

「それと、以前関わったある事件を思い出しました。今から五年ほど前。あの頃はまだ、メゾン・ド・ポリスを始めていませんでした」

と語りだしたので再び手を止め、振り返った。「そうなんですか」と相づちを打ったひよりだが、戸惑っている様子だ。気がつくと、玉置も伊達を見ていた。無表情だが、みるみる頬が強《こわ》ばっていく。こちらの視線に気づいたらしく、玉置はドアに向かおうとした。

「直央くんも聞いて下さい。これは私だけでなく、あなたの話でもありますから」

伊達が告げ、玉置は足を止めて振り返った。穏やかな表情は変わらないが、伊達の口調はいつになく強く、藤堂と迫田、高平も手を止めて目を向ける。

なぜ突然、そしてなにを語るつもりなのか。伊達の意図はわからない。しかし強い使命感を覚え、惣一郎はアイロン台を壁に立てかけてテーブルに歩み寄った。

「玉置くん。座ろう」

椅子を一つ引いて語りかけ、自分も隣の椅子を引いて座った。みんなの視線が玉置に移る。「やられた」とでも言いたげに眉根《まゆね》を寄せて苦笑し、玉置は惣一郎が引いた椅子に腰掛けた。

「伊達さん。どうぞ」

ひよりに目配せしてから惣一郎が促すと、伊達は「ありがとう」と返してお茶を一口飲み、話を始めた。

「あれは私が四十代の頃です。当時私は本庁の捜査二課にいて、野口佑《たすく》という五歳年下の部下とコンビを組んでいました。野口はいわゆるキャリア組ではありませんでしたが熱意に溢《あふ》れた優秀な警察官で、私たちは横領や脱税、詐欺などたくさんの事件を解決しました。ずっと独り身だった野口ですが、四十前に結婚して男の子が生まれました。男の子はそれは可愛らしくて野口は溺愛《できあい》し、私も何度か一緒に遊んだことがあります」

そこまで話して伊達は言葉を切った。いつの間にか藤堂と迫田、高平もカウンターの前の丸椅子に座っていた。静まり返った控室に、壁のモニターからクラシックの音楽が小さく流れる。

再び、伊達は話しだした。

「しかし三年後、野口は離婚して男の子は奥さんに引き取られました。離婚の理由は知りません。しかし奥さんは、二年ほどして別の男性と再婚したと聞きました。その後野口は前にも増して仕事に没頭しましたが、些細《ささい》な言葉や態度から男の子に対する愛情は変わらず、心から幸せを願っているのが伝わってきました。少しして私たちは別の部署に異動になり、付き合いも途絶え、私は定年を迎えました。野口から連絡があったのは、その五年後。顧問として再就職した企業も辞め、既に妻も亡くなっていたので、あの屋敷を売って老人ホームにでも入ろうかと考えていた矢先でした」

また伊達は黙り、お茶をすすった。状況からして男の子が玉置なのは明らかだが、話の先が気になって、彼の様子を確認する余裕はない。ことりと、伊達は水筒の蓋《ふた》をテーブルに戻した。

「話を聞くと、野口も定年後再就職した警備会社を一年前に辞め、東京郊外にある自宅の町内会の防犯部長として、地域活動に取り組んでいるということでした。野口はとても活《い》き活《い》きとしていて、再会できたのも嬉《うれ》しく、私は彼の『町内会で防犯チームを作るので、アドバイザーになって欲しい』という申し出を受けました。野口は町内のパトロールや防犯イベントなどを企画し、どれも地域の人に喜ばれ、私もイベントで講演をするなどできる限り力を貸しました」

「あら。『イベントで講演』って」

思わずといった様子で言い、高平は慌てて手のひらで口を押さえた。「すみません」と伊達に頭を下げ、伊達は「いえいえ」と笑って先を続けた。

「ところがしばらくすると防犯チームのメンバーが、『相談がある』と私を訪ねて来ました。聞けば、野口は熱意のあまり自分の指示に従わないメンバーを非難したり、パトロール中に遭遇したマナーの悪い住民や夜遊びをしている子どもを必要以上に叱ったりして、トラブルになっているとのことでした。私は野口に会い、『町内会もいいが、ほどほどにしておきなさい。蓄えや年金で生活に不自由はないのだから、のんびりすればいい』と言い聞かせました。野口は『わかりました』と応《こた》えましたが、今になって思えば、なにか言いたげでした。その一週間後、防犯チームのメンバーから連絡があって私は野口が起こした事件を知りました。野口は河川敷にゴミを不法投棄していた男を咎《とが》めてもみ合いになり、誤って男を殺害し、逮捕されたのです」

ああ。だから防犯まつりの講演を嫌がったのか。惣一郎は合点がいき、高平もため息をついた。しかし、伊達はさらに語り続けた。

「私は野口を救おうと手を尽くしました。ところがしばらくして私の下に届いたのは、野口が拘置所の居室で首を吊《つ》って自殺したという報《しら》せでした」

「えっ⁉」

高平とひよりが声を上げ、惣一郎はとっさに隣を見てしまう。意外なことに、玉置はリラックスしていた。目は伏せているが肩や腕に力は入っておらず、むしろ退屈そうにテーブルの上で組んだ手の指を動かしている。

男の子＝玉置じゃないのか？　疑問を覚えた惣一郎の耳に、伊達の声が届く。

「拘置所の居室には、私宛《あて》の遺書が遺《のこ》されていました。受け取って読むと、生前世話になったことへの礼と犯した罪に対する謝罪が綴《つづ》られ、最後にこう書かれていました。『伊達元副総監は生活に不自由はないのだから、とおっしゃいました。しかし生活に不自由がないことが、私を追い詰めたのです。時間を持て余し、寂しくて、相手が犯罪者でもいいから、誰かと関わっていたかった。俺はここにいる。老いぼれでも、仕事をしていなくても、生きてるんだ。俺と俺の人生を終わったことにしないでくれ。毎日心でそう叫んでいました』……私は自分を責めました。なぜ野口の孤独に気づかず、否定するようなことを言ってしまったのか。警察官の職務に人生を捧《ささ》げ、退官後も市民の平和と安全のために尽くした男が、どうして非業の最期を遂げなくてはならなかったのか」

「伊達さん。それは違う」

迫田が言い、立ち上がった。すると伊達は「わかっています」と言うように手のひらを上下に振り、「まだ先があるんです。すぐに終わりますから」と笑った。納得がいかない顔のまま、迫田は丸椅子に座り直した。

「自分を責め、悔やみ、嘆いたあと私は思いました。特殊な職業ゆえ、退官後も世間に馴染《なじ》めず孤立する元警察官は、少なくないはず。野口の悲劇を繰り返してはならない。お金やものをどれだけ持っていても、人はひとりでは生きていけない。誰かと言葉を交わし、肌の温《ぬく》もりを感じる場所が必要だと。その直後、定年になったばかりの旧知の元警察官が奥さんに熟年離婚されて行き場がないと聞き、あの屋敷を退職した警察官専門のシェアハウスにしよう、と決めたのです」

「てことは、その熟年離婚されて路頭に迷ってた元警察官って」

話を聞き終え、真っ先に藤堂が反応した。すかさず、隣で迫田が抗議する。

「俺のことだが、行き場がなかっただけで路頭に迷ってなんかいねえ」

「あっそう。それは失礼」

藤堂は肩をすくめ、「後はよろしく」とでも言いたげな眼差《まなざ》しで惣一郎を見た。

伊達になにか返さなくては。そう思い焦りも感じたが、話の内容が重い上に伊達の生き様に深く関わっているので、滅多なことは言えない。しかし逡巡《しゅんじゅん》している惣一郎をよそにひよりは、

「それが伊達さんがメゾン・ド・ポリスを作った理由なんですね。深刻さが全然違う

けど同じように町内会が関わっているし、確かに今日の事件と重なってしまうかもしれません」

とすらすらと述べた。

なんだ、その浅くて上っ面な感想は。伊達さんがどんな気持ちで、今の話をしたと思っているんだ。これは告白だぞ。驚いて憤慨もし、強い眼差しを向けたが、ひよりは平然としている。苛立《いらだ》ってなにか言ってやろうとした矢先、玉置が立ち上がった。

「お話は以上ですか？　仕事があるので、失礼したいのですが」

なんの感情も含まない、極めて事務的な口調でそう訊《たず》ね、伊達を見る。今度は玉置に驚いた惣一郎だったが、伊達は、「はいはい。どうぞ」と明るく軽く答えた。一礼し、玉置はテーブルを離れた。が、さっきと同じように途中で足を止めて、こちらを振り返った。

「みなさんお察しの通り、伊達さんのお話の男の子は私です。しかしお話にもあったように、私の母は野口と離婚後間もなく再婚しました。幸いにして野口の記憶は全くありませんし、私にとって父は玉置治朗《じろう》一人だけです。いまのお話のお陰で、それを再認識できました。伊達さんには野口の事件が起きた際にもお気遣いいただきましたし、重ねて御礼申し上げます」

なにかの口上を読み上げているようだったが、「幸いにして」をわずかに強調したところに玉置のプライドと意地、伊達への当てこすりを感じた。

ぺこりと頭を下げて控室を出て行った玉置と入れ替わりで、見知らぬ年配の女性が現れた。女性は「石場さんが『申し訳なくて案内係は続けられない』と言うので、代わりに来ました」と説明し、「そろそろ出番です。ホールに移動して下さい」と告げた。迫田と藤堂、惣一郎と高平も立ち上がり、さっき平野さんたちが出て行った時と同じように、場の空気が一気に慌ただしく賑《にぎ》やかになった。

8

「じゃあ、出かけるから」

渋い顔で告げ、新木はバッグを手に自分の席を離れた。ひよりは深々と頭を下げて返した。

「はい。申し訳ありませんでした」

ひよりの脇を抜けて出入口に向かいかけた新木だったが、途中で足を止め、

「お前も偉くなったもんだな」

とベタな嫌みを言い、また歩きだした。「すみません」と追加で謝罪し頭を下げたままでいると、後ろから声をかけられた。

「おい。もう大丈夫だぞ」

振り向いたひよりの目に、スーツ姿の原田と松島が映った。二人ともニヤニヤとしている。自分の目で新木が刑事課のある部屋を出て行ったのを確認し、ひよりは体を起こした。「どうも」と返し、二人の横を通って自分の席に戻る。

「こってり絞られたな。でも、説教だけで済んでラッキーだぞ。たぶん伊達さんが手を回したんだ」

「署の広報を通さずに、イベントに出たのはまずかったな。課長のメンツも丸潰《まるつぶ》れだし。噂じゃ犯罪や捜査について延々語った上に、握手会までしたそうだな」

後を追って来た二人がからかって来たが、ひよりは構わず椅子を引いて座った。

「延々語ったのは迫田さんで、握手会までしたのは藤堂さん。私は十五分ぐらい、女性やお年寄りでもできる護身術を指導しただけです」

「へえ。水着で？」

「原田。それはセクハラ……俺は水着より、レオタードの方がいいな」

「今どきレオタードって。松島さん、歳がバレますよ」

そう言い合い品のない声で笑う二人を無視して、ひよりは新木に呼ばれるまで読んでいた捜査資料を机上に開き直した。

昨日あのあと迫田と藤堂は、予定通り講演を行った。迫田は深刻だがリアリティーに溢《あふ》れる話、藤堂は軽妙かつ観客の好奇心を刺激する話を披露し、どちらも元警察官ならではの内容で大ウケ。ステージ袖《そで》で見守っていた町内会の人たちとひより、惣一郎はほっとし、控室のモニターで見た伊達と高平も安堵《あんど》したそうだ。

しかしひよりは演出担当の町内会員に、「着ぐるみショーを先にやってしまったので、このまま終わると華が足りない。なにかやってもらえませんか？」と頼まれ、さんざん固辞したものの平野さんたちも一緒になって説得され、引っ張り出されるようにしてステージに立ち、護身術の指導をした。それはあっという間に署の人間に伝わり、一夜明けた今朝、新木に呼び出された。しかし原田の言う通り説教だけで済んだのは、伊達のお陰だろう。時刻は午前十時前。刑事課のある部屋では、大勢の署員が忙しそうに働いている。

控室での告白には驚き戸惑いもしたが、昨夜高平に電話をして伊達の様子を訊《き》いたら、「元気元気。このところ様子がおかしかったけど、言いたいことを言ってさっぱりしたんじゃない？」とのことだった。

ちなみに惣一郎にはステージ袖で迫田たちの講演を聞いている時に、伊達の告白に対してのコメントに文句を言われた。「でもさっきの告白って、私たちに聞かせているようで実は玉置さんに向けたものですよね？　それがわかったから、敢《あ》えて無難なことを言ったんです」と思ったままを返したが、惣一郎は納得がいかなかったのか、むすっと黙り込んでしまった。その態度にイラッときたので、ひよりは護身術の指導の犯人役に惣一郎を指名した。ステージの上で加減はしつつも惣一郎の腕をひねり上げたり、首を絞めたりしたら、ちょっと気が晴れた。

高平には町内会の人たちの様子も訊いたが、「吾妻さんによると、防犯まつりが終わったあと町内会のみんなで話し合ったって。これからは執行部に必ず若手の会員を加えるとかして、バランスを取っていくみたい」だそうだ。鈴原さんには石場さんたちが謝罪に行き許してもらった、とも聞いている。あれから調べてみたが、年配者と若手の会員の間にトラブルが起きている町内会や自治会は少なくないようで、今回のメゾン・ド・ポリスのおじさんたちのように、第三者の介在や見守りが必要になるかもしれないな、と感じた。

ジャケットのポケットの中で、スマホが振動した。取り出して画面を見ると、高平からLINEのメッセージが届いていた。メッセージには今朝石場さんと織田さん、鵜飼さん、山口さんがメゾン・ド・ポリスに謝罪に来たこと、また説教してやろうと思ったが四人とも「仕事を休んで来た」と言い、本気で反省してるみたいだから許してやったことが書かれていた。ひよりがほっとしていると、さらにメッセージが届き、「石場さんは『夏目さんにも改めてお詫《わ》びがしたい』とも言ったんだけど、買い物に行ってて留守だったから、『代役リハーサルの写真か動画を見せてくれたら、代わりに謝っておいてあげる』って返しちゃった。半分冗談だったのに織田さんが連絡を取ったら、着ぐるみショーの演出の人が動画を撮ってたの！　禁断のスクープ映像!!　送るから見て」

と文字が並んだ。

「えっ。本当に？」

思わず呟《つぶや》くと着信音が鳴り、高平のメッセージの下に、中央に再生ボタンのアイコンのある画像が追加された。画像には、ステージに立つ町内会のゆるキャラらしき淡いピンク色の着ぐるみが映っている。

迷わず、ひよりは再生ボタンのアイコンを押した。着ぐるみがぎこちないダンスを始め、明るく能天気な音楽も流れだす。

「なんだ？」

原田が反応し、ひよりの肩越しに画面を覗《のぞ》いた。反対側から松島も覗く。笑いを堪《こら》えながらも、窃盗事件に触れずにこの動画をどう説明しようか、ひよりが考え始めた時、

「すみません」

と向かいで声がして、ひよりは動画を止めた。原田と松島も体を起こす。

「一階に、市民の方が見えているんですけど」

顔を上げたひよりの目に、中年の男性署員が映った。交通部の所属で、署の玄関を入ってすぐのところのカウンターに着いている。市民の来訪は珍しくないが、普通は内線電話で知らせてくるので怪訝《けげん》に感じつつ、ひよりは「どんな用件ですか？」と返してスマホをしまった。

「それが児玉美月さんという方で、『菖蒲町医師強殺事件について打ち明けたいことがある』とおっしゃって」

年齢からして、二〇〇八年の事件を覚えているのだろう。男性は緊張と困惑が入り交じった表情でそう告げ、こちらを見た。

「玉置さんは？」

たちまち緊張し、松島が言った。ひよりも部屋の奥のテーブルに目を向ける。しかし玉置も浜岸も、そこにはいなかった。

「私が行きます」

迷わず、ひよりは席を立った。歩きだすと「おい」と原田の声が追って来たが、ひよりは構わずに足を速め、出入口に向かった。

第四話

絡み合う謎
おじさん軍団が辿り着いた
真相は!?

1

歩きだしてすぐに、高野《たかの》ちひろは後悔した。思ったより日差しが強い。日焼け止めは塗って来たが不安になり、帽子を取りに戻ろうかと思い浮かぶ。駐車場に停めたミニバンを振り向こうとした矢先、姑《しゅうとめ》の高野美根子《みねこ》が話しだした。

「じゃあ、お昼はいつものファミレスね。その後、たんぽぽ町のモールで買い物して——そうそう。冷蔵庫を見たいから電器屋さんにも寄ってね」

前半は隣を歩くちひろに、「そうそう」から先は前を行く夫の高野広務《ひろむ》に告げる。

「ああ」

こちらを振り向かずに広務が返す。ちひろも愛想笑いとともに「ええ」と返しながら、色の褪《あ》せた青いTシャツに包まれた広務の背中を軽く睨《にら》んだ。

今日は美容院に行きたいから、お義母《かあ》さんが寄り道をしたいって言ったら断ってって頼んだのに。心の中で抗議し、唇を嚙《か》む。手のひらを額にかざして日差しを避けるために、右手に持った仏花を左手に持ち替えた。

「最近、製氷機の氷ができるのが遅くなってきたのよ。今度はフョウ電機の冷蔵庫にするわ。老人会のお友達が『掃除もしやすいわよ』って教えてくれたの」

早口で捲《まく》し立てながら、美根子は手にした日傘を開いた。シワとたるみの目立つ顔には肌が白浮きするほど日焼け止めを塗り、両手には手袋をはめる完全防備。しかし、ちひろに日傘を差し掛けてくれる気遣いはない。

三人で駐車場を進み、隣の墓地に入った。広い敷地に等間隔で墓石が並び、その間に細い通路が走っている。土曜日だが午前九時を過ぎたばかりなので、人影はまばらだ。

通路を歩きながら美根子はどうでもいい話をハイテンションで喋《しゃべ》り続け、ちひろはうんざりしながら相づちを打った。

義父の明義《あきよし》が亡くなって二年。月に一度、命日に近い週末に墓参りに来るのが習慣になっている。共働きのちひろ夫婦にとって貴重な休日が潰《つぶ》れる上、美根子は墓参りの後に勝手に予定を入れてしまう。むしろ最近では、墓参りを口実にちひろ夫婦を食事や買い物に付き合わせたいだけでは？　という気がしてならない。

広務には「お墓参りは命日とお彼岸だけで十分でしょ。それが無理でも、せめて三カ月に一度ぐらいにするとか。あなたから言ってよ」と度々訴えているのだが、返事は決まって「おふくろも一人で寂しいんだよ。マンションの頭金を出してもらったんだし、少しぐらい付き合ってやれよ」。頭金の話を持ち出されるとちひろも黙るしかなく、今日も残業の疲れを感じながら早起きし、ここにやって来た。

「さあ、着いた。お父さん、来ましたよ」

通路の端近くで足を止め、美根子は向かいの墓石に語りかけた。広務も立ち止まり、墓地の出入口の脇で借りた水と柄杓《ひしゃく》の入った桶《おけ》を地面に下ろす。二人の後ろに立ち、ちひろは額にかざしていた手を下ろして墓石を見た。「高野家之墓」、白御影《みかげ》石の墓石にはそう刻まれている。

私も死んだらここに入るのか。ふと思い、なんとも言えない息苦しさを覚えた。同時に前にいる二人が目に入る。背の高さと骨格の違いはあるが、贅肉《ぜいにく》の付き方がそっくりだ。

四十を過ぎた頃から、広務は美根子に似てきた。最近は、ちょっとした仕草にも美根子の面影が現れ始め、ちひろは苛立《いらだ》ちを募らせている。だが一番引っかかるのは、友人や職場の同僚に「旦那《だんな》さんに似てきたね」と言われることだ。同じ家に住んで同じものを食べているのだから当然と思う半面、美根子に取り込まれてしまいそうで不安になる。

「ちひろさん、なにしてるの。お花を供えてちょうだい」

我に返ると、美根子が線香を手に怪訝《けげん》そうにこちらを見ていた。広務は柄杓で桶の水をすくい、墓石にかけている。

「はい。すみません」

そう答え、ちひろは進み出た。墓石の前に白御影石の香炉があり、両脇に四角く縦長の花立が備えられている。枯れた花を捨てようと手を伸ばし、ちひろは言った。

「あれ」

「どうしたの？」

「花筒が」

ちひろが花立を指すと美根子が目を向け、広務も手を止めてこちらを見た。

白御影石の花立は内部が細い筒型にくり抜かれ、いつもは中に金属製で先端がトランペットのように丸く広がった花筒が収められている。その花筒が、右のものも左のものもなくなっていたのだ。

「あらやだ。なんでないの？　先月来た時はあったわよねえ？」

早口で問いかけ、美根子は墓石の脇や後ろを覗《のぞ》いた。仏花を手に、ちひろも倣う。

「お墓の管理事務所の人が持って行ったんじゃないですか」

「あんなもの持って行ってどうするんだよ」

面倒臭そうに返し、広務は墓石から離れ周りを見る。

「なんだこれ。おい、見てみろ」

広務の声が深刻なものに変わり、ちひろは体を起こして辺りを見回した。

通路沿いに墓石がずらりと並んでいる。高野家と同じ縦長のものや、横長で背の低い洋風のもの、五重塔のようなものや台座に石の球を載せたものもある。香炉と花立も様々で、四角く縦長のもの以外にも円柱型、花瓶型などがあった。しかしどれも花筒はなく、仏花も供えられていない。

「えっ。どうして？」

ちひろは通路を戻りながら左右を見た。十基ほどの墓の全てから花筒が消えていた。

「広務。管理事務所に電話して」

「そう言われても、番号がわからないよ」

美根子たちの声を後ろに聞きながら、ちひろは墓を眺め続けた。いくつかの墓の前には、花筒から引き抜いたと思《おぼ》しき仏花が落ちていた。その叩《たた》きつけられたような散らばり方に不安を覚え、ちひろは急いで美根子たちの元へ戻った。

2

二日後の午前十時。ひよりは柳町北署の取調室にいた。部屋の中央の机に着いているのは、児玉美月さんだ。

「しばらくお待ち下さい。いま、警視庁の刑事がこちらに向かっています」

胸に緊張と興奮を覚えながらひよりが告げると、児玉さんは首を横に振った。

「牧野さんにお話しします。時間がもったいないので」

戸惑い、ひよりは隣に立つ松島を見上げた。こちらを見返して頷《うなず》いた松島の眼差《まなざ》しに「行け。玉置さんたちは俺がフォローする」のサインを読み取りひよりは、

「わかりました」

と応《こた》えて椅子を引き、児玉さんの向かいに座った。

「地元の友人が『警視庁の刑事が来た』と教えてくれました。友人の家は神社で昔私はそこで巫女《みこ》のバイトをしたんですが、刑事さんは当時のことをあれこれ聞いていったとか」

児玉さんが話しだした。口調は淡々として眼差しも落ち着いていた。平日だがシャツにガウチョパンツとラフなスタイルで、髪も後ろで無造作に束ねている。

「近江さんの事件の再捜査で確認が必要になりました」

玉置たちの聞き込みも巫女のバイトも初耳だったが、平静を装いひよりは返した。

予想通りの返答だったらしく、児玉さんは薄く笑ってこう続けた。

「でも二〇〇八年の捜査では、私のバイトのことは調べなかった。ただの確認とは思

えませんけど」

児玉さんの口調と眼差しがわずかに尖《とが》る。言葉を返そうとしたひよりを首を横に振って遮り、児玉さんは告げた。

「それはどうでもいいです。調べられても後ろめたいことはありませんし。今日はお話があって来ました。先週牧野さんたちが会社にいらした時、夏目さんって方が『なぜ近江さんを訪ねるのをやめたんですか』と訊《き》いたでしょう？」

「はい。児玉さんは『就職が決まったから』と答えられました」

「それは間違いないんですが、二〇〇八年の取り調べでは黙っていたことがあります」

「なんでしょう？」

さあ、本題だ。緊張が増すのを感じつつ、ひよりは敢《あ》えて素っ気なく返した。脇に立つ松島が、胸の前で組んでいた腕を解《ほど》くのがわかった。

「事件前、最後に近江先生を訪ねた時のことです。受付の人や看護師さんにはイヤな顔をされましたが、近江先生は私を診察室に通してくれました」

「はい」

二〇〇八年一月三十日、午後六時前。自然と頭に浮かび、神田早穂さんから聞いた話も思い出す。

「私はいつも通り主人の件で『納得できない』とか『医療ミスを認めて欲しい』とか

言って先生を責めました。先生もいつも通り黙って聞かれていたんですけど、突然『いい加減にしなさい！』と一喝されたんです。びっくりして黙ったら、逆に先生が私を責め始めました」

「ご主人のことで？」

松島が問い、児玉さんは首を横に振った。

「いえ、息子です。先生は息子が不安定になっていたのをご存じで、『こんなことをしている場合ですか？　天音くんのそばにいてあげなさい』とおっしゃいました。でも私は『話をそらして逃げるつもりでしょう』と言い返しました。そうしたら先生は『天音くんまで失うつもりですか？　いま天音くんが抱えている苦しみや痛みは、母親であるあなたにしか取り除けない。手遅れにならないうちに、天音くんの下に戻りなさい。ご主人もそれを望んでいるはずです』と言われたんです」

当時を思い出したのか、児玉さんは思い詰めたような顔で俯《うつむ》いた。ひよりと松島が黙って見守っていると児玉さんは顔を上げ、話を再開した。

「それでかっとなって、私は『なにも知らないくせに。何度も息子を励まして叱って泣きつきもした。でも天音は聞いてくれない』と気持ちをぶちまけたんです。先生は全部聞いて下さってから『百の言葉より一つの行動が人の気持ちを変えることがある。天音くんは、あなたが変わることを求めているんです』とおっしゃいました。それを聞いたとたん、頭が真っ白になってしまって。気がついたら号泣していました。よく考えたら、私は夫が亡くなってからちゃんと泣けていなかったんです。その間、先生は黙って私の背中をさすって下さいました。一時間近く泣き続けたんじゃないかな」

淡々と語り終えた後こみ上げてくるものがあったらしく、児玉さんはまた俯いた。肩を震わせながらハンカチを探しているのか、ガウチョパンツのポケットを探り、足下に置いたバッグを引き寄せる。ひよりは自分のジャケットのポケットからポケットティッシュを出し、「どうぞ」と差し出した。

「すみません」

鼻声で言い、児玉さんはポケットティッシュを受け取った。一枚を引き抜き、目尻《めじり》に当てる。

「近江さんとの対話で、児玉さんのお気持ちに変化が生まれたということですか？」

頃合いとみたのか、松島が問う。ティッシュを手に児玉さんは首を縦に振った。

「だと思います。先生は『私は逃げも隠れもしません。ずっとここにいて、児玉さんの話を聞きます。だから今は天音くんに寄り添ってあげて下さい』とおっしゃいました。それを聞いて、私は友人に就職を勧められていたのを思い出したんです」

「それは、近江さんへのわだかまりが消えたという意味でしょうか？」

「消えはしません。今もずっと、あの時こうしていればと思っています。ただ先生の言葉で優先順位が変わったというか、いま自分がやるべきことがわかったんです。あの頃の私は、先生を責めることで天音の素行から目をそらそうとしていました。でも、ちゃんと向き合わなきゃダメだ、それにはまず自分が変わらなくてはと気づいたんです。柳町北署から任意同行を求められたのは、そのすぐ後でした」

話が進むうちに児玉さんは冷静さを取り戻し、最後はティッシュをぎゅっと丸めて強い目でこちらを見た。その目を見返し、ひよりは訊《たず》ねた。

「署の取り調べでも、最後に近江さんを訪ねた時のことを訊いています。児玉さんの答えは、『いい加減にしなさいと叱られ、その後も説教をされた』でした。ウソではありませんが、天音さんについてのやり取りや気持ちの変化については黙っていた。なぜですか？　今になって打ち明けた理由は？」

冷静にと心がけながらも、つい詰問口調になってしまった。話が天音さんのことにも及んでまた豹変《ひょうへん》するのではと身構えたが、児玉さんはすらすらと答えた。

「黙っていたのは、息子を巻き込みたくなかったから。全部話せば、息子も署に連れて行かれてあれこれ聞かれると思ったんです。ピアノのコンクールが目前だったし、それは避けたかった。打ち明けたのは、息子はもう立派にピアニストとして活躍していますし、どうせ話すことになるだろうと思ったから。また私を調べているんでしょう？」

最後の質問は挑戦的なニュアンスだ。それを受け、ひよりは、

「そうですね」

と返した。児玉さんが納得した様子で頷いたので、さらに問うた。

「最後に訪ねた時、何時頃近江医院を出ましたか？」

「午後七時ぐらいだったと思います」

「近江さんの様子は？　言葉は交わしましたか？」

テンポよく核心に迫る。まさか玉置たちを差し置いて、自分がこの質問を投げかけることになるとは思わなかった。

「ええ。先生は医院の前まで見送って下さって、もう一度『私はずっとここにいて、いつでも児玉さんの話を聞きます』とおっしゃいました。私は胸がいっぱいでどう返したらいいのかわからなくて、挨拶《あいさつ》だけして帰りました」

「挨拶とは？　よければ再現して下さい」

ここまで来たら遠慮はいらない。ひよりが前のめりに告げると児玉さんは怪訝そうにしながらも、「はい」と答えて立ち上がった。

「こんな感じだったと思いますけど……ありがとうございました」

言いながら再現した挨拶は、頭を下げて両手をおへその下で重ね、肘《ひじ》を張るというもの。先週エレベーターホールでひよりたちを見送ってくれた時に取ったのと同じポ

ーズだ。

「わかりました。ありがとうございます」

そう告げて児玉さんに席に戻るように促し、ひよりは松島と目配せをした。

3

ひよりからの電話を、惣一郎は白梅町公園で受けた。

「わかった。で、児玉さんは？」

話を聞き終え、惣一郎は訊ねた。ひよりが答える。

「玉置さんたちの聴取を受けています。取調室を出る時、私が『まだしばらくかかるので会社に連絡して下さい』と言ったら児玉さんは『そう思って休みを取って来ました』と返しました。こういう言い方はどうかと思いますが、慣れていますね」

最後のワンフレーズには、背伸びをして惣一郎が構えるスマホに耳を寄せる迫田への遠慮が感じられた。

「そうか。動きがあったら知らせてくれ」

「わかりました」

惣一郎が話を切り上げようとすると、迫田はスマホに向かって大きな声で告げた。

「玉置たちに行き過ぎた言動がないよう、しっかり見守れよ。あとはマスコミ。絶対に嗅《か》ぎつけられるな」

「はい。責任を持ってフォローします」

ひよりの答えに満足したのか、迫田は身を引いた。電話を切り、惣一郎はスマホをチノパンのポケットに戻した。

「事件《ヤマ》が動いたな。神田早穂さんが病院の前で目撃した男女は、やはり児玉さんと近江さんだった。加えて、児玉さんの話が事実なら事件前の彼女の近江さんへの感情には変化があり、犯行動機はなかった可能性がある」

白いジャージの胸の前で腕を組み、迫田がひよりの話をまとめた。

「ええ。しかし、なぜ今になって証言する気になったんでしょう」

「玉置たちの動きを知って、もう二〇〇八年のような思いはしたくない、それなら自分から、と考えたんだろ。先制攻撃で切り札を切ったんだ」

「児玉さんは自分のお辞儀が疑われていると気づいていないようですし、切り札を切るには早すぎませんか？　証言をしたのには、二〇〇八年のような思いはしたくないという以外にも理由があるんじゃないでしょうか」

惣一郎が疑問を呈すると、迫田は即答した。

「だとしたら天音くんだ。伊達さんの話じゃ、今日帰国するらしいぞ。あの時はコンクールで今度はコンサートだが、どちらも大舞台だ。児玉さんは警察に天音くんの邪魔はさせない、自分が守ると考えたんだろう」

「それだけでしょうか。橘絵里さんが天音くんから聞いた『ママは取り返しのつかないことをしてしまった』という児玉さんの発言や、天音くんが事件後一度も帰国しなかったことなど、児玉さん親子にはなにかある気がします」

「それは玉置たちが確認するだろ。ホンボシ捜しはあいつらの仕事。俺らは俺らの捜査をするぞ……さっきの話の続きだ」

そう宣言し、迫田は前方の地面を指した。広い並木道で、正方形の石のブロックが複数の扇状に敷き詰められている。傍らのスペースには遊具やベンチがあり、反対側はグラウンドだ。正面には、公園の出入口と前を走る通りが見える。曇天だが気温は高く、並木道を犬の散歩をする人やウォーキングの老人が行き来し、傍らからは親子連れが遊ぶ声が聞こえる。

今朝高平と朝食の後片付けをしていたら迫田に、「散歩を兼ねて事件の関連先を見に行くぞ」と連れ出された。近江医院の跡地、タウンホールしらうめ、白梅町の繁華街、菖蒲町駅前交番と周り、移動距離は十キロ近い。最終目的地のここ、白梅町公園に着いたのは午前十一時過ぎで、迫田のスタミナに驚く一方、今夜あたり「腰が痛い」「膝《ひざ》がヤバい」と騒がれるのではと懸念している。

「二〇〇八年二月七日の午前一時半頃。児玉さんはここで交番勤務の吾妻さんからの電話を受け、菖蒲町駅前交番に向かいました」

迫田の指示を受け、惣一郎は語り始めた。区役所の公園課に確認したところ、この並木道ができたのは一九九〇年代の後半。今は補修されて綺麗《きれい》だが、事件当時は石畳の欠けやひび割れが目立っていたそうだ。

無言で頷き、迫田は視線を石畳から公園の出入口に動かした。惣一郎は話を続ける。

「白梅町と菖蒲町は隣り合っていて、この公園から菖蒲町駅前交番までは最短距離で一キロ。転倒して鼻血の手当てをした手間を考慮しても、午前二時前に交番に着いたという児玉さんの証言は辻褄《つじつま》が合います」

「証言は虚偽で、児玉さんはここではなく近江医院にいて近江さんを殺害、コートの袖口《そでぐち》の血液は近江さんのもの、と考えた場合はどうだ？」

「近江医院から菖蒲町駅前交番までも約一キロ。犯行は可能です」

「白梅町の繁華街から近江医院までは？」

「約二キロです。児玉さんは近江さんの予定を調べた上で犯行を計画。天音くんを捜すふりをしながら白梅町の繁華街に行って近江さんが橘麻里さんたちと飲食店にいるのを確認し、近江医院に向かった。バールなどを使って医院に侵入、診察室を荒らして物盗《ものと》りの犯行を偽装した。その後近江さんが帰宅するのを待ち、わざと物音を立てて近江さんを診察室に誘導、犯行に及んだ……というのが事件発生当時の迫田さんの読みですね。天音くんがレッスンをサボって街を徘徊《はいかい》するだろうというのも、母親である児玉さんなら予想がついたでしょうし」

惣一郎の推測に迫田は前を向いたまま「ああ」と返し、さらに問うた。

「児玉さんが近江さんの予定を調べたとしたら、ネットか？」

「はい。橘麻里さんに、当時『これからの地域医療』の情報が掲載されたサイトを教えてもらいました。念のためサイトの運営会社に確認したところ、どこも近江さんの名前で検索すれば『これからの地域医療』の情報がヒットするようになっていたそうです。僕が捜査本部にいたとしても、迫田さんと同じ提案をしました。児玉さん自身が『状況としては疑われても仕方がなかった』と話していたぐらいですし」

「その状況に気を取られて真実を見誤ったんだ。児玉さんには動機があってアリバイはなかったが、犯行を裏付ける証拠も見つからなかった。まあその動機ってのも、怪しくなってきたけどな」

最後は独り言のようになり、迫田は手のひらで首の後ろを叩いた。

「俺らは俺らの捜査をする」と言いつつ、結局話は児玉さんの証言に戻るのか。惣一郎は胸にざわめきを覚えた。同時に自分が事件に食らいつき、立てた爪が食い込むのも感じる。捜査一課時代には度々覚えた感覚で、今も自分の中で生きているのが嬉《うれ》しくもあり虚しくも思えた。

深く呼吸して気持ちを切り替え、惣一郎は迫田に向き直った。

「メゾン・ド・ポリスに戻りましょう。牧野の話を伊達さんたちに伝えなきゃならないし、昼飯も――」

「だから、知らねえって言ってんだろ!」

尖った声に、惣一郎は口をつぐんだ。振り向くと、グラウンドの奥に人影があった。

二人は制服姿の警察官だ。迷わず、迫田が歩きだした。惣一郎も付いて行く。

二人でグラウンドに入り、人影に歩み寄った。警察官を含め、男性が四人いる。

「どうかしましたか?」

迫田が声をかけ、四人がこちらを向いた。警察官は若いが他の三人は年配者だ。

「いえ、なんでもありません」

そう答えた警察官を見返し、迫田は言った。

「月岡《つきおか》巡査長じゃないか。久しぶりだな。俺だよ、迫田」

とたんに警察官は背筋を伸ばし、制帽に右手を当てて敬礼をした。中背で色が白い。

「ご無沙汰《ぶさた》しております。その節は大変失礼致しました」

「気にすんなって。元気そうだな」

「はい。お陰様で」

親しげな笑みを浮かべた迫田と緊張の面持ちの月岡を、他の三人が訝《いぶか》しげに見る。

去年の秋。迫田はある事件に巻き込まれ、月岡巡査長に逮捕された。メゾン・ド・ポリスのおじさんたちとひよりの捜査で事件は無事に解決し迫田も釈放されたが、知らなかったとはいえ大先輩に手錠をかけてしまった月岡の驚きと焦りは、相当なものだっただろう。

「おい。話の途中だぞ」

痺《しび》れを切らしたように、三人のうちの一人が迫田たちの会話に割って入った。歳は六十代半ば。小柄で黒いジャージの上下を着ている。隣には同じく小柄で、デニムのシャツにジーンズ姿でメガネをかけた四十代前半の男性もいた。月岡の横には、ベージュの作業服を着た七十すぎぐらいの大柄な男性が立っている。

笑顔を崩さず、迫田はジャージの男性に向き直った。

「こりゃすみません。月岡とは知り合いなんです。なにか失礼がありましたか？」

「失礼どころじゃねえ。人を泥棒呼ばわりしやがって」

語気を荒らげて訴え、ジャージの男性が月岡と作業服の男性を睨む。顔を険しくしてなにか言い返そうとした作業服の男性を月岡が「まあまあ」となだめる。

「泥棒？　なにがあった。説明しろ」

当然のように迫田に命じられ躊躇《ちゅうちょ》した月岡だが、去年の一件が蘇《よみがえ》ったらしく渋々答えた。

「ひと月ほど前から、管内でマンションの側溝の蓋《ふた》や駐車場の車止め、コンビニのエアコンの室外機などが盗まれる事件が起きているんです」

「側溝の蓋と車止めはスチール製、室外機は内部に銅やアルミ製の部品が使われてる。金属盗難か」

迫田が即答し、惣一郎も、

「ええ。どれも資源としてリサイクルできるので、業者に持ち込めば買い取ってもらえます。他にも金や真鍮《しんちゅう》、スマホの中のレアメタルなどが換金可能です」

と補足する。月岡と他の三人が驚いたようにこちらを振り向いた。迫田は顎《あご》を動かし、月岡に話の先を促した。はっとして、月岡が続ける。

「おっしゃる通り換金目的の窃盗らしく、先週の土曜日にはからたち町の墓地でステンレス製の花筒約八十本、四十万円相当が盗まれました。パトロールを強化していたんですが、昨夜こちらの男性が経営する建設会社の資材置き場から銅線約五キロ、四万円相当が盗まれました」

「こちら」と手のひらで示したのは、作業服の男性。月岡はさらに言った。

「こちらの方は以前から資材置き場周辺でホームレスの男性を見かけていたそうで、それがここで寝泊まりしている男性か確認に来たところ口論になり、通行人の通報を受けて私が駆けつけました」

「なるほど。それは大変ですね」

表情を穏やかなものに変え、迫田は睨み合うジャージと作業服の男性に語りかける。

やはりホームレスか。惣一郎は、改めてジャージとメガネの男性を見た。二人とも髪やヒゲを整えて服も清潔だが不自然なほど真っ黒に日焼けし、ジャージの男性の歯は黄ばんで前歯の一本がなく、メガネの男性のメガネは蔓《つる》の付け根部分が壊れているのか、セロハンテープをぐるぐる巻きにしている。グラウンドの端のフェンス沿いにはベニヤ板や段ボールで作られ、屋根をブルーシートで覆った小屋が何棟かあった。

「言いがかりだ。俺らは盗みなんかやってねえ」

目を剝《む》き、ジャージの男性が主張する。負けじと、作業服の男性も顎を突き出した。

「だが、うちの資材置き場の周りをウロついてたのは認めただろ?」

「だから言ったろ。資材置き場のゴミや、出入りするトラックが落としていく鉄くずを拾ってたんだよ」

「拾ってた？　どうだかな」

鼻を鳴らし、作業服の男性はグラウンドの端に目を向けた。ジャージの男性とメガネの男性、惣一郎たちも倣う。小屋の周りにはボロボロになったエアコンの室外機や冷蔵庫、自転車などが置かれ、大量のコードや金属線なども積み重ねられていた。

「あれは不法投棄されていたものだ。何度も説明しただろ！」

最後はキレ、ジャージの男性が作業服の男性に摑《つか》みかかろうとする。慌てて月岡が止め、

「やめて下さい。落ち着いて！」

と告げる。しかしジャージの男性は月岡の手を振り払い、尖った目を向けた。

「触るな！　俺は警察が大嫌いなんだよ。俺らが助けを求めても相手にしねえくせに、こんな時だけ飛んで来やがって。どうせお前も俺らがやったと思ってるんだろ！」

さらに激しくキレたが、摑みかかりはしない。警察官に暴力を振るえば即逮捕だと知っているのだろう。

「ごもっとも。ではこの一件、私が預かりましょう」

きっぱりと迫田が告げた。みんなの視線が動き、迫田は両手を腰に当てて続けた。

「金属盗難の犯人を捕まえます。そうすれば真偽のほどが定かになり、お二人とも納得するでしょう？」

自信たっぷりの問いかけにジャージと作業服の男性は戸惑い、月岡は焦って「なにを言ってるんですか。困ります」と迫田に囁《ささや》く。しかし迫田は、

「去年の秋の事件を誰が解決したか知ってるだろ？　だったら任《せ》せろ」

と微妙に圧もかけて月岡を急かし、作業服の男性と一緒にその場を立ち去らせてし

まった。残ったのは迫田と惣一郎、ホームレスの二人だ。

「さてと」

二人に向き直り、話しだそうとした迫田を遮るようにジャージの男性が言った。

「お前、刑事だろ?」

月岡とのやり取りで気づいたのかもしれないが、こちらに向けられた眼差しは敵意と警戒心に満ちている。迫田は笑顔で答えた。

「よくわかりましたね。しかし元刑事、とっくに定年になりました……お怒りはごもっともですが警察ってところは手続きや規則が厄介で、身元が定まらない方への対応は後回しになってしまうんです。その点我々は身軽でしがらみはなく、時間がたっぷりある。このままでは埒《らち》があかないし、悪いようにはしません。捜査させて下さい」

無言のまま、ジャージの男性は迫田を見返した。警戒の色が少し薄らいだ気がする。メガネの男性は不安そうに、ジャージの男性と迫田を交互に見ている。

ジャージの男性が視線を横にずらした。惣一郎を頭のてっぺんからつま先まで眺め、眼差しが再び警戒モードになる。その横顔に迫田が告げた。

「こいつも元刑事です。辞めてからそう経っていないんでデカ臭さが抜けませんが、今じゃシェアハウスの雑用係ですよ」

そして「ほら」と言うなり惣一郎の右手首を摑み、手のひらをジャージの男性の眼前にかざした。惣一郎が反応する間もなく、またジャージの男性が視線を動かす。惣一郎の手のひらには黒いペンで「豚コマ　300グラム　長ネギ　1本　トイレの洗剤　2本」と書かれている。今朝迫田とメゾン・ド・ポリスを出たところで追いかけて来た高平に「買い物して来て」と命じられ、問答無用で書かれてしまったのだ。

「いや、これは」

言い訳をしようとして迫田に目で制され、惣一郎は仕方なく黙った。ジャージの男性は呆気《あっけ》に取られて惣一郎の手の買い物メモに見入り、後ろから覗き込んで来たメガネの男性はぷっと噴き出した。


メゾン・ド・ポリスに戻ると、既に昼食の時間は終わっていた。惣一郎は居間にいたおじさんたちにひよりからの電話の内容を報告した。

「点が線に変わったね」

報告を聞き終え、藤堂がコメントした。定位置のソファに腰掛け、高平が差し出す食後の薬とグラスの水を受け取っている。

「ええ。しかしいま話したように、なにか引っかかります」

「証言は虚偽だってこと？」

「いいえ。近江さんが天音くんのことで児玉さんを叱責《しっせき》したというのは、金子さんたちが聞いた診察室の大声と一致します。それに児玉さんは叱責されて近江さんへのわだかまりが消えた訳ではなく、優先順位が変わり、やるべきことがわかったと話したそうです。当時の児玉さんの精神状態として説得力があります」

「僕もそう思う。じゃあ、なにが引っかかってるの？」

「人間は一つ罪を犯して上手《うま》くいくと、同じ罪を繰り返します。児玉さんは二〇〇八年に一度隠し事をしています。今回もまだ話していないことがある、あるいは本当に大切なことを隠すために叱責された件を打ち明けた、とは考えられないでしょうか」

「ふむ」と呟《つぶや》き、藤堂は薬を飲んだ。グラスを高平に返しつつ、こう続ける。

「つまり、カモフラージュか。捜査理論としての有効性はわからないけど、脳科学的見地ではありだね。人間の脳には情報や感覚を伝達する経路が膨大にあり、それは特定の行動や思考、感情を繰り返すと強化され習慣化されていく。これをすなわち脳の可塑性《かそせい》と――」

「いずれにしろ、天音くんですね」

穏やかながらも迷いのない声がして、みんなが部屋の奥を見る。安楽椅子に座った伊達が、ボールのおもちゃで足下のバロンをあやしている。

「橘絵里さんの証言も確認しなくてはなりませんし……はい、わかりました」

一人で納得し、顔を上げてにっこりと微笑む。そこに高平が歩み寄り、ウメとウグイスのイラストがちりばめられたアームカバーをはめた腕で薬とグラスを差し出した。

「とにかく近江さんの事件の再捜査は大詰めだ。そのうえ今度は金属盗難でしょ。迫田さん、がんばるねぇ」

肩を揺らして笑い、藤堂はグレーのスラックスの脚を組んだ。ふんと、暖炉の前にあぐらを掻《か》いて座っている迫田が鼻を鳴らす。

「仕方がねえだろ。俺がああ言わなきゃ場が収まらなかった。それにホームレスみてぇな警察の保護の手が届かない人たちの言い分こそ、俺らが聞くべきだ」

「ごもっともだけど、その言い分の正当性はどうなの？ 名前もわからないんでしょ」

「一応ジャージの男性はフジオさん、メガネの男性は隅田《すみだ》さんと名乗ってくれました。白梅町公園では他に二人の男性が暮らしているそうです。リーダー格のフジオさんは渋々ですが、無実を証明するためなら捜査に協力すると言ってくれました」

「金属盗難の捜査に着手しつつ、近江さんの事件も動きがあり次第対処する。忙しくなるぞ。まずは腹ごしらえだ。高平、昼飯は？ 今日は天ぷらそばだったよな」

「いいえ。チャーハンです」

「チャーハン？ なんでだ。天ぷらそばのつもりで楽しみにしてたのに」

身を乗り出して騒いだ迫田だったが高平に、

「だって、長ネギを頼んだ夏目さんがなかなか帰って来なかったんですもん。刻みネギなしじゃおそばは食べられないから、仕方なくメニューを変更したんです」

と口を尖らせて言い返され、黙るしかない。

「いまチャーハンを温め直しますから。夏目さん。迫田さんに食前のお薬を渡して」

メニューの変更が美学に反したらしく高平は不機嫌そうに告げ、薬とグラスの載った盆を惣一郎に渡して居間を出て行った。その背中に惣一郎は「すみません」と謝ったが、迫田は「そう言われても、こっちはそばの口になってるんだよ」と未練がましく呟いていた。

4

翌日。惣一郎と迫田、藤堂は建設会社の資材置き場に昨日の作業服の男性を訪ねた。惣一郎たちが男性に話を聞き、藤堂は盗難現場を調べた。その後藤堂は、採取した指紋などを分析するためにメゾン・ド・ポリスに戻り、惣一郎たちはコンビニと墓地、駐車場に行き、現場を見て被害者と話した。犯行はどこも深夜や早朝など人気《ひとけ》のない時間に行われ、現場に防犯カメラは設置されていなかった。またホームレスについて訊ねたところ、コンビニでは店のオーナーに廃棄処分になった弁当をねだる姿や、墓地では供え物の菓子やタバコ、自販機の取り忘れた釣り銭を漁《あさ》る姿が目撃されており、容貌《ようぼう》からフジオさんと隅田さん、その仲間と推測された。

最後に訪ねたのは白梅町公園にほど近いマンションだった。五階建てで約二十戸とこぢんまりしていて、オーナー兼管理人だという初老の男性が応対してくれた。

「まったく。冗談じゃないよ」

男性は言い、風呂《ふろ》上がりのように血色のいい顔をしかめた。白いポロシャツにスラックス姿で惣一郎、迫田と共にマンションの敷地と道路の境目に立っている。足下には細長く浅い側溝。スチール製で格子状の真新しい蓋が五枚取り付けられ、今回の被害後導入したという盗難防止用の金具で連結されている。

「こんな蓋、ホームセンターに行けば一枚七千円ぐらいで買えるけど、警察を呼んだりなんだりで大ごとになっちゃってさ。マンションの住人さんや近所の人には、『大丈夫なんですか？』なんて言われるし」

「わかります。被害金額より、ものを盗まれたことでかかる手間が厄介なんですよね」

迫田が返す。眉根《まゆね》を寄せて同情を示しながらも素早く周囲に視線を走らせている。顔を上げ、惣一郎も倣った。マンションの玄関には防犯カメラが取り付けられているが、位置からしてドアを出入りする人しか撮影していないはずだ。

「そうそう。あとは気持ちもね。信用してたからショックだよ」

「ホームレスの人たちのことですか？　ゴミ出しの手伝いや掃除をしてもらって、アルミ缶を渡していたんですよね」

惣一郎が問うと、管理人の男性は銀縁メガネ越しの目を向けて「ああ」と頷いた。

さっき聞いた話では、このマンションは一階の一室がゴミ置き場になっており、住人が持ち込んだゴミを管理人の男性が地域の収集日に敷地の前に出しているそうだ。

しかし資源ゴミの収集日にアルミ缶が続けて持ち去られたため見張っていたところ、ホームレスの仕業と判明。声をかけて咎《とが》めると「生きていくためだ」と言われたので「なら働け」と返し、手伝いをさせてアルミ缶の一部を渡すようになったという。ホームレスの容貌も確認したが、フジオさんたちで間違いない。

「真面目に働いてたし感じもよかったから、たまに食べ物を渡してたんだよ。それなのに裏切るなんて」

「なぜホームレスの仕業だと思ったんですか？　なにかするところを見たとか？」

「それはないけどアルミ缶を盗んだ連中だし、蓋が盗まれて以来姿を見せないから。他でも似たような被害が起きてるとも聞いたよ……えっ。あいつらが犯人なんじゃないの？」

驚いて目を剝き、管理人の男性は訊き返した。それには答えず、惣一郎は「ありがとうございました」とだけ告げた。

他の被害者も犯行はホームレスの仕業と考えているようだった。現場でものを漁ったり持ち去ったりする姿を目撃しているので当然だが、惣一郎は違和感を覚えた。

度々目撃されている状況で盗みを行えば疑われるのは明らかだし、ホームレスにとって食料や現金の収入源となる場所は命綱だ。それにフジオさんたちはものを漁っても前よりも綺麗に片付けておく、店の従業員や墓地の管理人と顔を合わせたら挨拶をするなど気を遣い、店や墓地側も「ゴミになるよりいい」「カラスの食い散らかし防止になる」と黙認し、それなりに友好な関係が保たれていたのだ。金属盗難などをすれば小金は得られても、その関係を失い、寝起きする場所まで追われることになる。どう考えても割に合わない。

「現場を押さえるか自白を得られるまで、犯人が誰かはわかりません」

口調を固くきっぱりしたものに変え、迫田が答えた。戸惑ったように管理人の男性が黙る。どうやら迫田も惣一郎と同意見のようだ。確認のつもりで視線を送ると、迫田は無言で頷き返してきた。

その店は、白梅町の外れの幹線道路沿いにあった。倉庫のような大きな建物で、出入口の上には「リサイクルショップ　トレジャーランド」と書かれた看板が掲げられていた。

フジオさんと隅田さんに続き、惣一郎、迫田は店内に入った。背の高い棚がずらりと並び、家具や家電、生活雑貨、本、CD、DVD、衣類や宝石、ブランドアイテムなどが「特価」「動作確認済み」「ほぼ新品」等のキャッチコピー付きの値札とともに陳列されている。平日の正午前だが、店内は子連れの主婦や老人などで賑《にぎ》わっていた。

「岩瀬《いわせ》くん。どうも」

隅田さんが足を止め、棚にスニーカーを並べていた店名入りの赤い胸当てエプロンを締めた男性に声をかけた。

「いらっしゃいませ。今日は早いですね」

振り向き、岩瀬というらしい男性は親しげな笑顔を返した。歳は十八、九。色白で茶色いフレームのメガネをかけている。顔なじみのようでフジオさんも、「おう」と声をかけた。

「社長は？」

隅田さんの問いに岩瀬さんは店の奥を指し、「作業場です」と答えた。礼を言って隅田さんが身を翻し、通路を戻りだした。フジオさん、惣一郎たちも続く。途中、数人の店員と行き会ったがみんな若く、隅田さんたちと笑顔で挨拶を交わしていた。

昨日メゾン・ド・ポリスに戻ると藤堂に、「資材置き場からは関係者以外の指紋や毛髪、足跡などは検出されなかった。他の現場は犯行から時間が経過しているので、検証しても手がかりは得られないと思う」と言われた。そして今日、惣一郎たちは白梅町公園にフジオさんを訪ねた。「罪を被《かぶ》せられている可能性がある。思い当たる相手は?」と問うたところフジオさん、隅田さん、他の仲間とも「いない」という答えだったので、「他のホームレスの仕業かもしれない。この近辺の状況は?」とさらに問うと「俺より詳しい人がいる」とここに連れて来られた。

店を出て駐車場を抜け、建物の裏に回った。シャッターが上げられた大きな裏口があり、その奥に女性がいた。歳は六十代半ばだろうか。白髪のショートカットを茶色く染め、肉付きのいい体をトレーナーとジーンズに包み、岩瀬さんと同じエプロンを締めている。コンクリート敷きの地面にかがみ込み、積み上げられた段ボール箱の前でなにかの作業中だ。

「あら。いらっしゃい」

手を止めて、女性が振り返った。下向きの矢印を思わせる形の大きめの鼻が印象的で、美人ではないが笑顔は明るい。フジオさんと隅田さんも挨拶を返した。

「仕事をしていく? 今日はたくさんあるわよ」

女性が問うと隅田さんは、「はい」と頷いてジーンズのポケットから軍手を出した。女性と入れ替わりで段ボール箱の前にかがみ込み、軍手をはめた手を箱の中に伸ばす。取り出したのはCDで、ディスクを出してざっと眺めてからケースに戻し、ブックレットを取ってぱらぱらと捲《めく》る。客から買い取った商品をチェックしているらしく、箱にはCDやDVDがぎっしり詰まっていた。蓋が開けられた他の段ボール箱からも本やおもちゃ、食器などが覗いていて、その奥には棚やテーブル、冷蔵庫やパソコンなどが置かれている。

惣一郎と迫田に気づき、女性は訊ねた。

「新しい仲間？　あなたたちも仕事する？　時給千円、日払いで——あれ。違う？　やだ、ごめんなさい」

自問自答し、女性は慌てて頭を下げた。迫田は黒いジャージの上下、惣一郎はオフホワイトのボタンダウンシャツに茶色のチノパンという格好だがどちらもそれなりに年季が入っているので、こぎれいなホームレスと思っても無理はない。

「いえいえ」と笑い、迫田は進み出た。

「さくら町から来た迫田と言います。こっちは夏目。フジオさんたちが厄介ごとに巻き込まれているのはご存じですか？」

「泥棒の疑いをかけられてるってやつ？　なら聞いてます」

「じゃあ話は早い。その疑いを晴らすために動いています。お時間いいですか？」

「ええ」と返しながら戸惑い顔をした女性だったが、フジオさんに「頼む」というような眼差しを向けられると迫田に向き直り、

「わかりました。私、ここの社長の長塚《ながつか》千景《ちかげ》と言います」

ときっぱり答えた。

迫田はまず自分たちが元警察官だと告げ、次に長塚さんの話を聞いた。

トレジャーランドの客の大半は地元住民で、その中にはホームレスもいる。安い衣類や生活雑貨などを求めて来店する他、どこかで入手したものを「買い取ってくれ」と言うこともあり、親しくなった人には商品のチェックや掃除などのアルバイトもさせているという。フジオさんたちも同様で、付き合いは一年近くになるそうだ。

「リサイクルショップや百円ショップが増えて、ホームレスは暮らしやすくなったと思います。ただ周りの目がうるさくなったから、身なりとか整えていないと追い出されちゃう。だからよく働きますよ。ゴミ捨て場を廻《まわ》って金目のものを集め、コンビニや飲食店の人と交渉して、こっそり食料を分けてもらう。しかも、どこに何時頃行けばゴミや食料を効率よく入手できるか把握しているんです」

長塚さんはホームレスについて語りだした。会ってすぐに話し好きだなと感じたが、ますます饒舌《じょうぜつ》になっていく。

「金属で一番お金になるのはピカ線。銅線のエナメル樹脂の被膜を剝いたもので、一キロ七、八百円になります。アルミ缶は安くて一キロ百円前後。同じアルミなら自転車や車のホイールの方が割がいいけど、なかなか手に入らないから。あとはエアコンの室外機とかガスの給湯器。鉄の塊だから見つけると『やった』と思うそうですけど、一人じゃ運べないから、結局儲《もう》けは誰かと山分けすることになっちゃうみたいです」

「なるほど。よくご存じですね」

金属の買取相場については確認済みだが、迫田は感心したように相づちを打った。

謙遜《けんそん》して、長塚さんが首を横に振る。

「いえ。全部フジオさんたちが教えてくれるんです」

「それだけ心を許してるんですよ。さっき拝見しましたが、こちらの店員さんはフジオさんたちにごく自然に接している。長塚さんのお考えが伝わっているからですよ」

「ありがとうございます。フジオさんは、私が別の場所で店を始めた頃に知り合ったホームレスの男性に似てるんです。ヒデさんといって、ガラガラだった店に度々来て靴下一足とか箸《はし》を一膳《ぜん》とか買ってくれたんです。話をするようになったら、『今日は儲かったから』なんて缶コーヒーや駄菓子をお土産にくれました」

昔を懐かしむように目を細め、長塚さんはフジオさんを見た。フジオさんは隅田さんの横で別の段ボール箱の商品をチェックしている。「ホームレスの人たちとは縁《えにし》があるんですね」とコメントし、迫田は本題を切り出した。

「このあたりのホームレス事情はどうですか？　フジオさんたちと揉《も》めている人は？」

「白梅小学校の近くの空き地に、三人組が暮らしています。あとは駅前に一人。ホームレス同士のトラブルのほとんどは食料やゴミを確保する場所の縄張り争いとか、持ち物を盗んだ盗まないとかなんですけど、このあたりの人たちは上手くやってると思いますよ。トラブルがあるとしたら、外部からの攻撃ですね」

長塚さんの返答に、迫田は「ああ」と頷いた。

「私の現役時代にもありました。今から十年ちょっと前にホームレスの家が燃やされたり、殴る蹴《け》るの暴行を受けたり。地元の不良少年のグループが逮捕されたんですが、被害者がほとんど名乗り出て来なかったこともあって、今でも全体像は把握できていません」

「覚えています。さっきお話ししたヒデさんも被害者の一人で、ひどいケガをして店に来たあと姿を見せなくなったので調べたら、寝床で亡くなっていたとわかりました」

表情を曇らせ、長塚さんは目を伏せた。その顔を見下ろし、惣一郎は口を開いた。

「そんなことがあったんですか。不良少年の仕業ですか？」

「『襲われた』とは言っていましたが、わかりません。その時、本人は『でも、いいこともあったんだ』って上機嫌でした。臨時収入があったそうでたくさん買い物をしてくれて、支払いの時に『価値が出るから持ってなよ』って二千円札を渡してくれました」

「二千円札？　二〇〇〇年に発行されたものですね」

「そうそう。当時でももう珍しかったから。古紙幣としての価値は、エラープリントがあったり特殊な記番号のもの以外はゼロなんですけど、ヒデさんの形見のような気がしてずっと持っています。事務所にあるから見せましょうか？」

事件と関係ない上にさらにお喋りが長くなりそうなので、惣一郎は「いえ、結構です」と返して話を戻した。

「ヒデさんの時のような事件が、また起きているんですか？」

「いいえ。そこまでひどくないし、最近は治まっています。でも少し前には空き地の三人の家にロケット花火が打ち込まれたり、駅前の一人がシャッターを下ろしたビルの前で寝ていたらゴミをぶつけられたりしたそうです。フジオさんたちも、家を壊されたことがあるはず。警察に訴えたけど、取り合ってもらえなかったみたいです」

不満げな顔で長塚さんがこちらを見返す。頷き、惣一郎は告げた。

「その件なら署の人間から聞きました。犯人逮捕には至っていませんが、捜査はしていますよ」

「そうですか。でも、やったのは多分」

言いかけて、長塚さんは口をつぐんだ。笑顔を向け、迫田が促す。

「大丈夫ですよ。我々はもう警察の人間じゃありません。思ったままを話して下さい」

すると長塚さんは迫田、惣一郎の順に見てこう言った。

「このあと時間はありますか？」

惣一郎たちは反射的に首を縦に振り、やり取りが聞こえたのかフジオさんと隅田さんもこちらを振り向いた。

それから約四十分。トレジャーランドの事務所でお茶を飲みながら長塚さんと話していると、ノックの音がした。

「はい」

長塚さんは返し、従業員の休憩用のテーブルに湯飲み茶碗《ちゃわん》を置いた。ドアが開き、店員の女性が顔を出す。

「来ました」

「わかった」と頷き、長塚さんは立ち上がった。惣一郎と迫田も席を立つ。

事務所を出て通路を進み、店の売り場に行った。長塚さんが立ち止まったのは、出入口の脇の一角。飲み物の自販機とゲームの筐体《きょうたい》がいくつか置かれ、休憩コーナーのようになっている。その中のテーブル形のゲーム筐体に向かい合って男女が座り、脇に男性が二人立っている。休憩コーナーの手前から四人の男女を見て、迫田は問うた。

「彼らですか?」

「ええ」

長塚さんが答え、迫田は小さく鼻を鳴らして胸の前で腕を組んだ。コーナーの壁には「禁煙です」と貼り紙がしてあるのに四人のうちの一人はタバコを吸い、外で買ったと思《おぼ》しきスナック菓子とジュースを筐体の上に置いて飲食しながら騒いでいる。

「毎日のように来ては長居していくんです。ゴミは散らかすし、他のお客様に迷惑だから注意しているんですけど」

眉根を寄せ、長塚さんがため息をつく。

テーブル形のゲーム筐体の奥に座っている体格のいい二十一、二歳の男がリーダーだろう。その恋人が、向かいに座る二十歳《はたち》ぐらいの女。その脇に立つ、背が高く太った同い歳ぐらいの男はボディガード代わり。反対側に立つ小柄痩《や》せ型の男はパシリというやつで、歳は十八か九だ。全員身につけているのはジャージやパーカー、ジーンズだが色柄が派手でいかつく、サイズは大きめ。日本中どの町にもいそうな不良少年のグループだ。

四人に目を向けたまま、惣一郎は長塚さんに問うた。

「ホームレスを襲ったのは彼らだと思っているんですね。根拠は？」

「以前からフジオさんたちに侮辱するようなことを言ったり、仕事の邪魔をしたりしていたそうです。あとは花火を打ち込まれた時とゴミをぶつけられた時に、あの子たちの声がしたとか。でも警察には、『声だけじゃダメだ』と言われたそうです」

「確かに声だけでは難しいですね。とにかく話してみます……行くぞ」

そう言ってこちらを見た迫田は、デカの顔になっている。「はい」と頷いた惣一郎も、顔が引き締まって全身に緊張と力がみなぎるのがわかった。

二人で休憩コーナーに進んだ。ゲーム筐体の前で足を止め、迫田が声をかける。

「ちょっといいかな」

ぴたりと話をやめ、四人がこちらを見た。一番近くにいる背が高く太った男が返す。

「なんすか？」

「調べごとをしていてね。この町のホームレスが乱暴されたり、家を壊されたりする事件が起きているんだ。なにか知らないかな？」

そっちの事件から攻めるのか。惣一郎は四人の反応を見た。立っている二人が様子を窺《うかが》うようにリーダー格の男を振り向き、女は俯いて爪をけばけばしく飾った指でスマホを弄《いじ》りだす。一方リーダー格の男は知らん顔で横を向き、タバコをふかしている。

こちらに視線を戻し、背が高く太った男は答えた。

「知らないそうっす」

「そうか。じゃあ……今週の日曜日の午後十一時から月曜日の午前三時までの間、どこでなにをしていた？」

「今週の」以降は表情と声を厳しいものに変え、迫田は本題を切り出した。資材置き場の事件のアリバイ確認だ。背が高く太った男は黙り、小柄瘦せ型の男はまたリーダー格の男を振り向いた。タバコの灰を床に落とし、リーダー格の男がこちらを見た。

「ここにいるみんなでドライブ、てかタイヤの慣らしであちこち走り回ってた」

脚を投げ出して椅子にだらしなく座り、口調もだるそうだが眼差しは鋭い。

「誰かに会ったり、どこかに立ち寄ったりしたか？」

「してない。てか、あんたら誰？　警察の人じゃないでしょ」

「ああ、違う。だが、警察も動いてるぞ。資材置き場に駐車場、墓地。派手に荒らし回ってるらしいな」

「はあ？　なにそれ。ホームレスとか興味ねえし。てか、一般人のおっさんに答える義務ねえだろ。プライバシーの侵害だぜ」

「てか」を連呼しボキャブラリーは乏しいが、頭はそれなりに回るようだ。男を見据えながら迫田が黙り、代わりに惣一郎は口を開いた。

「慣らしってことは、新しいタイヤを買ったのか。そのアクセサリーといい、豪勢だな」

言いながら視線を巡らせる。四人ともラフな格好をしているものの、リーダー格の男と女は凝ったデザインのペアリング、背が高く太った男はプラチナ製と思しき大きなネックレス、小柄痩せ型の男はごつく派手なバックルのベルトを装着している。どれもブランドものだろう。

「平日の昼間にダラダラしてるんだから、働いていないんだろ。どうやって手に入れた？」

続けて追及すると、リーダー格の男は無言でタバコを口に運んだ。脇に立つ二人はおどおどと顔を見合わせ、女は俯いたまま指輪をはめた手をパーカーのポケットに突っ込んだ。

手応えを覚え、惣一郎がさらに追及しようとするとリーダー格の男はタバコを下ろして返した。

「俺らみんな、親が金持ちで働く必要ねえの。悪い？　それに『どうやって』って、買ったに決まってるじゃん。ここでね」

「ここでね」を強調して言うと、はっとして小柄痩せ型の男が顔をこちらに向けた。

「ああ、全部この店で買った。ウソだと思うなら、岩瀬に聞けよ」

「岩瀬さん？　なぜだ」

「高校の同級生なんだよ。だからここで買ってやったんだ」

振り向き、惣一郎は長塚さんに目配せをした。頷いて、長塚さんがその場を離れる。すぐに岩瀬さんを連れて戻って来た。

「よう。話は社長から聞いたろ？　このおっさんに説明してくれよ」

小柄痩せ型の男が顎で惣一郎を指し、告げる。さっきまでのおどおどがウソのような尊大で威圧的な態度。岩瀬さんは顔を背け不本意そうな様子だが、こう答えた。

「彼の言うとおりです。全部僕が売りました。ちゃんとお金も受け取っています」

「だろ?」と小柄痩せ型の男は小鼻を膨らませ、背が高く太った男がわめいた。

「おい、謝れよ。俺らがパクったと思ったんだろ。名誉毀損《きそん》で訴えるぞ」

「やめとけ」

ぼそりと告げ、リーダー格の男が立ち上がった。筐体を離れ、歩きだす。惣一郎の脇に差し掛かると足を止め、

「とっととボケて死ね」

と怒りと憎悪を押し殺したような声で言い、惣一郎の靴に当たるギリギリの位置にタバコを投げ捨てて歩きだした。その後を他の三人が追う。自動ドアから退店する四人の背中を眺め、迫田はコメントした。

「言うこととやることとだけは、いっぱしのチンピラだな」

「高校の同級生というのは本当ですか?」

惣一郎は岩瀬さんを振り返った。

「はい。真船雅巳《まふねまさみ》といって、付き合いは全然ありませんでしたけど中学も同じです。他の三人も同じ高校で、リーダー格の新保敦弥《しんぽあつや》は二つ年上、彼女の福永愛里咲《ふくながありさ》とデブの江原北斗《えはらほくと》は一つ年上です」

不本意そうながらも明確に、岩瀬さんは答えた。その隣に長塚さんが来る。

「ひどいでしょ？　花火やゴミはあいつらの仕業ですよ。金属盗難もそうかも」

「さてな」

後ろからの声に長塚さんと惣一郎、迫田も振り返った。いつの間に来たのか、フジオさんがいた。隣には隅田さんもいて、二人とも新保たちが出て行った方を見ている。

「どういう意味？」

「誰の仕業かはわからねえが、あの手の連中は大したことねえんだ。見た目がわかりやすいし、群れてねえとなにもできねえからな。一番怖いのは、ごく普通の真面目でまっとうと言われてる人間だ。俺が別の町で襲われた時、相手はスーツを着た七三分けの男だった。そいつはたった一人で、俺が血を吐くまで腹や背中を蹴り続けたんだ。最後まで一言も発さず、表情すら変えずにな」

そう語るフジオさんの顔にも表情はなく、前に向けられた眼差しは厳しいが遠くを見るようでもある。惣一郎たちが黙るとフジオさんは、

「ごく普通が怖いんだ」

と繰り返した。

5

隣室から女性の笑い声が聞こえた。上品だが取り澄ました感じがして、ひよりは隣室との間のドアに目をやった。男性の話し声と、カメラのシャッター音も聞こえる。

「おい。ぼけっとするな」

言われて、視線をテーブルの向かいに座るスーツ姿の迫田に戻した。隣には惣一郎もいる。その後ろの窓際には黒いニットベストを着た伊達が立ち、窓外に広がる街並みを眺めていた。ここは港区の高級ホテルの最上階にあるスイートルームで、手前のこのリビングには大きな木製のテーブルと椅子が置かれている。

と、ひよりの隣の藤堂がなにかブツブツ言い、指揮をするように片手を動かした。俯いてイヤフォンでスマホから流れる音楽を聴いている。藤堂の前のテーブルには数枚のCD。どれも児玉天音さんのアルバムだ。

「すみません」と告げ、ひよりは話を再開した。

「四人の身分照会をしたところ、福永と真船は喫煙と万引きの補導歴程度ですが、新保と江原は窃盗と恐喝、暴行の前科がありました」

「新保と江原の窃盗は金属か？」

「いえ。車上荒らしとバイク泥棒です」

「金の出所については？」

質問者が惣一郎に代わる。

「不明です。四人とも高校卒業後はたまにアルバイトや日雇いの仕事をする程度で、定職には就いていません」

「金属盗難発生時のアリバイはどうだ？」

「資材置き場の事件に関しては、新保が『タイヤの慣らしに行く』と家族に告げて自身所有のミニバンで外出したのは事実ですが、その後の足取りはわかりません。その他の事件については確認中です。でも怪しいですね。銅線や車止めを盗んで換金し、ブランドアイテムを買ったんじゃないでしょうか」

開いていた手帳を閉じ、ひよりは改めて向かいを見た。手にした扇子で自分の肩を叩き、迫田が言った。

「まあ、状況からすればな」

「なにか気になることがあるんですか？」

「これまでの事件で盗んだ金属を換金しても、せいぜい七、八万円にしかならねえ。新保たちが身につけていた指輪だのベルトだのは、中古でも合計二十万ちょっとしたそうだ。他の場所でも犯行に及んでいるのかもしれねえが、窃盗の前科《まえ》のあるヤツにしちゃやることが素人臭い。それに新保は、俺の引っかけに乗らなかった」

「引っかけ？」

ひよりの問いに迫田は頷き、惣一郎が答えた。

「昨日トレジャーランドで言った、『派手に荒らし回ってるらしいな』ですね。あれに対して新保が盗みや金属と結びつくようなことを言えば、そこから追い込めた。しかしヤツはきっぱり、『ホームレスとか興味ねえし』と答えました」

「そうなんだよ。まあ、そこそこ頭は回るようだし、とぼけたとも考えられるがな」

扇子の先で惣一郎を指し、迫田が補足する。それを見て、ひよりも言った。

「じゃあやっぱり、フジオさんたちの犯行？　彼らにとって七、八万円は大金ですよ」

すると迫田は「う～ん」と首をひねり、惣一郎も考え込むような顔をした。ひよりがさらに言おうとした時、ドアが開いた。

「ありがとうございました」

後方にそう告げて隣室から出て来たのは、美人だが厚化粧の中年女性。笑い声の主だ。後ろにはカメラバッグを提げた若い男性もいる。続けて、縁なしメガネをかけてタブレット端末を手にした四十代後半の男性も出て来た。中年女性と若い男性は縁なしメガネの男性にも礼を言い、ひよりたちに会釈して部屋を出て行った。縁なしメガネの男性がこちらに向き直り、「お待たせしました」と言ってタブレット端末を見た。

「すみませんが予定が立て込んでいて、取材は二十分でお願いします。みなさんは……メゾン・ド・ポリス？」

縁なしメガネの男性が首を傾げた直後、

「伊達さん。どうも」

と声がして隣室から別の男性が出て来た。スーツ姿で歳は五十過ぎか。振り返った伊達に歩み寄り、男性は頭を下げた。

「オメガレコードの関根《せきね》です。社長からお話は伺っております」

伊達がにこやかに「はいはい」と返すと関根さんは頭を上げ、縁なしメガネの男性を指してこう続けた。

「マネージャーの会田《あいだ》です……こちらは伊達さん。昨日話したでしょう」

後半は会田さんに向かい、含みのあるニュアンスで言う。「ああ」と頷き、会田さんは関根さんの横に行って伊達に名刺を渡した。続けてひよりたちにも名刺を配る。受け取って見ると、大手の音楽プロダクションの名前が印刷されていた。

昨夜惣一郎から電話があり、「児玉天音くんが帰国した。聴取の段取りを付けたから お前も来い」と言われ、同時に金属盗難の件も告げられた。段取りを付けたのは伊達だろうが、音楽業界にも顔が利くとは驚きだ。

会田さんに促され、隣室に移動した。ベージュのカーペットが敷かれた広い部屋で片側に天井までの窓、反対側には小さなキッチンがあり、中央にローテーブルを挟んで二台、薄茶の布張りのソファが置かれていた。ソファの奥の一台には、ストライプのシャツにチャコールグレーのスラックス姿の児玉天音さんが腰掛けている。

歩み寄って来た会田さんに耳打ちされ、天音さんはグラスの水を飲みながらちらりとこちらを見た。天音さんが頷いてグラスをローテーブルに戻すと会田さんを残し、関根さん他数人いたスタッフが部屋を出て行った。

「藤堂と申します。お目にかかれて光栄です。後ほどサインをいただけますか？」

真っ先に口を開いたのは藤堂。天音さんに歩み寄って彼のCDとペンを差し出す。天音さんは「もちろんです」と答えてCDとペンを受け取り、ひよりたちに、「はじめまして、児玉です。どうぞおかけ下さい」とソファを勧めて笑顔を見せた。色白でややふっくらしているが、目鼻立ちのはっきりしたところは児玉美月さんに似ている。児玉さんは三日前に柳町北署でひよりたちと話したあと玉置たちにも同様の証言をし、帰宅した。

藤堂と迫田、伊達がソファに座り、その左右にひよりと惣一郎が立った。会田さんは天音さんのソファの後ろに立つ。ひよりが警察手帳を見せると、天音さんは言った。

「近江先生の事件ですよね。この後、警視庁の方もみえると聞いていますが」

「我々は別の角度から事件を見直しています……ご無沙汰しています。あの事件の時、お話を聞かせていただいた元柳町北署の迫田です。その節は大変失礼致しました」

立ち上がり深々と頭を下げた迫田を、天音さんは戸惑ったように見返した。

「せっかくですけど、僕はあの頃のことをほとんど覚えていないんです。日本にも全然戻っていなかったし、お役に立てるかどうか」

もっともだが、予防線を張ったとも言える。ひよりは思い、惣一郎が言った。

「お話を伺えるだけで十分です。ではまず、事件発生の前日の二〇〇八年二月六日にどうされていたか教えて下さい。覚えている範囲で結構です」

「母が仕事でいなくて、叔母《おば》が泊まりに来てくれていました。朝食を食べて学校に行って、その後は……すみません。レッスンをサボって遊んでいました」

最後に苦笑し、天音さんは小さく頭を下げた。

「当時荒れていたのは取材でも話しているし、昔のことでしょう……ねえ?」

取りなすように会田さんが惣一郎に問う。「ええ」と頷き、惣一郎は質問を続けた。

「どこでどんな風に遊んだんでしょう。誰かと一緒でしたか?」

「いえ、一人です。ゲームセンターやファストフードショップに入ったかな。地元だったってだけで、店の名前や場所は記憶にありません。ただ、最後に警察の人に補導されたのは覚えてます。どうしようもないヤツですよね」

また苦笑して、天音さんは大きく指の長い手で額に落ちた髪を掻き上げた。それを藤堂と伊達がにこやかに見返し、迫田は前のめりに凝視している。

「二月六日から七日にかけての天音さんの行動は、防犯カメラや目撃証言で確認が取れています。しかし、七日の午前零時前に菖蒲町三丁目のコンビニを出てから午前一時頃菖蒲町の繁華街で警察官に補導されるまでの約一時間は不明です。念のために伺えますか?」

惣一郎の問いに天音さんは、「う〜ん」と首を傾げた。捜査資料を読み、ひよりも確認したいと考えていた点だ。視線を惣一郎に戻し、天音さんは答えた。

「すみません。思い出せません。適当に歩き回ってたんじゃないかな。寒くてお金もなかったし」

「わかりました。当時の取り調べで天音さんはレッスンをサボったり街を徘徊したりした理由について、『ピアノがイメージ通りに弾けなくなってむしゃくしゃしたから』と答えています。ではなぜ、イメージ通りに弾けなくなったんですか? コンクールのプレッシャーはあったと思いますが、その前にもコンクールには出場されていましたよね?」

そこを突くか。ひよりは感心し、迫田はさらに前のめりになった。一瞬絶句してから、天音さんは「鋭いですね」と笑い、答えた。

「母ですよ。僕をピアニストにしたい一心で、どこにでも付いて来てなんにでも口を出した。思春期だったこともあってそれに苛立っていたところに、間に入ってくれていた父が亡くなって爆発しちゃったんです」

「お父さんの死についてお母さんが近江さんを責めたことは、どう思われました？」

話題が児玉美月さんに移り、迫田も質問を始めた。

「『次は近江先生か』と……母は、なにかに執着していないとダメな人なんですよ。最初が『ピアニストになりたい』っていう自分の夢で、それが叶《かな》わなかったから僕に託して、僕が思い通りにならなくなったら、近江先生を責めるのに夢中になった」

無表情に淡々と、天音さんは説明した。児玉さんが天音さんについて語った時と同じような距離を感じる。しかし児玉さんが漂わせていた葛藤《かっとう》や心残りのようなものは、天音さんには感じなかった。

「なるほど」

天音さんの説明が心理学、または脳科学的に合点がいったのか、藤堂が膝を打った。

「でしょう？」と言うように藤堂を見て、天音さんはさらに語った。

「でも母の気持ちが僕から離れたから、やりたかったことを全部できたんです。ゲームセンターで遊ぶとか、夜の町をふらふらするとかね。それで気が済んだっていうか、すぐに飽きちゃって。無論、心配や迷惑をかけた人には申し訳なく思っていますけど」

「だが、気が済んだ矢先に近江さんの事件が起きて、お母さんに容疑がかかった。天音さんも取り乱されていらっしゃいましたよね」

迫田が水を向けると、天音さんは首を大きく縦に振った。

「ええ。母は早朝から深夜まで警察だし、ネットで叩かれてマスコミも押しかけて来るし、パニック寸前で一日中ピアノを弾いていました。それしか自分を保つ方法を知らなかったんです。で、母の疑いが晴れた頃にはイメージ通りの演奏ができるようになっていました。皮肉なものですね」

視線を落とし、天音さんはテーブルに手を伸ばした。ミネラルウォーターの瓶を摑み、グラスに注ぐ。場の空気が緩み、他のみんなも息をついたりソファに座り直したりした。すると、惣一郎が言った。

「疑いが晴れた後のお母さんはどうでした？　様子が変わった、あるいは事件についてなにか話したとか」

ここで本題をぶつけるか。ひよりはどきりとする。特命班の手前、表現は回りくどいが、橘絵里さんの証言を確認したのだ。迫田たちもはっとして場に緊張が戻る。しかし天音さんは怪訝そうに首を傾げ、答えた。

「いいえ、とくには。すごく疲れていて、やつれたなとは思いましたけど」

「……そうですか」

返しはしたが、言葉の前に一拍置くことで惣一郎が「納得していないぞ」とアピー

ルしたのがわかった。天音さんが顔を上げ、惣一郎もなにか言おうとした。が、一瞬早く、

「すみません。そろそろいいですか？」

とタブレット端末を見ながら会田さんが告げた。一度口を閉じてから、惣一郎は返した。

「あと一つだけ。帰国されてから、お母さんと会われましたか？」

「いえ。でもメールはしていますし、コンサートに来る予定です。僕らはこれぐらいの距離がちょうどいいんです。人にはなかなか理解してもらえませんけど」

そう言ってこちらのみんなに視線を巡らせ、天音さんは微笑んだ。口角の上げ方が児玉美月さんにそっくりだな、とひよりは思った。

リビングに戻ると、関根さん他のスタッフと一緒に特命班の浜岸がいた。ひよりに不審の目を向けた浜岸だったが、隣の伊達に気づくやいなや「お疲れ様です」とダークスーツの腰を折って一礼した。

「ご苦労。玉置は？」

伊達ではなく迫田に返され面食らってから、浜岸は「電話中です」と廊下に面した壁を指した。浜岸が奥の部屋に進み、ひよりたちは廊下に出た。と、スマホをスーツ

のポケットにしまいながら歩いて来る玉置と行き会った。

「お疲れ様です」

玉置が会釈し、ひよりとおじさんたちも挨拶を返した。顔を合わせるのはさくら町公民館での一件以来だが、玉置はポーカーフェイスで伊達は笑顔と、いつも通りだ。

「おおよそ予想通りの反応だった。橘絵里さんの証言を、しっかり確認してくれ」

扇子の先でいま出て来た部屋のドアを指し、潜めた声で迫田が告げた。焦げ茶色のカーペットが敷かれた廊下はがらんとして、客室のドアは向かい側に一つあるだけだ。

「わかりました」

玉置が頷くと、にゅっと首を突き出し、藤堂も言った。

「科学的な見地から実に興味深い発言を得られたよ。分析してひよこちゃんに伝えるから、後で聞いて」

「ひよこちゃん？」

怪訝そうに玉置が聞き返し、藤堂が説明を始めようとしたので、ひよりは「浜岸さんが待ってますよ」と告げた。「ああ」と返して玉置が部屋に向かい、おじさんたちは廊下の先のエレベーターホールに歩きだす。ほっとしてひよりも続こうとした時、

「一つ訊いてもいいですか？」

と声がしてみんなが足を止め振り返った。杖《つえ》を手に廊下の端に立った伊達が玉置を

見ている。

部屋のドアの前に立った玉置が返すと、伊達は訊ねた。

「はい」

「あなたはなぜ、警察官になったのでしょう？」

虚を突かれたように、玉置は絶句した。それでもなにか返そうと頭を巡らせている様子の彼に、伊達はこう続けた。

「藪《やぶ》から棒にすみません。でも、気になって仕方がないんです。先日知人にあなたのお母様の様子を訊ねた際、離婚後お母様はあなたに野口の話を一切しなかった、しかし大学生になったあなたは『警察官になりたい』と言いだし、お母様が野口のことを伝えて猛反対したにもかかわらず、警視庁に入庁してしまった、と聞かされました。なので私はあなたの中に離婚前の野口の記憶が残っていて、彼と同じ職業を選んだのだろうと考えました。ところが先日あなたは、『野口の記憶は全くありません』と言った。違いますか？」

「いえ、その通りです。記憶はありませんし、野口の職業は母に聞いて初めて知りました」

落ち着きを取り戻し、玉置は答えた。「やはりそうですか」と呟いて、伊達は視線を落とした。おっとりとした物腰はいつも通りだが、早口で言葉にも熱が感じられた。

やり取りする二人をひよりは落ち着かない気持ちで見て、おじさんたちも無言で立っている。

視線を玉置に戻し、伊達は改めて訊ねた。

「ではなぜ、お母様の意志に逆らってまで警察官に？」

「血に負けたくなかったんだと思います」

玉置が即答する。

「血？」

怪訝そうな伊達に、玉置は再度即答した。

「はい。自分の中の血です」

「……わかりました。お忙しいところお引き留めして申し訳ありません」

のんびりした口調に戻り、伊達は廊下を歩きだした。「いえ」と返して玉置もドアに向き直る。

最初に惣一郎が動き、付き添うように伊達の横に行った。次に藤堂が「これまた実に興味深い発言だ」とほくそ笑んで身を翻し、迫田は黙ったままドアを開けて部屋に入る玉置を見ていた。ひよりも落ち着かない気持ちのまま、玉置のダークスーツの背中を見送った。

6

「あらやだ。いつの間に？」

居間に入った高平は足を止め、傍らを見た。後ろに続く惣一郎も倣うと、暖炉の脇の壁際に移動式のホワイトボードが置かれていた。それは見慣れたものだが、横にもう一台真新しいホワイトボードがある。

真新しいホワイトボードの前に立っていた迫田が振り向き、返した。

「いいだろ。さっき届いた」

「全然気がつかなかった。使い終わったら、ちゃんとお片付けして下さいね」

そう告げて、高平はチューリップ模様のアームカバーをはめた腕で銀製の盆を持ち直した。盆の上にはガラスの皿が並び、黄色く丸い果物を半分にカットしたものが載っている。果物は中身がくり抜かれ、淡い黄色のゼリーと一口大にカットした果肉が詰められていた。惣一郎も盆を持ち、こちらにはコーヒーの入ったポットとカップ、ソーサーなどが載っている。時刻は午後三時。惣一郎たちは一時間ほど前に港区のホテルから戻って来た。

「『お片付け』って、子どもの遊びじゃねえんだぞ……夏ミカンか。季節外れだな」

首を突き出してこちらを覗き、迫田が鼻を鳴らした。盆をソファセットのテーブルに下ろし、高平は返した。

「ブブ～ッ！　残念。これは甘夏《あまなつ》。名前に『夏』と入っていますが、旬は三月から五月です。果汁をゼリーにして、果肉は甘夏本来の苦みを活《い》かす味付けで煮ました」

けっと呟き、迫田はこう続けた。

「おい。捜査会議を始めるぞ」

惣一郎は「はい」と返し、ソファから腕を伸ばしてくれた藤堂に盆を渡した。居間の奥では安楽椅子に座った伊達が、足下のバロンになにか話しかけている。

暖炉の脇に移動し、惣一郎は二台のホワイトボードに目をやった。どちらにもたくさんの写真が貼られ、黒や赤のペンで文字が書き込まれている。以前から使っているホワイトボードは近江さんの事件用、真新しいホワイトボードは金属盗難事件用だ。

「まずはこっちだな」

迫田が言い、真新しいホワイトボードを指した。スーツから白いジャージの上下に着替えている。頷き、惣一郎は視線を真新しいホワイトボードに向けた。貼られた写真はマンション、墓地、資材置き場など金属盗難の被害現場。文字はフジオさんや新保たちなど、関係者の名前だ。

「どの事件も深夜から早朝にかけて発生しており、その間のフジオさん、隅田さん、その仲間のアリバイはありません。一方新保たちも、資材置き場の事件についてはアリバイなしと判明しています」

ホワイトボードの脇に立って居間の奥に向き直り、惣一郎は説明した。胸の前で腕を組み睨むように写真と文字を見て、迫田が言う。

「新保たちはホームレスに嫌がらせをしていたんだろ？　なら、フジオさんたちがどこでゴミや食料を集めているか知っていたはずだ。で、そこを狙って銅線やら側溝の蓋やらを盗み、フジオさんたちの仕業だと思わせようとしたんじゃねえか？」

「理論的にはあり得るね。でも迫田さん、さっきホテルで、盗まれた金属と新保たちのブランドアイテムの価格のギャップを指摘してたでしょ。『やることが素人臭い』とも言ってたし。あとは、『ホームレスとか興味ねえし』って新保の発言。その矛盾はどうするの？」

こちらに白衣の背中を向けて座り、カップのコーヒーをすすりながら藤堂が問い返した。高平は伊達のゼリーとコーヒーを載せるための小型テーブルを、居間の隅から運んでいる。

「そんなこと、言われなくてもわかってる。あらゆる可能性を検討するのが捜査の基本……実は縄張り荒らしなんじゃねえか？　トレジャーランドの長塚さんは『上手くやってる』と言っていたが、別のホームレスの仕業と考えるのが一番簡単だろ」

同意を求めるように、迫田が顔を覗き込んできた。頷き返し、惣一郎は答えた。

「いずれにしろ、犯人はフジオさんたちの行動パターンを把握している人間です。ただしこの事件、動機が不可解です。金目当てならもっと稼げる犯罪があるし、フジオさんたちへの怨恨《えんこん》なら直接攻撃するはず。犯人がやっていることは割に合わないというか遠回しというか、正に『素人臭い』んです」

「それはそうだ。迫田さん。矛盾してるけど、いいこと言ったね」

振り返った藤堂にからかうように告げられ、迫田は「うるせえ」とひと睨みしてからホワイトボードに向き直った。

「こっちはひとまず置いておいて、次だ」

言いながら、近江さんの事件用のホワイトボードの前に移動する。惣一郎も隣のホワイトボードの脇に立った。こちらにも事件現場の写真が貼られ、凶器や盗まれた腕時計、関係者の顔写真なども並んでいる。

「玉置たちに橘絵里さんの証言について訊かれても、天音くんは『覚えていない』と答えるだろうな。あるいは『言ったかもしれないが、混乱していたから』……当たり前だが、変わったな。事件当時は痩せっぽちで内向的、そのくせこっちを見る目は妙に醒《さ》めてて遠慮のない高校生だった。いまや立て板に水っていうか、あんまり芸術家っぽくなかったな」

ホワイトボードの天音さんの写真に目をやり、迫田はコメントした。写真は事件当時のものと現在のものがある。また振り向き、藤堂が言う。

「いや。社会性を学んだだけで、内面は変わっていないと思うよ。自分や周りを冷静に観察し、慎重で警戒心が強い。なぜかと言うと、プライドが高い一方自信がなく承認欲求が強いから。アーティスト、クリエーターと呼ばれる人に多いタイプだね」

「確かに」

惣一郎が感心すると藤堂はノってきたのかカップをテーブルに置き、立ち上がった。

「ちなみにこのタイプ、執着傾向のある人にも多いんだよ。自信がなくて人に認められること、理解されることを求め、なにかを失ったり壊したりするのを恐れる。いわゆる『かまってちゃん』で、心理学的なアプローチに僕なりの見解を加えて総括すると、天音くんと児玉さんは似ているね」

ふんと鼻を鳴らし、迫田は胸の前で腕を組んだ。

「『僕らはこれぐらいの距離がちょうどいい』なんて言ってたけどな。そういや夏目。この前、児玉さん親子にはなにかあると言ってただろ。天音くんに会ってみてどうだ？『なにか』の正体はわかったか？」

「いえ。ただ当人がどう思っているかはともかく、天音くんと児玉さんの関係は断ち切れてはいないなと感じました。親子なんだから当然と言えば当然ですが」

語りながら、惣一郎の頭にさっきの天音さんが蘇った。事件当時の彼の思考はいかにも思春期の子どもで、説得力があった。行動についても「思い出せない」という午前零時前から午前一時頃を除けば、裏が取れている。そうなると逆に、空白の約一時間が気になりだす。

惣一郎たちの横に来て、藤堂はさらにノリよく語った。

「そんなことはないよ。人格を形成するのが遺伝か環境かは、科学の議論において永遠のテーマで——そうそう。さっきの玉置くんの『血に負けたくなかった』って発言。あれこそ、このテーマを象徴しているね」

伊達を気にした迫田が「おい」と藤堂を突《つっ》いた。部屋の奥からは、高平と談笑する伊達の声が聞こえる。構わず、藤堂は語り続けた。

「でも僕に言わせれば、あれは自己暗示だね。目的は何で、玉置くんがどこを目指しているのかはわからないけど」

「わからねえなら黙ってろ……で、今後だがどうする？」

迫田に問われ、惣一郎は改めてホワイトボードを見た。と、勝手に目が動いて隣のホワイトボードも見る。と思ったら、目はまた元のホワイトボードに戻った。迫田が突っ込む。

「おい、何やってんだ。全然違う別の事件だぞ。見比べたって仕方がねえだろう」

「わかっています」

そう返しながらも、なにか引っかかる。藤堂にも怪訝そうに見られているのを感じつつ、惣一郎は左右のホワイトボードをじっくり見比べた。が、二つの事件を結びつけるようなものはなにもない。惣一郎が首を傾げようとした時、エプロンのポケットでスマホが振動した。取り出して画面を見ると、「牧野」。通話ボタンをタップし、スマホを耳に当てた。

「どうした?」

「近江さんの事件で動きがありました」

ひよりの言葉を聞き、惣一郎は迫田を見た。反応し、迫田がそばに来て聞き耳を立てる。藤堂も寄って来た。惣一郎が「それで?」と促すと、ひよりは言った。

「森井心平は五年前に引ったくりで逮捕され、一年半ほど服役しています。その際、同じ房にいた男に『昔盗みに入ったら見つかって、置き時計で相手の頭を殴って逃げたことがある』と話していたと判明しました」

内心の興奮を抑え、冷静に話そうとしているのがわかる口調だ。

二〇〇八年の事件発生当時、マスコミには「凶器は鈍器のようなもの」としか発表していない。虚偽、あるいは別の犯行を指している可能性はあるが、森井が「置き時計」「頭を殴った」と口にしていたということは……。

なにか呟き、迫田が身を引いた。惣一郎が目を向けようとすると、ひよりはこう続けた。

「特命班の別の捜査員も来て、署は騒然としています。これで森井の犯行と」

「玉置たちの天音さんへの聴取は?」

視線をこちらに戻し、迫田が問う。その声が聞こえたらしく、ひよりは答えた。

「そちらの動きは伝わって来ないので、橘絵里さんの証言への反応も含め、手がかりなしだったんじゃないでしょうか。それと、別件で報告があります。紅花町《べにばなちょう》の建設中の住宅から、電線や空調機器の金属部品が盗まれました」

「犯人《ホシ》は?　ケガ人はいないか?」

惣一郎の声と表情の変化に、また迫田が寄って来る。

「ケガ人はいません。ホシは現場を立ち去った後でしたが、真船雅巳を被疑者《マルヒ》として逮捕しました」

「なに!?」

声を上げたのは迫田。そのうるささに惣一郎と藤堂は身を引き、伊達と高平、バロンもこちらを見た。

ワゴン車に乗り、メゾン・ド・ポリスを出た。現場は住宅街で、広い敷地に建て売りと思しき同じつくりの小さな家が三軒建っている。外側の工事はほぼ終わり、内装や電気工事などを行っていたようだ。三軒の家の前には「立入禁止」の黄色いテープが貼られ、通りに警察車両が数台停まっていた。

通りの手前にワゴン車を停め、おじさんたちは現場に向かった。家の前には近所の住人らしき男女が五、六人集まっていた。一軒の家の駐車場にはスーツ姿で白手袋をはめた柳町北署の捜査員が立ち、工事関係者と思しきベージュの作業服を着た中年男性と話している。後ろの家の玄関はドアが開け放たれ、濃紺のキャップにジャンパー、パンツという制服姿の鑑識課員が出入りしていて、他の二軒も似たような状況だ。

気配を感じ、惣一郎は振り向いた。手にジュラルミンケースを提げた鑑識課員の女性が通りを歩いて来る。歳は四十代前半。すらりとして、他の鑑識課員と同じ制服を着ているのに特別に仕立てたもののように思える。白衣の裾《すそ》を翻し、藤堂が女性に向き直った。片手を挙げ、藤堂が口を「やあ、沙耶」の「や」の形に開いたとたん、女性は言った。

「あのフレンチに行ったでしょ？」

口を開けたまま藤堂がフリーズし、女性は立ち止まってキャップの下の大きな目でそれを見返す。彼女は杉岡沙耶、藤堂の二番目の妻だ。

「聞いたわよ。女性と一緒だったらしいわね。また窓際の席？　もちろん花束持参で、相手をワインになぞらえて口説いたんでしょ。私の時と同じように」

顎を上げ、冷静だが棘《とげ》のある口調で杉岡は告げた。藤堂はフリーズしたままだ。

「あのフレンチ」がどのフレンチかはわからないが、言っていることの想像はつく。十日ほど前に、藤堂が看護師の金子香子さんと食事をした件だ。

「いや」

かろうじて返した藤堂だったが、杉岡はさらに言った。

「懲りない、っていうか学ばない人よね。新しい店を開拓しようっていう気概はないの？　ああ、気概はあっても気力がないか。若ぶってはいても、そういうところに歳が現れるのよね――言っておくけど、嫉妬《しっと》じゃないから。マナーの問題。相手の女性に対しても、私に対しても失礼よ」

きっぱりと告げ、杉岡は歩きだした。呆然と立っている惣一郎と迫田の脇を抜け、にこやかに手を振る伊達には会釈をして、集まった住人の間を抜けて貼られたテープをくぐり、家の敷地に入った。

「なに言ってるんだ。ここは現場だぞ……しかし、おっかねえな」

苦言を呈してからぼそりと、迫田が呟く。惣一郎もつい頷いてしまう。二人とも視線は部下にジュラルミンケースを渡し、家に入って行く杉岡の背中に向いている。

「いやいや、もっともだよ。確かに失礼だった。猛省しよう」

猛省している様子は微塵《みじん》も感じさせないノリで言い、頭を掻いたのは藤堂。惣一郎たちと一緒に杉岡を見送り、さらに続けた。

「しかし、なんだかんだ言って沙耶は僕に未練があるみたいだね。『嫉妬じゃないから』と強調していたが、人間には本来の欲求や衝動とは正反対の言動を強調する反動《はんどう》形成《けいせい》という心の動きがあって――」

「夏目さん」

呼ばれて振り向くと、家の駐車場にひよりがいた。黄色いテープをくぐってこちらに来て、潜めた声で告げる。

「犯行時刻は昨日の午後十時から今日の午前四時の間。今日は工事は休みだったそうですが、隣人がこの家の窓が割れているのに気づき、通報しました。三軒とも同じ手口で侵入され、電線と空調機器の金属部品が盗まれています。今のところ犯人の目撃者はいません」

「真船雅巳は？」

惣一郎が問い、ひよりは答えた。

「資材置き場以外の事件に関しても新保、福永、江原、真船のアリバイがないと判明し、任意で聴取することになり捜査員が四人のもとに向かったところ、真船の自宅の物置からここで盗まれたものが発見されました。報《しら》せたのは真船の家族で、以前から息子の素行の悪さに手を焼いていたようです」

「で、窃盗容疑で逮捕か。真船はなんと言ってる？」

ジャージの前ファスナーを開け、迫田が訊ねる。曇天だが湿度が高く、蒸し暑い。

「『電線も部品も知らない』と主張し、他の犯行も否認しています。新保、福永、江原も同じです」

「今さらだな。やはりあいつらの犯行だったんだ。さっきの矛盾だの素人臭いだのは撤回だ。有無を言わせねえ証拠が出た」

迫田が断言する。しかし惣一郎は、「そうでしょうか」と返した。

「真船たちは、自分たちが疑われていると知っていました。そんな中で新たな犯行に及ぶとは思えません」

「私もそう思います」

ひよりが同意し、こう続けた。

「真船は『もし自分たちの犯行だとしても、新保はパシリの自分に盗んだ品を渡したりしない』とも主張しています。確かにそうだし、隠し場所が物置というのも、いかにも見つけてくれという感じですよね」

はっとして、惣一郎は顔を上げた。「いかにも見つけてくれ」という言葉が文字になって頭に浮かび、そこにさっきの捜査会議での「フジオさんたちの行動パターンを把握している人間」と「素人臭い」という発言も加わる。並んだ三つの文字列は、別の一つの言葉、ある人物の名前につながる。惣一郎はひよりに向き直り、問うた。

「真船たちは、ブランドアイテムを買った金の出所を吐いたか？」

「いえ。まだです」

惣一郎の勢いに面食らいながら、ひよりが答える。

「これから言うことを訊いてみろ。行くぞ」

そう告げて、惣一郎は歩きだした。家の前を離れ、ワゴン車に向かう。ひよりの、

「『訊いてみろ』と『行くぞ』、どっちなんですか」

と戸惑う声が追いかけて来て、迫田と藤堂もなにか言うのが聞こえた。

惣一郎が歩きながら指示を出し、ひよりはそれを電話で署の松島に伝えた。それから惣一郎たちはワゴン車、ひよりは署のセダンで出発した。

白梅町公園に寄ったが、フジオさんと隅田さんはいなかった。車に戻り、惣一郎たちとひよりは目的地に向かった。

トレジャーランドに着き、駐車場にワゴン車とセダンを停めて店の裏に廻った。時刻は午後五時を過ぎて薄暗くなり、駐車場と店内には明かりが点《とも》っている。店の裏口の上げられたシャッターの奥に、社長の長塚さんと作業中のフジオさん、

隅田さんがいた。惣一郎がひよりを紹介し「話がある」と告げると、長塚さんはフジオさんたちを含めたみんなを事務所に案内した。

事務所では、岩瀬さんが休憩中だった。惣一郎は気を遣って出て行こうとした岩瀬さんを「構いませんよ」と引き留め、長塚さんが勧めてくれたテーブルに着いた。迫田と藤堂、伊達、フジオさんもテーブルに着き、椅子が足りなかったひよりと隅田さんは脇に立った。

まずひよりが、建設中の住宅の事件と真船たちについて説明した。

「ほら、言った通りでしょ？　絶対あいつらの仕業だと思ってたんですよ」

説明を聞き終え、真っ先に長塚さんが声を上げた。部屋の隅にある自分の仕事机の椅子に腰掛け、身を乗り出している。

「フジオさんたちに罪をなすりつけて儲けたお金で、うちで指輪やネックレスを買ってたのよ。許せないわよね」

そう続け、岩瀬さんに目をやる。テーブルの端の岩瀬さんは、「はい」と頷いてサンドイッチを食べた。やり取りに巻き込まれ、戸惑っている模様だ。

「でも、これで俺らの疑いは晴れましたよね？　フジオさん、よかったな」

今度は隅田さんが言い、フジオさんの顔を覗いた。しかしフジオさんは無言。睨むようにして、向かいに座る惣一郎と迫田を見ている。

「よくねえ。話は終わっちゃいねえんだろ?」

なにかを感じたらしく、フジオさんは問うた。惣一郎が言葉を返そうとすると、ひよりのスマホに着信があった。ひよりが事務所を出て行き、惣一郎はみんなに「ちょっと待って下さい」と告げた。

五分ほどで、ひよりは戻って来た。スマホを手に、惣一郎に言う。

「松島さんからで、夏目さんの読み通りだったそうです」

「わかった」

惣一郎が頷き、迫田は眉間《みけん》にシワを寄せて胸の前で腕を組んだ。「Wow」と藤堂が両手を広げて見せ、伊達は居眠りをしている。

「どうしたんですか?」

長塚さんがおじさんたちとひよりの顔に視線を巡らせ、惣一郎は話を始めた。

「状況的には真船たちの犯行ですが、彼らは否認しており疑問点もあります。その一つがブランドアイテムで、盗んだ金属を換金してもあれだけの数を買うのは無理です」

「まあね。でも」

喋り始めようとした長塚さんを手を上げて制し、惣一郎は視線でひよりを促した。頷き、語り手がひよりに代わる。

「真船たちに『金属を換金したのではないなら、どうやって金を手に入れたのか』と訊ねました。最初は『親に小遣いをもらった』『ギャンブルで稼いだ』などとごまかしていたそうですが、最後には全員『岩瀬さんを恐喝した』と認めました」

「えっ!?」

長塚さんと隅田さんが声を上げ、みんなの目がテーブルの端に向く。驚いて、伊達が目を覚ました。岩瀬さんは無言。視線から逃れるように俯き、食べかけのサンドイッチをテーブルの上の剝がした包装フィルムに置いた。岩瀬さんに向き直り、ひよりは続けた。

「真船は高校生の時から、あなたをいじめていたそうですね。卒業してあなたがここで働いていると知ると新保たちとやって来て、『金を渡さないと店を滅茶苦茶にしてやる』と脅した。あなたが拒めないとわかっていたからです。違いますか？」

訊ねたが、岩瀬さんは無言のまま動かない。そこに席を立った長塚さんが歩み寄る。

「本当なの？　なんで話してくれなかったのよ。警察に言うとか、いくらでも方法が」

「そんなをことしたら、仕返しでもっとひどい目に遭う」

顔を上げ、岩瀬さんは返した。既に涙ぐみ、メガネのレンズの片方が濡《ぬ》れている。

「ずっといじめられて、学校も休んでばっかりでした。でも、ここの仕事は楽しくてスタッフのみんなとも気が合って、やっと居場所が見つかったと思ったんです。だから絶対に失いたくない、守らなきゃと考えたんです」

黒いTシャツの肩を震わせ、絞り出すように岩瀬さんは語った。その顔を長塚さんが脇から驚いたように覗く。再び、惣一郎は口を開いた。

「自分から奪った金で買い物をする相手の接客をする。苦痛で屈辱的で、腹も立っただろう。耐えきれなくなったきみは、ある計画を考えた。真船たちを見張ってアリバイを立証できない夜を選び、金属盗難を行って彼らの仕業だと思わせるんだ。犯行現場にフジオさんたちの立ち回り先を選んだのは、真船たちがフジオさんたちをからかったり仕事の邪魔をしたりするためにそこに行っていたことを知っていたからだ。盗んだ金属は、どこかに隠しているんだね？」

「はい。僕、すぐに警察が真船たちを捕まえると思ったんです。でもフジオさんたちが疑われて」

「真船たちは本物の悪《ワル》だ。お金を得ようと思ったら、もっと簡単でずるい方法を選ぶだろう。なぜ僕がきみのしたことに気づいたと思う？　この事件の犯人は悪人じゃない、真面目で人の優しさや心の痛みがわかる人間がやむを得ず罪を犯してしまった、そう悟ったからだ」

きっぱりと告げ、惣一郎は岩瀬さんを見た。こちらを見返した岩瀬さんの目から、涙がぼろぼろとこぼれる。「ごめんなさい」と震えてかすれた声で言う。「相手が違う」と教える代わりに、惣一郎はフジオさんたちに顔を向けた。岩瀬さんも倣い、

「ごめんなさい」と頭を下げた。それをフジオさんは厳しい顔で見返し、隅田さんも戸惑ったように黙っている。「ごめんなさい」と岩瀬さんは再度頭を下げ、それから何度も「ごめんなさい」と低頭を繰り返した。

「もういい。わかったよ」

長塚さんが告げ、岩瀬さんの背中をさすった。ひよりも歩み寄り、ポケットティッシュを差し出しながら問う。

「岩瀬さん。昨夜の紅花町の住宅も含め、金属を盗んだのは自分だと認めますね？」

声と眼差しが柔らかめなのは、相手が未成年なのと事情を考慮したからだろう。

受け取ったティッシュを鼻に当てて頷いた岩瀬さんだったが、長塚さんに「ちゃんと答えなさい」と諭され、細く消え入りそうな声だが「はい」と言った。

長塚さんと藤堂がため息をつき、場の空気が重たいながらも少し緩む。次の手続きに進もうとなにか言いかけたひよりを、迫田が片手を挙げて止めた。そして首を突き出し、ティッシュで洟《はな》をかんでいる岩瀬さんに、

「昨夜盗んだ品を、真船の自宅の物置に入れたのもきみか？　フジオさんたちにかかった疑いを晴らさなくてはと考えたのか？」

と問うた。岩瀬さんがこくこくと頷き、迫田はフジオさんたちに視線を向けた。フジオさんの様子は変わらず。だが隅田さんは眉根を寄せて複雑な顔をし、目を伏せた。

ひよりが連絡すると、原田と松島が来た。少ししたら岩瀬さんが落ち着いたので、署に連れて行くことになった。報せを受けた岩瀬さんの両親も、署に向かっているという。

「店を守ろうとしてくれてありがとう。必ず戻って来るんだよ。みんなで待ってるから」

事務所を出て行く岩瀬さんに、長塚さんが語りかけた。ドアの前で足を止め、岩瀬さんは「はい」と返した。声はしっかりしているが、まだ鼻声で目も赤い。その両脇にはひよりと原田。二人が付き添う代わりに、手錠はなしだ。

ためらいがちに首を回し、岩瀬さんはフジオさんと隅田さんを見た。二人ともさっきと同じ場所にいる。口を開いたものの言葉が出て来ない様子の岩瀬さんに、見かねたように隅田さんが言った。

「俺も似たような経験をしたんだ。で、逃げて逃げてこうなった。だから岩瀬くんは捕まってよかったんだよ。俺みたいになっちゃダメだ」

「こうなった」と言う時は、メガネの蔓に巻かれたセロハンテープに手をやる。無理にテンションを上げおどけて見せているが、メガネ越しに岩瀬さんを見る眼差しは優しく、哀しげでもあった。

隅田さんの言葉に胸を突かれ、さらに言葉が出て来なくなった様子で岩瀬さんは

「はい」とだけ返した。そしてフジオさんは椅子に座ったまま、

「罪を償ったら白梅町公園に来い。話はそれからだ」

と低い声で告げた。厳しい顔は変わらないが、岩瀬さんが「はい」と頷くと「よし」と言うように頷き返した。

松島を先頭に、岩瀬さんとひよりたちは事務所を出て行った。長塚さんと迫田が付いて行き、惣一郎がまた寝てしまった伊達の下に行こうとすると、フジオさんの声がした。

「言ったろ？『ごく普通が怖い』んだ」

振り向くと、フジオさんもこちらを見ていた。鋭く隙がなく、同時になにかを投げかけるような眼差し。返答に迷い、惣一郎は目礼だけして伊達に歩み寄った。

間もなく長塚さんと迫田が戻って来て、フジオさんたちは白梅町公園に帰った。別れ際、隅田さんは惣一郎たちに丁寧に礼を言い頭も下げたが、フジオさんは前を向いたままぼそりと「警察にも、あんたたちみたいなのがいるんだな」とだけ言って立ち去った。その背中を見送り、藤堂は「正確には『元警察』だけどね」、迫田は「あの人は、昔警察と何かあったのかもな。あるいは、元警察官だったとか」と言い、惣一郎は迫田の言葉にさっきのフジオさんの眼差しの答えを得た気がした。

その後、惣一郎たちも帰宅することになった。目を覚ましトイレに行った伊達を待

っていると、藤堂が口を開いた。

「盗まれた金属は持ち主の元に戻るだろうし、岩瀬さんは重たい罪には問われないいんじゃない？　逆に真船たちはきっちり罰して欲しいね。僕の出番があんまりなかったのが残念だけど、金属盗難は一件落着。近江さんの事件も森井のムショ仲間の証言が決め手になりそうだし、じきにホワイトボードは二つともお片付けできそうだね」

「お片付け」は茶化すように言い、座っていた椅子をテーブルの前に戻しながら迫田に目をやる。事務所のドアの脇に立ち、迫田はぶっきらぼうに返した。

「何度言わせるんだ。ホンボシ捜しは玉置たちに任せておけばいい。俺らは――」

「『俺らは俺らの捜査をする』でしょ？　でも天音くんと会ってもこれといった手がかりは得られなかったし、僕らもそろそろ結論を出さないと。ね？」

藤堂に振られ、惣一郎は長塚さんを気にしながら「ええ」と返した。と、自分の机に着いた彼女が目に留まり、「大丈夫ですか？」と歩み寄った。長塚さんは「取りあえず、岩瀬くんが抜けた穴をどうにかしないと」と言ってパソコンに向かったはずなのだが、じっとして動かない。

「ああ、すみません。これを見ていたんです」

そう返し、長塚さんは手にしたものを机の脇に来た惣一郎に見せた。小さな額縁で、中に紙幣が一枚入っている。紙幣の左側には「日本銀行券　弐千円」の文字。迫田も寄って来て額縁を覗いた。

「ヒデさんの二千円札ですね。『形見のような気がして』と話されていましたね」

「ええ。今回のこと、ヒデさんが生きていたらなんて言ったかなと思って」

「お気持ちお察しします。しかし珍しいですね。これはなんでしたっけ？　裏が紫《むらさき》式部《しきぶ》っていうのは覚えてるんですけど」

問いかけながら、迫田は二千円札の右側を指した。灰色がかった青で、上下二段の瓦《かわら》屋根をいただいた大きな門の絵が描かれている。

これと同じ門を最近どこかで見たな。ふと思い、惣一郎が絵を見直そうとした時、長塚さんが答えた。

「沖縄の首里城《しゅりじょう》の守礼門《しゅれいもん》ですよ。西暦二〇〇〇年を迎えたのと、同じ年にやった沖縄サミットを記念して発行されたお札ですから」

「いかにも。二〇〇〇年七月十九日に発行され、製造は中止されたが今でも使える有効券だよ。ちなみにこれ、記念に発行されはしたけど記念紙幣じゃなく通常紙幣なんだよね。それと偽造防止効果が素晴らしくて、深凹版印刷とか潜像模様とか正に日本の印刷技術の粋を集めた――」

「最初のお店は、別の場所だったんですよね。ここの近くですか？」

待ってましたとばかりに語りながら近づいて来る藤堂を遮り、迫田は訊ねた。長塚さんが首を横に振る。

「いえ。菖蒲町の三丁目です」

「菖蒲町の三丁目？」

惣一郎が問うと、長塚さんは今度は首を縦に振った。

「ええ。バス通りの歯医者さんの隣で、コンビニの向かい。住宅街の中だけど、バスを乗り降りする人がいるから結構賑やかでした」

答えを聞きながら、惣一郎の頭に菖蒲町三丁目の地図が浮かぶ。バス通りには確かに今も歯科医院がある。向かいのコンビニも長く営業していて、空白の約一時間の前に児玉天音さんの姿が確認された場所だ。

大きく一つ、胸がざわめいた。長塚さんの顔を覗き、惣一郎は訊ねた。

「最初のお店をオープンしたのはいつですか？　ひょっとして、二〇〇八年？」

「そうです。二〇〇八年の一月十日です。でもお客さんが全然来なくて——」

「では、ヒデさんとはその頃からの付き合いということですね。彼が何者かに襲われて、ひどいケガをしてお店に来たのがいつか、覚えていますか？」

「二月です。日にちまでは覚えてないけど、オープンからひと月経った頃でした」

「二〇〇八年の二月十日前後ということですね？」

質問を重ねる惣一郎に戸惑いながらも、長塚さんは「ええ」と頷いた。惣一郎の意図に気づいたらしく、迫田は長塚さんに告げた。

「すみません。別件に関係している可能性があるので答えて下さい。ケガをしてお店に来た時、ヒデさんは何か話しませんでしたか？　誰にやられたとか、なにか見たとか」

「いいえ。私も同じことを訊いたんですけど、『夜中に寝てたらいきなり頭を殴られた。逃げる間もなく腹や背中も殴る蹴るされて、丸まっているしかなかった』って。あの頃ヒデさんは、終バスが出た後のバス停で寝ていたんです」

「では『いいこと』は？　ひどいケガを負ったのに、ヒデさんは上機嫌だったんでしょう？」

再び惣一郎が問い、長塚さんは顔をこちらに向けた。

「犯人がいなくなってしばらくしたら別の人が来て、『大丈夫ですか？』って声をかけてくれたそうなんです。すごく親切な女性で、ティッシュをくれたり自販機で水を買って来てくれたりしたらしいです」

「どんな女性か聞きましたか？　歳または背格好、服装でも構いません」

「聞いていません。でも、立ち去る前に『薬を買って下さい』ってお金もくれたって。その中に、この二千円札があったそうなんです」

「これが？」

思わずといった様子で問い、迫田は長塚さんが指さした二千円札を見た。つられて、惣一郎の視線も動く。目に映ったのは、沖縄の守礼門の絵。

沖縄？　疑問が浮かぶのと同時に答えが見えた。

スカイブルーのパーティションに貼られた、たくさんのポスターとチラシ。珊瑚礁《さんごしょう》の海とゴルフ場、コテージ。そして、赤い瓦が印象的な上下二段の屋根の門。その下には、「ようこそ！　サンシャインリゾートへ」の文字が躍っている。

ぶわっと鳥肌が立ち、この事件に立てた自分の爪がさらに食い込み、奥の奥にある芯《しん》に触れるのを感じた。その感覚を逃がしたくないという衝動にかられ、惣一郎は身を翻した。ドアを開けて事務所を出る。

「まさかの Inspiration?　どうする？　メゾン・ド・ポリスに戻る？」

「うるせえ。やりたいようにさせろ」

テンションを上げて問いかける藤堂を迫田が叱り飛ばし、二人で惣一郎の後を付いて来る。「なにがどうなってるの？」という長塚さんの声も聞こえた。

大股《おおまた》で通路を進んでいると、事務所に戻る伊達と行き会った。「すみません」とだけ言ってすれ違った惣一郎に伊達はきょとんとし、後ろの藤堂たちが説明を始める。

売り場に出て、惣一郎は周囲を見回した。棚に並ぶのは、おもちゃ、スポーツ用品、アウトドアグッズ。違う。心の中で言い、さらに通路を進んだ。食器にバスグッズ、洗濯用品。近づいてはいるが、棚に目当ての品はない。小走りになって通路を進む惣一郎に、通りかかった店員が振り向く。

「夏目くん。こっち！」

その声に前方を見ると、通路の突き当たりに藤堂がいた。片手で惣一郎を手招きし、もう片方の手で後ろを指している。

通路を駆け抜け、惣一郎は突き当たりに出た。藤堂の後ろは家電コーナーで、棚に並ぶのは洗濯機、掃除機、布団乾燥機。その横にアイロンがあった。迷わず手を伸ばし、惣一郎はメゾン・ド・ポリスで使っているものと似たアイロンを取り上げた。

あとは。心の中で呟いて振り向いたとたん、折りたたんだ状態の脚付きのアイロン台を突き出された。はっとして視線を上げると、アイロン台の脚をつかんだ藤堂が親指を立ててウインクをして見せた。

「ありがとうございます」

そう返し、惣一郎は空いた手でアイロン台を受け取って胸に抱えた。

「おい！」

また呼ばれ、振り向くと通路の奥に今度は迫田。アイロンとアイロン台を抱え、惣一郎は走った。

迫田の前に駆け込むのと同時に、彼が指す方を見る。白い壁があり、床に近い位置にコンセントが二口設けられている。

迷わず、惣一郎はアイロン台を組み立てて床に置き、プラグをコンセントに差してアイロンをアイロン台に載せた。迫田の隣には長塚さんがいて、ぽかんとした顔で伊達の説明を聞いている。

壁の脇は衣類コーナーで、棚に渡された金属製のポールにハンガーにかかったジャケットやシャツなどが並んでいた。棚の前に行ってデニムのシャツを取ろうとして、惣一郎は気配に気づいた。なにかの実演販売とでも思ったのか、アイロン台の周りに三、四人の客が集まっている。

シャツに伸ばした手を引っ込め、惣一郎は改めて棚を眺めた。逡巡《しゅんじゅん》した後にポールから外したのはスカート。ロング丈で素材は化繊、全体に向かって右側に倒れる形で幅三センチほどのプリーツが入っている。いわゆる車ヒダといわれるものだ。

後ろでアイロンが温まったことを知らせるアラームが聞こえた。別の棚から当て布代わりのバンダナを取り、惣一郎はアイロン台の前に戻った。ハンガーから外したスカートの中に両腕を差し込み、アイロン台を通した。

「そうそう。スカートにアイロンをかける時は、ああやってアイロン台に穿《は》かせるの。男の人なのによく知ってるじゃない」

集まった客の一人の声が耳に届く。年配の女性のようだ。

高平にアイロンがけを仕込まれた時、とくに苦労したのがこのプリーツスカートだ。「メゾン・ド・ポリスは男所帯なのに、なぜ女性の衣類まで？」と疑問を呈したところ、「夏目さんがお婿に行った時に役に立つでしょ」と当たり前のように返された。

アイロンの温度を化繊に合わせ、惣一郎はスカートの右端にあるプリーツの形を整えた。そこに広げたバンダナをかけ、右手でアイロンを持ち上げた。次に左手でスカートの裾を押さえて右端のプリーツを固定し、アイロンの先をバンダナ越しにプリーツの縁の下端に当てる。そしてゆっくり慎重に、しかし一気に上に向かってアイロンをかけた。プリーツの半分までかけたところで左手を裾から離し、バンダナを引き上げてプリーツの上半分を覆う。スカートのウエスト部分を摑んで軽く上に引き、プリーツがぴんと伸びたところに素早くアイロンを滑らせた。

「お兄さん、上手《じょうず》！」

女性が言い、ぱちぱちと拍手の音が続いた。つられて、他の人も拍手をする。満足とともにその音を聞き、惣一郎は右端のプリーツにアイロンをかけ終え、隣のプリーツに取りかかった。間もなく隣のプリーツも終え、その隣、とアイロンをかけ続けていくうちに惣一郎の頭の中から細々とした事柄は消え、周りの音も聞こえなくなった。

残ったのは近江さんの事件のことだけだ。

大量の捜査資料の書類と写真。写真には現場の床に倒れる近江さんと、血の付いた置き時計が写っている。そこに森井心平の顔写真が重なり、続いて橘麻里さんと絵里さん、金子香子さん、神田早穂さん、吾妻義実さんの顔が浮かんでは消えた。橘絵里さん、神田さんの証言の断片も聞こえ、それらに導かれるように二つの顔が現れる。児玉美月さんと天音さんだ。

営業用の笑顔を見せ、叉手《さしゅ》の仕草でこちらに一礼する児玉さん。一方で天音さんに「近づかないで」と訴えた時の切羽詰まった態度。「僕らはこれぐらいの距離がちょうどいいんです」と告げた時の天音さんの表情と、彼が奏でる美しくも哀愁に満ち、どこか緊張感も漂うピアノのメロディー。

「状況としては疑われても仕方がなかった」という児玉さんの発言に、吾妻さんの「右の袖口《そでぐち》に少量の血液が付着していた」という言葉が続き、「ママは取り返しのつかないことをしてしまった」という証言が、橘絵里さんではなく児玉さんの声で再生された。これまでの事件にはない情報量とスピードに思考が追いつかず、惣一郎は混乱して焦りも覚えた。

が、次の瞬間声も音もすべて途絶え、惣一郎の頭の中は空っぽの真っ暗になった。ほっとしたのも束の間、「言ったろ？『ごく普通が怖い』んだ」。なぜかさっきのフジオさんの声が響き、暗闇の中にぽっとヒデさんの二千円札と、守礼門のポスターが浮かび上がった。その二つを結ぶものがなにか悟るのと同時に、惣一郎は自分の手がこの事件の芯を捕らえたのを確信した。

「藤堂さん」

アイロンを動かす手を止め、顔を上げた。向かいに立つ人たちに視線を巡らせると、端にいた藤堂が手を上げた。

「えっ。それが結論？　犯人は僕？」

「違います。橘麻里さんの事件の時に、『紙なら保存状態にもよるけど、十年以上経っても指紋を検出できる』と言いましたよね。本当ですか？」

「もちろん。とくに検出するのが僕ならね」

「よかった。大至急ヒデさんの二千円札を調べて下さい。長塚さん。決して汚したりキズつけたりしないと約束しますので、ご了承下さい」

長塚さんにも語りかけ、アイロンをアイロン台に立てた。そして二人の返事を待たずにその場を離れ、チノパンのポケットからスマホを出した。

「もうおしまい？　なにか売るなら買おうと思ったのに」

女性の声を背中に聞きながら、惣一郎はスマホを操作してひよりの番号を呼び出し、発信ボタンをタップして耳に当てた。

7

最後の旋律を弾き終えたあと残響が消えるのを待ち、天音さんは鍵盤《けんばん》から手を離した。両手を膝の上に置き、呼吸と気持ちを鎮めるような様子があってから顔を上げる。

「Bravo. 素晴らしい」

惣一郎の前を行く藤堂が、感極まったように拍手をした。首を回し、天音さんがステージからこちらを見る。客席の間の通路をメゾン・ド・ポリスのおじさんたちが歩いている。先頭は迫田で、惣一郎の後ろは伊達だ。

「どうも」

そう応え、天音さんは黒革張りの背もたれのない椅子から立ち上がった。向かいには大きなグランドピアノ。鏡にできそうなほど磨き上げられている。

天音さんは怪訝そうに周囲を見回した。客席には惣一郎たち以外誰もおらず、ステージ袖も無人のはずだ。

「リハーサル中にすみません。会田さんたちには席を外していただきました」

迫田が告げると、天音さんはステージの下に並んだおじさんたちに視線を巡らせた。

「この後コンサートなんです。近江先生の事件なら、昨日お話ししたことが全部ですよ。警視庁の人とも話しましたし、すぐに済みますので」

「わかっています。すぐに済みましたし」

いかにも申し訳がなさそうな顔を作りながらも、迫田は手のひらで客席を指す。天音さんは横を向いてため息をついてから「わかりました」と返し、ステージの端の階段に向かった。淡い紫のワイシャツに黒いスラックスという格好だ。

ここは日比谷のブリオホールで、客席数は約千八百。完成間もないので、通路に敷かれた赤いカーペットも、客席の濃い茶色の布張りの椅子も新品だ。客席の左右と後方には、海外の劇場を彷彿《ほうふつ》とさせる三層のバルコニー席が設けられていた。

最前列の客席の真ん中に天音さんが座り、その向かいに迫田と惣一郎が立った。藤堂は天音さんの隣の席、伊達は列の端の席に腰掛ける。

「事件捜査には決まり事はあっても、実際にどうするかは現場の刑事次第。つまり刑事の数だけ捜査方法があるということです。その一つが、マス目。頭の中に関係者の数だけマス目を作り、『事件が発生したこの日は海外出張中だった』とか『犯人が目撃されたあの時間は別の場所の防犯カメラに映っていた』とかいう風にマス目を一つずつ埋めていきます。パズル、あるいは隙間をなくすという意味で、弁当作りや荷造りにたとえる人もいます」

語りだした迫田を醒めた目で見ていた天音さんだったが、「荷造り」のたとえに

「ああ」と表情を和らげて頷いた。演奏旅行なども多いはずなので、イメージできるのだろう。

「しかし、私はそういうやり方はしません。やっているのはこいつです」

そう続け、えび茶色のスーツを着た迫田は隣の惣一郎を指した。天音さんの視線が自分に向くのを感じながら、惣一郎は口を開いた。

「昨日もお話ししましたが、近江さんの事件発生時の天音さんの行動には一つだけ埋まらないマス目があります。二〇〇八年二月七日の午前零時前に菖蒲町三丁目のコンビニを出てから、午前一時頃菖蒲町の繁華街で補導されるまでの約一時間です。とは言っても、あなたは近江さんが殺害された時刻には警察官と交番にいた。アリバイは完璧です。それでも気になる、というか一つだけというのがどうにも収まりが悪くて頭から離れませんでした。すると、ひょんなことからある事件が浮上したんです」

「へえ」

気のない相づちを打ち、天音さんはスラックスの脚を組んだ。

「近江さんの事件と同じ時期に、菖蒲町三丁目のバス停で寝ていたホームレスの男性が、深夜何者かに襲撃される事件が発生していたとわかりました。男性はその後しばらくして、事件で負ったキズが原因で亡くなっています」

天音さんはノーリアクション。その横顔に、隣から身を乗り出した藤堂が告げる。

「当時の検視調書を読みましたが、死因は慢性硬膜下血腫《こうまくかけっしゅ》。殴られるか蹴られるかしたことが原因で脳内に血腫、つまり血の塊《かたまり》ができたんです。血腫は数週間かけて成長し脳を圧迫、死に至ったと思われます。頭痛や吐き気、半身麻痺。男性が味わった苦痛と恐怖は凄《すさ》まじいものだったでしょう」

さっきとは別人のような、厳しい声と眼差し。前を向いたまま、天音さんは返した。

「それで？　僕がその男性を襲ったとでも言いたいんですか。根拠は？」

肩をすくめ、藤堂は身を引いた。惣一郎も黙る。やれやれと言うように、天音さんはまたため息をついた。

昨日惣一郎はアイロンがけの後ひよりに電話し、自分の推測を伝えた。それに従いひよりは当時のホームレスに関係した事件を調べ、おじさんたちもヒデさんの死亡時の状況を確認したり、襲撃事件現場付近の聞き込みを行ったりした。結果、署にヒデさんの遺体の記録はあったが襲撃事件のものはなく、聞き込みも収穫なしだった。また、当時は不良少年グループによる同様の事件が頻発しており、ヒデさん襲撃も彼らの犯行という疑いが消えなかった。

「好意で協力したのに、あんまりじゃないですか。第一、あなた方は警察の人じゃないですよね？　なんの権利があって――とにかく会田を呼びます」

天音さんは告げ、スラックスのポケットからスマホを出した。白く長い指が動くのを眺めながら、惣一郎は話を再開した。

「会田さんは電話に出ません。そうお願いしました……襲撃事件にはもう一つ、別のエピソードがあります」

何か言おうとした天音さんを遮り、惣一郎は続けた。

「襲撃された後、ホームレスの男性の前に女性が現れたそうです。女性は男性を気遣い、ティッシュや水を渡したとか。そして立ち去る前に、『薬を買って下さい』と言ってお金も手渡しました。その中にあったお札の一枚がこれです」

と、待ち構えていたように藤堂が白衣のポケットから透明のプラスチックケースを出して隣にかざした。天音さんがケースに目を向ける。ケースの中身は二千円札だ。

「ティッシュや水ならまだしも、女性はなぜ見ず知らずの男性にお金まで渡したのか。理由はすぐにわかりました。その二千円札からあなたのお母さん、児玉美月さんの指紋が検出されたからです」

「母の？」

思わずといった様子で問い、天音さんは二千円札と惣一郎を交互に見た。

「Yes. この二千円札は男性が亡くなる前に、ある人に渡したものです。その人が大切に保管してくれていたので、ほぼ当時のままの指紋が残っていました。採取した指紋の中の一つが、署に残っていた児玉さんの指紋と一致したんです」

ケースの脇から顔を出し、藤堂が補足する。天音さんが無言なので、惣一郎は話を進めた。

「当時既に珍しかった二千円札ですが、ごく普通に使われていた地域があります。沖縄県で、今でも銀行やコンビニのお釣りなどで、二千円札を渡されることがあるそうです。そして児玉さんは二〇〇八年の二月四日から五日まで、研修のために名護市のサンシャインリゾートの本社に行っていた。二千円札はその際に入手し、男性を手当てした時に渡したんでしょう。児玉さんは、なぜそんなことをしたと思いますか？」

返事はなし。しかし天音さんの目は、まっすぐ惣一郎に向けられている。

「男性を襲った犯人が誰か、知っていたからです。二月六日から七日にかけ、児玉さんはその誰かを必死に捜していた。そして七日の午前零時過ぎに菖蒲町三丁目のバス停から立ち去る誰かを目撃し、誰かが何をしたのか悟ったのでしょう。本当は救急車を呼ぶべきだったし、児玉さんもそう考えたかもしれない。でも、できなかった。誰かは児玉さんにとって特別な存在である上に、大事なコンクールを控えていた。だからせめてもの償いにとティッシュと水、お金を渡したはずです。菖蒲町の交番から電話があったのはその直後。気が動転していたところにさらにショックを受け、コートの袖口に男性の血液が付着したのには気づかなかったんでしょう」

コートの血液に反応し、天音さんの口が「あ」の形に開く。それを見た迫田が身を乗り出したのがわかった。

聞き込みをした際に確認したところ、菖蒲町三丁目のバス停から菖蒲町駅前交番までは約一キロ。白梅町公園から交番までとほぼ同じだ。

「そして一夜明け、近江さんの遺体が発見された。その後のことは、あなたの方がよくご存じでしょう」

そこで言葉を切り、惣一郎は答えを促すつもりで強い目で天音さんを見た。迫田、藤堂、伊達にも同じ目で見られ、天音さんはうろたえてステージに目を向けた。

「いや、だって母は。だから僕は」

「取り調べから解放された母は『ママは取り返しのつかないことをしてしまった』と言った。だから僕は『近江先生を殺したのはやっぱり母親だ』と思った、ですか？」

惣一郎は「はい」という答えを望み、おじさんたちも同様だったはずだ。しかし天音さんは顎を引き、ぐっと何かを飲み込んだ。

「俺の番だ」と言うように、迫田が目配せをしてきた。頷き、惣一郎は半歩後ろに下がった。手にしていた扇子をポケットに戻し、迫田は天音さんに向き直った。

「事件発生当時、児玉美月さんには犯行につながる複数の要素がありアリバイはなかった。だから俺は彼女を犯人だと思い、聴取した。だが、本当はアリバイはあったんだ。近江さんが殺害された時刻、児玉さんはバス停で男性を介抱していた。しかしそれを話せば襲撃事件は捜査され、犯人が突き止められる。だから児玉さんは決意したんだろう。『襲撃事件は隠し通さなくてはならない。そのためなら、自分が近江さんの事件の被疑者になっても構わない』。逆に言えば『疑われても仕方がない』という状況を利用して被疑者を演じ、捜査の目が襲撃事件に向かないようにしたんだ。無論、本当に近江さんを殺していないんだから取り調べには毅然《きぜん》とした態度で応じられるし、いずれは解放されるともわかっていたんだろう。だとしても、当時の児玉さんの苦痛と不安、悲しみは計り知れない。なにより、なぜ俺はそのことに気づかなかったのかと呆然《ぼうぜん》としている」

タメ口になって語り、一度目を伏せてから再び天音さんを見る。

「小手先のウソや方便なら騙《だま》されなかった。だが児玉さんを貫いていたのは、『息子を守りたい』という母親の想いだ。無垢《むく》で無償の、自分と同じ血が流れる者にだけ与えられる愛情。穢《けが》れを知らず、見返りも求めないからこそ時に善悪の判断を誤り、暴走し、執着と受け取られる行動にも走ってしまう。その愛情の深さと揺るぎなさが、俺の目をくらませた。児玉さんに誘導され、進むべきものとは違う道に通じる角を曲がってしまったんだ」

当時を振り返るように言葉の一つ一つを噛みしめ、苦悩と痛みの感じられる声で、迫田は語りきった。固まったように迫田を見返し「そんな。じゃあ」と呟いた天音さんだったが、はっとして口をつぐみ、迫田と惣一郎にせわしなく目を向けて言った。

「今の話は母が言ったことなんですか？『でしょう』とか『だろう』とか推測ばかりですよね。そもそも、十年以上前の話じゃないですか」

「仰《おっしゃ》るとおり、推測だし昔の話です。あなたは事件のあと海外に渡ったのでその間の公訴時効は停止しており、現在でも傷害罪に問うことは可能です。しかし被害者の男性は亡くなっているので、立件は難しいでしょう。だから僕と迫田は『誰か』『息子』とは言ったが、天音さんの名前は一度も出していません。あなたが言った通り、我々は警察の人間じゃない。なんの権利も資格もないんです」

惣一郎の言葉に、天音さんがみるみる余裕とプライドを取り戻していくのがわかった。

「じゃあ、何をしに来たんですか？……もういいです。言いたいことを言って気が済んだでしょう。出て行ってくれませんか？」

「あんたが帰国する前に俺たちは児玉さんに会った。そのあと、児玉さんは二〇〇八年の聴取では言わなかったことを警察に打ち明けたよ。俺たちの目を、あんたからそらすためだろう。身を挺《てい》して自分を守った母親を捨てて海外に逃げるような大バカでも、児玉さんにとってはかけがえのない息子だ」

再び迫田が語る。鋭く迷いのない声に戻り、表情もデカのそれになっている。組んでいた脚を解き、天音さんは立ち上がった。

「いい加減にしてくれ！　僕は逃げたりしていない」

「じゃあなぜ、児玉さんに『取り返しのつかないこと』がなにか訊ねなかった？　どうして勝手に、『近江先生を殺したのはやっぱり母親だ』と決めつけたりしたんだ。あんたに本音を漏らすほど、児玉さんは苦しんでいたんだぞ。今だってあんたを守っているという気持ちを支えに、背負ったものの重さに耐えているんだ。なのにあんたは、母親と自分の犯した罪から逃げた。コンクールだのピアノだのは、ただの口実だ！」

きっぱりと告げ、迫田は片手で背後のステージとピアノを指した。天音さんは無言。光の強い目を大きく揺らし、ステージ上のグランドピアノを見つめている。その眼差しを遮らないようにして天音さんに近づき、迫田はさらに言った。

「今の俺たちの話は児玉さんにも伝えた。もちろん、二千円札の指紋についてもな。児玉さんはなんと言ったと思う？」

静かな問いかけに、天音さんの目が動く。それを受け止め、迫田は告げた。

「『天音はなんて言っていますか？　天音の答えが私の答えです。それがどんなものでも、私は受け入れて従います』……これでもまだ、逃げ続けるつもりか？」

すっ、と天音さんが足を踏み出した。迫田に摑みかかるのではと、惣一郎も動こうとした。しかし天音さんは迫田の脇を抜け、ステージに歩み寄った。再びグランドピアノを見上げ、言う。

「だって逃げなきゃ、息ができなかったんだ。コンクールとか、父親の死とか、医者の悪口しか言わない母親とか。全部がのしかかってきて、苦しくて。女の子と遊んだり盛り場をふらついたりしても、『これじゃないんだ』ってわかってもっと苦しくなっただけだった。だから、あんなに寒くて汚い場所なのに、自由に、気持ちよさそうに寝てるヤツが許せなくて。『こいつ、悩みもしがらみもないんだ。だから生きてる価値だってないんだ』って……気がついたらやってたんだよ。人を殴ったり蹴ったりしたことがなかったから、加減なんてできなかったんだ」

後半は握った拳《こぶし》でステージを叩き、言い終えるなり突っ伏した。そしてそのままステージの框《かまち》とその下の板に沿って、ずるずると崩れ落ちた。

惣一郎の連絡を受け、特命班の浜岸とその上司らしき中年男性がやって来た。天音さんを二人に任せ、おじさんたちは通路を戻った。途中惣一郎は客席に視線を巡らせたが、捜している人の姿はなかった。

分厚く重たいドアを開けてロビーに出ると、壁際のソファの脇にひよりが立っていた。隣にはもう一人パンツスーツ姿の若い女性。この女性も特命班だろう。向かいには玉置もいて、ソファに腰掛けているのは児玉美月さんだ。迷わず歩み寄り、惣一郎は訊ねた。

「天音くんの話は聞かれましたか？」

こちらを見上げてこくりと、児玉さんが頷く。

「はい。後ろの席で。申し訳ございませんでした」

「児玉さんと天音さんが罪に問われることはないと思いますが、話は聞かせてもらいます。本当の話を」

「本当の」を強調して玉置が告げ、児玉さんは「わかりました」と返してこう続けた。

「でも、天音にはコンサートをさせてあげて下さい。お客さんが楽しみにしているので」

「わかりました」

玉置が頷くと、児玉さんは安心したように立ち上がった。本庁の特命班に行く前に彼女をここに連れて来るように玉置に提言したのは、惣一郎だ。特命班の女性に付き添われ、児玉さんが歩きだす。と、迫田が言った。

「天音くんに会わないんですか？」

足を止め、児玉さんが振り返った。

「ええ。会っても会わなくても、私の気持ちに変わりはありません。それに、息子の考えていることはピアノを聴けばわかります。コンサートは明日もあるし、チケットは持っています。もちろん、S席です」

「You're amazing! お見事」

藤堂がぱちぱちと拍手し、「うるせえ。場をわきまえろ」と迫田に睨まれる。二人を見て微笑み、児玉さんが言う。

「迫田さん。いろいろ申し訳ありませんでした。でもお互い、最後のチャンスをムダにせずに済みましたね」

「はい。こちらこそ、失礼致しました」

迫田が一礼すると、児玉さんも頭を下げた。両手をへその下で重ねて両肘を張る叉手のポーズだ。惣一郎たちが思わず見入ると児玉さんは頭を上げ、身を翻して特命班の女性とともに歩き去った。残されたのはおじさんたちとひより、そして玉置。

「森井心平を被疑者死亡のまま送検することになりました。児玉さんと事件のつながりも明らかになりましたし、近江さんのご遺族に報告ができます。ありがとうございました」

おじさんたちに向き直り、玉置が一礼した。胸の前で腕を組み、迫田が返した。

「そうか。こっちこそ世話になったな」

「いえ」と微笑み、玉置は一度出入口の方へ目をやってからこちらに向き直った。別れの挨拶をするつもりだろう。すると、伊達が口を開いた。

「お目にかかるのもこれが最後だと思うので、教えて下さい。先日の『血に負けたくなかった』というお言葉ですが、あれはあなたの体に流れる野口の血という意味でしょうか？」

真顔に戻り、玉置が伊達を見返した。惣一郎たちの視線も動く。口調は穏やかだが、伊達の眼差しにいつもの余裕はなかった。迫田が児玉さん親子に抱き続けていたような想いを、伊達も野口さんと玉置に抱いてきたのだろう。それが伝わったのか、玉置は答えた。

「はい。母は私に野口の話を一切しませんでした。しかしそれが逆に根深いものを感じさせ、私は野口を存在しなかった者とするのと同時に、絶対悪と位置づけて育ちました。だからその野口が自分が目指す警察官だったと知った時はショックで、一度は諦《あきら》めようとしました。しかし、あることに気づいて思いとどまったんです」

「ほう。あることとは？」

伊達が問い、おじさんたちとひよりは玉置の返答に集中する。

「『敢えて同じ道に進めば自分と野口は違う、自分はもっと正しくて優れた人間だと証明できる』ということです。警視庁入庁後は、それを信念に職務に取り組んできました。野口が起こした事件を知ってからは、ますます信念が強まりましたよ」

話を続けるうちに玉置の取り澄ました表情が崩れ、最後のワンフレーズは当てつけるような口調になる。それに反応し、迫田が顔を険しくした。

「そういう言い草はねえだろう。野口さんは私利私欲のために事件を起こしたんじゃねえ。正しいことをしたいという気持ちが行き過ぎて、間違いを犯しちまったんだ。お前だってこの前、伊達さんの話を聞いただろ」

「いいんですよ。私は直央くんの正直な気持ちが聞きたかったんです。それにとどのつまり、野口も直央くんも同じです」

伊達が割って入る。笑顔でさらっと信念を否定され、玉置も顔を険しくして問うた。

「どういう意味ですか？」

「正義を貫き、社会の平和と市民の安全を守る。警察官にとって最も基本的かつ重要な心構えで、野口は肝に銘じていました。あなたも同じでしょう？」

「はい。しかし、僕が言いたいのは——」

「それで十分です。心構えさえ同じなら、何を目指すかは個々の自由。むしろ、みんな違っていいんです。それにあなたは野口の記憶はないと言いましたが、しっかり彼の影響を受けていますよ。野口はあなたがお母さんのお腹にいた時から『パパはおまわりさんだぞ』『正義の味方なんだ』と語りかけ、生まれた後もパトカーや白バイのおもちゃで遊ばせていました。呆《あき》れる私には、『英才教育です』なんて言ってましたけどね。ほら、『三つ子の魂百まで』って言うでしょう。あれですよ」

「いや、それは」

片手を挙げたのは藤堂。しかし迫田に肘で突かれ、口をつぐんだ。啞然《あぜん》として自分を見返す玉置に、伊達はこう続けた。

「言いたいことはあるでしょうが、まずは結果を出して下さい。今の警察官としてのあなたは、現役時代の野口の足下にも及びません。信念を貫くつもりなら心しなさい。いいですね？」

普段は決して見せない、厳しく有無を言わせない声と眼差し。これが伊達のデカの顔だ。

はっとして、玉置は姿勢を正した。そして背筋を伸ばして頭を下げず、視線を伊達に向けたまま上体を十五度前方に傾けた。警察内の規則に従った正式な敬礼だ。

「はい。承知致しました」

ロビーに玉置の声が響く。黒目がちな目には、緊張と畏敬《いけい》の念が現れていた。

「結構。お励み下さい」

そう告げた伊達は、いつものにこやかで穏やかな彼に戻っている。しかし玉置は敬礼を数秒キープしてから体を起こし、「失礼致します」と再度会釈して歩きだした。

そのダークスーツの背中にひよりが「すぐに追いかけます」と声をかけ、伊達はひらひらと手を振った。

「さすが伊達さん。やや力技の感は否めないけど、いいオチをつけたね」と藤堂がコメントし、迫田は「そうか？　俺はもう一言言ってやりたかったけどな」と返した。

二人に意見を求めるような視線を向けられ、惣一郎は玉置の背中を見たまま「今後が楽しみな刑事が二人に増えましたね」と言った。「ああ」と藤堂と迫田、伊達も頷き、ひよりが「二人？　じゃあもう一人は？」と騒ぎだす。たちまち後悔し、惣一郎は「帰りましょう。お茶の時間ですよ」とみんなを促した。

ホールを出て、通りに停めている車に歩いた。五月に入り、春を通り越して初夏を思わせる日差しだ。歩道を、脱いだ上着や飲み物の容器を手にした人が歩いている。

「伊達さんがメゾン・ド・ポリスを始めた『お金やものをどれだけ持っていても、人はひとりでは生きていけない。誰かと言葉を交わし、肌の温《ぬく》もりを感じる場所が必要だ』って理由、本当にそうだと思います。でも『誰か』は誰でもいい訳じゃないし、居心地のいい場所だけが自分の居場所とは限らない。どこに誰といても、自分の足で立っているということが大切なんじゃないでしょうか」

署のセダンの前で立ち止まり、ひよりが言った。迫田と藤堂は「いきなりなんだ」「ひよこちゃん、どうしたの？」と戸惑い、伊達はうんうんと嬉しそうに頷く。惣一郎も怪訝に感じたが、すぐに伊達の告白に対するひよりの感想に自分が文句を言ったのを思い出した。近江さんの事件と、それを追う過程で関わったいくつかの事件。それらを総括して、ひよりなりに考え直したのが今の発言なのだろう。

わかったよ。基本中の基本という気がしなくもないが、お前の閃《ひらめ》きや推測が解決に結びついた事件もあるし、よくやった。「今後が楽しみな刑事」の一人はお前だ。それが本音だがそのまま伝えるのは癪《しゃく》だし、なにより照れ臭い。逡巡する惣一郎の耳に、ひよりの声が聞こえた。

「すみません、どうしても言っておきたくて。あとは、さっき玉置さんに『特命班に来る気はないか？』って訊かれたんですよね」

「Really?　すごいじゃない」

「それはそれは」

セダンの隣に停めたメゾン・ド・ポリスのワゴン車の前で立ち止まり、藤堂と伊達が反応する。迫田も驚いた顔でひよりを見て、惣一郎はチノパンのポケットからワゴン車のキーを出したまま固まった。慌てて、ひよりは手のひらを大きく横に振った。

「いえ、正式な誘いじゃなく玉置さんが『なんとなく思っただけ』だそうです。でも私が担当した事件を調べたそうで、『解決の決め手はメゾン・ド・ポリスのみなさんの知識と経験だが、お前もいいパスを出してる』と言ってくれました。もちろんお礼を言って『まだまだ力不足です』と答えましたけど、『ならいいが、一本立ちしたければ頼るもののない場所に自分を置くことも必要だぞ』と言われました。あと『本庁は使えるヤツは放っておかない』とも。あれって説教？　それとも脅迫でしょうか？」

「You're kidding. 褒められたんだよ。すごいじゃない。ねえ、伊達さん？」

身を乗り出して藤堂が返し、後ろを振り向く。伊達は頷き、

「さすがは直央くん。目の付け所が違いますね」

と満足げに微笑む。その顔を見ていると迫田に、「おい。ぼけっとするな」と促された。「すみません」と返し、惣一郎はワゴン車のドアを解錠した。迫田が後部座席に乗り込み、ひよりに挨拶をして藤堂と伊達も続く。ひよりがセダンに乗るのを横目で見ながら、惣一郎はワゴン車の運転席に座った。

「これは近いうちに動きがあるね。俄然《がぜん》面白くなってきたな……夏目くん、どうしたの？　顔が引きつってるけど。ひよこちゃんになにか言うなら、今のうち——」

「元々こういう顔です」

騒ぐ藤堂に告げ、惣一郎はシートベルトを装着してエンジンをかけた。まずひよりがセダンを出し、その後にワゴン車が続く。

自分がひよりに告げようとした言葉の何倍も現実的で影響力のあることを、玉置に先回りで言われた気がした。自分たちが見つけた事件にひよりを巻き込み、一緒に解決する。それが永遠に続くとは思わないが、どんな風に変わり、終わりを迎えるかを

考えたこともなかった。急に何かを突きつけられたようで惣一郎は戸惑い、胸が騒ぐのを感じた。

後ろでは藤堂が騒ぎ続け、伊達が相づちを打つ声も聞こえる。落ち着かず、惣一郎はバックミラー越しに迫田を見た。しかし何を考えているのか迫田はむっつりと押し黙り、胸の前で腕を組んで窓の外を眺めている。

胸がさらに騒ぎ、惣一郎は視線を前に戻した。通りは空《す》いていて、フロントガラスの向こうに見えるひよりのセダンはすぐに前方の交差点に差し掛かった。本庁に向かい、セダンは交差点を直進して行く。メゾン・ド・ポリスへの道は左だ。

ウインカーを出し、惣一郎はハンドルを切って交差点を左折した。鎮まらない胸を抱え、視界の端に遠ざかって行く白いセダンを映しながら、惣一郎はひよりとは違う道を走りだした。

初出
第一話 「カドブンノベル」二〇二〇年四月号（KADOKAWA）
第二話 「カドブンノベル」二〇二〇年五月号（KADOKAWA）
第三話 書き下ろし
第四話 書き下ろし

メゾン・ド・ポリス5

退職刑事《たいしょくけいじ》と迷宮入《めいきゅうい》り事件《じけん》

加《か》藤《とう》実《み》秋《あき》

令和2年 5月25日　初版発行
令和6年 11月30日　再版発行

発行者●山下直久

発行●株式会社KADOKAWA
〒102-8177　東京都千代田区富士見2-13-3
電話　0570-002-301（ナビダイヤル）

角川文庫 22163

印刷所●株式会社KADOKAWA
製本所●株式会社KADOKAWA

表紙画●和田三造

●お問い合わせ
https://www.kadokawa.co.jp/（「お問い合わせ」へお進みください）
※内容によっては、お答えできない場合があります。
※サポートは日本国内のみとさせていただきます。
※Japanese text only

ISBN 978-4-04-108203-4　C0193

角川文庫発刊に際して

角川源義

第二次世界大戦の敗北は、軍事力の敗北であった以上に、私たちの若い文化力の敗退であった。私たちの文化が戦争に対して如何に無力であり、単なるあだ花に過ぎなかったかを、私たちは身を以て体験し痛感した。西洋近代文化の摂取にとって、明治以後八十年の歳月は決して短かすぎたとは言えない。にもかかわらず、近代文化の伝統を確立し、自由な批判と柔軟な良識に富む文化層として自らを形成することに私たちは失敗して来た。そしてこれは、各層への文化の普及滲透を任務とする出版人の責任でもあった。

一九四五年以来、私たちは再び振出しに戻り、第一歩から踏み出すことを余儀なくされた。これは大きな不幸ではあるが、反面、これまでの混沌・未熟・歪曲の中にあった我が国の文化に秩序と確たる基礎を齎らすためには絶好の機会でもある。角川書店は、このような祖国の文化的危機にあたり、微力をも顧みず再建の礎石たるべき抱負と決意とをもって出発したが、ここに創立以来の念願を果すべく角川文庫を発刊する。これまで刊行されたあらゆる全集叢書文庫類の長所と短所とを検討し、古今東西の不朽の典籍を、良心的編集のもとに、廉価に、そして書架にふさわしい美本として、多くのひとびとに提供しようとする。しかし私たちは徒らに百科全書的な知識のジレッタントを作ることを目的とせず、あくまで祖国の文化に秩序と再建への道を示し、この文庫を角川書店の栄ある事業として、今後永久に継続発展せしめ、学芸と教養との殿堂として大成せんことを期したい。多くの読書子の愛情ある忠言と支持とによって、この希望と抱負とを完遂せしめられんことを願う。

一九四九年五月三日